KB114124

Niveriss

Kairen Jaran.

용마검전

FANTASY FRONTIER SPIRIT

김재한 판타지 장편 소설

용마검전 2

김재한 판타지 장편 소설

초판 1쇄 찍은 날 § 2014년 10월 10일
초판 1쇄 펴낸 날 § 2014년 10월 17일

지은이 § 김재한
펴낸이 § 서경석

편집부장 § 권태완
편집책임 § 박은정
디자인 § 신현아

펴낸곳 § 도서출판 청어람
등록번호 § 제387-1999-000006호
등록일자 § 1999. 5. 31
어람번호 § 제1-1955호

주소 § 경기도 부천시 원미구 부일로 483번길 40 서경B/D 3F (우) 420-822
전화 § 032-656-4452 팩스 § 032-656-4453
http://www.chungeoram.com
E-mail § chungeorambook@daum.net

ISBN 979-11-316-9236-3 04810
ISBN 979-11-316-9234-9 (세트)

CONTENTS

Chapter 7 신분 상승   7

Chapter 8 가르침을 내린 자   69

Chapter 9 죽은 자와 만났을 때   115

Chapter 10 용검공작   205

Chapter 11 수호그림자   249

CHAPTER **07**

신분 상승

魔展
龍劍

1

꿈을 꾸었다.

먼 옛날의 꿈을.

하지만 자신에게는 불과 얼마 전의 일처럼 생생한, 그런 꿈
을.

'이건 꿈이구나.'

아젤은 왠지 그 속에서 멍하니 그렇게 생각했다.

자각몽은 익숙하다. 일반인이 들으면 어떻게 그럴 수 있냐
고 의문을 품을 것이다.

하지만 스피릿 오더 수련자들은 정신을 통제하는 법을 익
히는 과정에서 지긋지긋할 정도로 자각몽을 경험하게 된다.

그래서 원한다면 잠들기 전에 자각몽을 꾸도록 유도하는 것조차 가능하다.

하지만 지금 이 꿈은 그의 의도와는 상관없었다.

꿈에서 아젤은 다른 누군가와 함께 폐허가 된 성을 거닐고 있었다. 한때는 세상에서 가장 웅장한 자태를 뽐냈던 그 성은, 바로 용마왕 아테인이 거하던 성이다.

"여기도 쓸 만한 건 남아 있지 않았어."

사과하는 목소리가 들려온다. 옆을 보니 그곳에는 칼로스가 있었다.

아젤에게 익숙한 모습이다. 단정한 갈색 머리칼에 차가운 회색 눈동자를 가진 청년 마법사.

'이 머리가 수십 년 후에는 사라져서 반질반질해진단 말이지.'

대뜸 그런 생각부터 해버리고 말았다. 하지만 나이 든 칼로스의 모습이 워낙 충격적이었던지라 어쩔 수 없었다.

아젤이 그런 생각을 하고 있는 것을 전혀 모르는 칼로스가 탄식한다.

"아테인 그 빌어먹을 놈, 마법사인 주제에 자기 연구실에 아무것도 남겨놓지 않다니."

칼로스는 아테인이 아젤에게 건 저주를 풀기 위해서 온갖 수단을 동원했다. 이 성 역시 아무리 사소하더라도 단서가 될 만한 것을 찾기 위해 수십 번도 넘게 샅샅이 뒤졌다.

하지만 성과는 없었다. 방대한 마법서를 망라해 둔 아테인의 서재에도, 놀랄 만한 마법의 산물들이 넘치는 연구실에도 아젤의 저주를 풀 만한 실마리가 없었던 것이다.

아젤이 그런 친구를 위로했다.

"아테인은 어쩌면 최초의 마법사일지도 모르니까, 다른 마법사와 다른 게 당연할 거야."

마법은 용마족에 의해 탄생한 기술이다.

그리고 그들의 왕으로 군림한 아테인은 이 세상에 최초로 탄생한 용마족이다. 그렇기에 일부 마법사들은 어쩌면 아테인야말로 마법의 시조일지도 모른다고 추측하고 있었다.

칼로스가 화를 냈다.

"남의 일처럼 말하지 마! 네 목숨이 걸린 문제라고!"

"그야 알지."

"아는 놈이 그렇게 태평하냐?"

"그렇다고 세상에서 제일 열심히 그 문제를 해결하려고 뛰어다니는 녀석에게 왜 못하냐고 화를 낼 수는 없잖아."

"큭……."

칼로스의 얼굴이 붉어졌다. 부끄러웠으리라. 정작 죽음의 위협을 느끼는 아젤이 의연한데 자신이 흐트러진 것이.

'나도 무서웠어, 칼로스.'

꿈속의 광경을 보면서 현재의 아젤이 쓴웃음을 지었다.

그래. 아젤 역시 무서웠다. 세상을 구했으면서도 자신의 미래는 구원받지 못하고 시시각각 다가오는 죽음에 굴복하게 될지도 모른다는 사실이 두려워서 울고 싶었다.

차라리 전장에서 싸우다가 패해서 죽는 것이었다면 다가올 한순간을 각오하며 초연할 수 있었으리라. 그러나 서서히 가슴을 옥죄듯이 다가오는 죽음이 주는 공포는 견디기 어려웠다.

하지만 그럴 때마다 가슴 한구석에서 불길처럼 오기가 치솟았다.

'아테인, 네가 내게서 앗아갈 수 있는 건 오로지 목숨뿐이다.'

다른 것은 무엇 하나 뜻대로 하게 두지 않겠다고 결의했다.

무엇보다 자신을 위해 필사적으로 노력하는 친구를 실망시키고 싶지 않았다. 설령 그의 노력이 실패해서 자신이 죽게 된다고 하더라도 절대 흐트러진 모습을 보이지 않으리라. 마지막까지 당당하고 자랑스러운 모습으로 남으리라.

정말이지 어린아이의 치기 같은 허세다. 하지만 검을 쥐고 전장을 질타했던 자에게서 그런 허세를 빼앗아가면 무엇이 남겠는가.

그리고 목숨을 건 허세라면, 누가 그걸 폄하할 수 있겠는가.

돌이켜 보면 그 허세는 분명 칼로스에게 도움이 되었던 것 같다.

"아젤, 나는 정말… 너와 입장이 바뀐 것 같아."

"동감이야. 이런 날이 올 거라고는 상상도 못했는데."

용마전쟁 때는 서로 반대였다. 아젤이 아직 미숙했던 시절, 격정에 이끌려 사지로 걸어 들어가려고 하면 칼로스는 한없이 냉정한 태도로 찬물을 끼얹었다.

집단이 힘들고 절망적인 시기를 버텨 내려면 적어도 한 사람은 절대로 흔들리지 않아야 한다. 모두가 무너지는 순간에도 강철처럼 버티고 서서 버팀목이 되어주어야만 한다.

칼로스는 그런 역할을 수행해 온 남자였다. 하지만 아젤의 저주에 대해서는 서로 역할이 바뀌었다. 누구보다 고통스러워해야 할 아젤이 필사적으로 허세를 쥐어짜내 가면서 흔들리지 않는 모습을 연기했고, 때때로 절망에 무너질 것 같은 칼로스가 기댈 수 있는 버팀목이 되어주었다.

폐허를 거닐던 두 사람은 문득 아테인의 집무실에 도달했다. 반쯤 부서진 벽에 마법으로 새긴 글귀가 보였다.

세상을 미움으로 대하는 자는, 세상의 미움을 받을 각오를 해야 한다.

아젤은 그 글귀를 본 순간, 직감적으로 누가 써놓은 것인지 알 수 있었다.

용마왕 아테인.

세상을 정복하려고 했던 그는 자신이 행위가 가진 의미를 정확하게 알고 있었던 것일까.

　칼로스가 물었다.

　"용마왕 그 작자는 무슨 생각으로 세상을 정복하려고 했던 걸까?"

　용마족이 탄생한 것은 아득한 옛날이다. 최초의 용마족인 아테인은 다른 용마족의 평균 수명보다도 훨씬 긴 시간을 살아온 특별한 존재였다. 그가 살아온 세월은 적어도 천 년을 넘었으리라.

　용마족이라는 종(種)의 시작이며, 어쩌면 마법이라는 비술의 시조일지도 모르는 그가 이제 와서 동족들과 함께 세상을 정복하려고 한 이유는 무엇이었을까? 수많은 이가 아테인과 목숨을 걸고 싸웠으면서도 그가 품었던 진의를 알지 못했다.

　단 한 사람, 아젤만 제외하고는.

　아젤의 뇌리에 아테인의 말이 스쳐갔다.

　"유감스럽게도 이 실험은 실패였다. 나는 아직도 무지했어. 그 사실을 인정할 수밖에 없겠군."

　그 말은 아젤을 오싹하게 만들었다.

　차라리 자신의 야욕을 드러내며 강변했다면 코웃음을 쳐 줬으리라.

마법사답게 광기 어린 이상으로 무장하고 장광설을 늘어놓았다면, 그 역시 웃어넘길 수 있었을 것이다.

하지만 스스로의 죽음을 목전에 두었을 때, 아테인은 담담하게 실패를 인정했다. 그리고 세상을 뒤집어놓은 이 거대한 혼란이 어떤 실험에 불과했노라고 말했던 것이다.

"아젤, 네가 세상이 내게 겨눈 칼이라면, 나는 목숨을 대가로 너를 부러뜨리겠다. 너는 나와 함께 죽게 될 것이다."

…그리고 그 말이 저주가 되어 아젤에게 내리꽂혔다.

잠시 과거를 회상하던 아젤이 말했다.

"칼로스."

"응?"

"너, 머리 벗겨질 거야."

"…뭐라고?"

이미 일어났던 과거에는 없었던 대화다. 그 어긋남이 꿈의 세계에 파탄을 가져왔다.

무너지는 꿈의 세계 속에서 아젤이 말했다.

"하지만 칼로스, 넌 정말 대단한 놈이야. 대마법사 소리 들을 만했다니까."

그것은 아젤이 사라지고 없는 친구에게 진심으로 해주고 싶은 찬사였다.

2

용마공주 아리에타가 서부 국경 요새에서 머무르는 동안 아젤은 신체와 스피릿 오더를 연마하고, 장서고에서 얼마 없는 책들을 읽으면서 한가롭게 지냈다. 또한 자일과 대련을 벌이기도 했다.

자일이 말했다.

"며칠 새에 마력이 많이 늘었군?"

"처음부터 영맥을 단련하면서 마력을 늘려 가는 게 아니라 회복하는 과정이라 좀 빠른 것 같습니다."

아젤의 말은 절반만 진실이었다.

불과 나흘 동안의 수련만으로도 용살의 의식으로 흡수한 힘을 상당히 흡수해서 두 번째 생명의 고리를 완성할 수 있었다. 유적 발굴 현장을 떠나오기 전에 비해 몇 배나 마력이 커진 것이다.

마력이 커졌다는 것은 아젤이 지닌 기술을 발휘하기도 쉬워졌다는 의미다. 한 번에 발할 수 있는 힘도, 그리고 몸에 축적된 마력의 양도 월등히 커졌으니 기술전에서는 자일을 압도할 수 있었다.

하지만 아젤은 기량을 다 드러내지 않고 자일에게 한 수 접어주었다. 어지간하면 너무 비상식적인 일을 저지르지 않도록 조심하기로 마음먹었기 때문이다.

그렇게 나흘을 보내고 나니 아리에타가 서부 국경 요새를 떠나서 왕도로 향했다.

왕도로 출발하는 날 아침, 일찌감치 눈을 뜬 아젤은 명상을 한 번 하고 가볍게 몸을 풀어준 뒤 전날 이곳에서 내준 장비들로 무장을 했다. 아젤이야 검 한 자루만 있으면 된다고 했지만 용마공주를 호위하는 인원이 그래서는 안 된다면서 가죽 갑옷을 내주었던 것이다.

"흠. 이런 것도 오랜만인데."

잠들기 전, 명성 높은 기사였던 아젤은 마법이 걸린 전신갑옷을 입고 다녔다.

하지만 기사로 서임되고, 귀족 신분을 얻기 전에는 여느 용병들처럼 가난한 장비를 걸치고 살았다. 이 가죽 갑옷은 비록 군수품이라 질 좋은 새것이기는 해도 왠지 그 시절을 생각나게 했다.

무장을 마친 아젤은 지정된 장소로 나가기 전에 의무실에 들렀다.

"여어."

일찌감치 일어나서 일과를 준비하던 릭이 그에게 인사를 건넸다.

"오늘 떠난다면서?"

"그래, 신세 졌어, 릭."

"뭐 내게 진 신세라면 이미 충분히 갚았다고 생각하는데."

릭이 손을 내밀자 아젤이 맞잡고 힘차게 악수를 나누었다.

릭이 말했다.

"공주님 모시다가 한자리 얻게 되면 나 잊지 말고."

"그럼 이런 데로는 절대 안 돌아올 것 같은데?"

"하긴 나 같아도 그러겠네."

피식 웃은 릭이 말했다.

"기억을 되찾을 수 있길 빌게. 아젤 당신, 분명히 범상한 출신은 아니었을 거야."

"고마워."

릭과 인사를 나눈 아젤은 지정된 장소로 나갔다. 아직 아무도 없었지만 잠시 기다리자 자일과 또 한 사람이 왔다. 아젤과 비슷한 나이로 보이는 젊은 기사였다.

아젤이 인사를 건넸다.

"좋은 아침입니다, 자일 경."

"일찍 나왔군."

아젤은 지정된 시간보다 20분 정도 일찍 나왔다. 괜히 다른 사람보다 늦게 나와서 좋을 게 없다고 판단했기 때문이다. 하지만 아직 아무도 없고, 그다음으로 온 게 자일이라는 건 의외였다.

자일이 자신과 함께 온 젊은 기사를 소개했다.

"이분은 공주님과 함께 여기까지 온 호위대의 일원이신 보어 경일세. 보어 경, 이쪽은……."

"이미 들었소. 운 좋게 공주님 덕분에 목숨을 부지한 자라고."

"…네?"

자일이 어이없어 하며 그를 바라보았다.

보어라 불린 젊은 기사는 단정한 갈색 머리칼에 푸른 눈동자를 가진, 오만한 귀공자 같은 인상의 소유자였다. 그가 그런 인상에 어울리는 깔보는 표정으로 말했다.

"공주님도 참. 유능한 기사들을 놔두고 이런 정체도 불분명한 자를 호위로 들이시는 의도를 모르겠군. 어쨌든 앞으로는 방해가 되지 않도록 조용히 있도록."

"……."

순간 아젤은 어처구니가 없어졌다. 잠시 멍청하니 그를 보다가 불현듯 생각했다.

'이놈, 한 대 패버릴까?'

잠들기 전, 카르자크 후작이 된 아젤 앞에서 이런 식으로 무례하게 굴 만큼 간이 큰 사람은 그리 많지 않았다. 용마전쟁이 끝나기 전에는 있었지만 다들 좋은 꼴을 보지 못했다.

솟구쳐 오르는 폭력 충동을 억누르는 아젤에게 보어가 생각났다는 듯 덧붙였다.

"하긴, 생각해 보니 인원이 이리 말도 안 되게 적으니 심부

름을 할 놈이 하나 필요하긴 하겠지."

"보어 경, 말씀이 심하십니다."

"음? 뭐가 말이오?"

자일이 한마디 하자 보어가 의아해했다. 진짜로 자기가 한 말 중에 뭐가 문제인지 전혀 모르겠다는 표정이었다.

이런 태도에 자일은 순간적으로 말문이 막혔다. 하지만 곧 표정을 다잡고 말했다.

"아젤은 공주님이 여기까지 무사히 오시는 데 큰 공을 세운 사람입니다. 공주님께서 말씀하신 것을 무시하시는 겁니까?"

"그게 가당키나 한 말이오? 자일 경, 당신은 모르겠지만 공주님께서는 아랫사람에게 좀 지나치게 너그러우신 구석이 있소. 그리고 무엇보다 그분을 위협할 정도의 적을 상대로 이런 어디서 굴러먹다 온 건지도 모를 놈이 공을 세웠다니 그게 말이나 된다고 보시오?"

"⋯⋯."

"게다가 척 봐도 비리비리하지 않소? 저런 빈약한 몸으로 공주님께 도움이 되었다고?"

아직도 아젤의 몸은 근육이 별로 없었다. 철저하게 단련한 기사가 빈약하다고 말하는 것도 당연하다.

그렇다고는 해도 보어의 말에는 하나하나 사람의 성질을 건드리는 힘이 있었다. 아젤은 순간적으로 주먹에 너무 힘을 주어서 뿌드득 소리가 날 뻔한 것을 가까스로 억눌렀다.

'이거 진짜 성격이 시궁창인 놈인데. 아, 진짜 패버릴까? 공주님 오면 당장 기사 서임해 달라고 해서 신분 올린 다음 패버려?'

아젤은 지금도 외부로 발하는 기운을 조절, 부담 없이 친근한 분위기를 자아내고 있었다. 그런데도 처음 보자마자 이런 식으로 나오는 건 아젤이 어떤 인상의 소유자든 안중에도 없다는 뜻이다. 굳건한 선입견으로 무장하고 상대방이 어떤 사람인지 보려고도 하지 않으니 아젤의 노력도 먹히지 않을 수밖에 없다.

보어가 이죽거렸다.

"뭐, 자일 경은 이런 변방에 계시느라 공주님에 대해서 잘 모르실 테니 그리 생각하실 수도 있겠군. 하지만 이제 왕도까지 같이 먼 길을 가야 할 테니 내 말을 가슴에 새기는 게 좋을 거요."

그는 자일도 노골적으로 낮추어 보고 있었다. 왕도에서, 그것도 공주를 호위할 정도의 직책이다 보니 자일이 변방에서 뒹구는 촌놈으로밖에 안 보이는 모양이다.

자일이 그를 노려보았다. 보어가 뭐 할 말 있냐는 듯 깔보는 표정을 짓자 둘 사이에 팽팽한 긴장감이 흘렀다.

일촉즉발의 분위기가 깨진 것은 아리에타가 등장한 덕분이었다.

"다들 모였군."

아리에타가 에노라와 둘이서 그 자리에 나타났다. 평소와는 달리 커다랗게 부풀어 오른 모자를 써서 머리 위쪽과 뿔, 그리고 뾰족한 귀까지 가리고 두터운 여행용 망토로 몸을 가린 차림새였다.

서로 대치하던 자일과 보어가 서로를 향한 적의를 거두며 그녀에게 예를 표했다.

아젤이 어리둥절해하며 물었다.

"다들이라뇨?"

"말 그대로의 의미다. 일행이 다 모였다는 뜻이지."

아리에타가 대답했다. 그 말에 아젤이 깜짝 놀랐다.

"네? 다섯 명이 전부란 말입니까?"

"그렇다."

"아니, 어째서 그렇게⋯⋯."

아리에타가 호위로 동행해 줄 것을 부탁했을 때, 아젤은 당연히 수십 명의 호위 병력이 따라붙을 거라고 여기고 있었다. 애당초 아리에타가 여기 올 때도 스무 명 정도의 호위대가 따라왔었지 않은가?

아리에타가 말했다.

"호위대는 나중에 마법사들과 학자들과 함께 복귀할 것이다."

용 그림자의 습격으로 아리에타를 따라왔던 30여 명의 일행 중에는 사망자가 셋, 그리고 부상자가 열 명 정도 발생했다. 아리에타는 모두의 반대에도 불구하고 그들을 내버려 두고 최소한의 인원만으로 빠르게 왕도까지 갈 것을 결정했다.

아리에타가 말했다.

"실은 변장도 염두에 두고 있었는데, 유감스럽게도 불가능하다고 하더군."

"변장이요?"

"내 모습이 워낙 눈에 띄니 마법을 써서 변장하면 괜찮지 않을까 싶었다. 하지만 마법사들 말을 들으니 나 자신이 그런 마법을 쓸 수 있다면 모를까, 자기들이 그런 마법을 거는 건 불가능하다고 하더군. 유감이다."

용마인인 아리에타가 지닌 용마력은 외부의 마법이 자신에게 작용하는 것에 저항한다. 그래서 웬만한 마법사는 그녀에게 변화를 일으키는 마법을 거는 게 불가능했다.

아리에타가 물었다.

"그래서 대충 눈에 띄지 않도록 꾸며 보았는데… 어때 보이는가?"

"엄청나게 눈에 띕니다."

"역시 그런가."

아젤이 솔직하게 말하자 아리에타는 조금 풀이 죽었다.

그녀가 굳이 크게 부풀어 오른 모자를 쓰고, 망토를 걸친 것은 나름대로 눈에 띄는 자신의 용모를 가려보겠다는 노력의 일환이었다. 하지만 일단 그 차림새 자체가 우스꽝스러워서 눈에 띈다. 또한 뿔과 귀, 그리고 손등의 용마석까지 가려져 있다고 해도 그녀의 용모는 눈길을 모으기에 충분했다.

아리에타가 한숨을 쉬었다.

"에노라도 반대하기는 했다만."

"뭐, 그래도 대놓고 드러내는 것보다는 나을 겁니다."

"빈말이라도 감사하게 들어두도록 하지."

"하지만 이렇게 적은 수로 가는 건 위험하지 않겠습니까?"

아젤의 물음에 아리에타가 진지하게 대답했다.

"음. 솔직히 말하자면… 어중간하게 다수인 쪽이 더 위험하다고 생각한다."

"그렇긴 하군요."

호위 병력을 지나치게 무시하는 발언이라고 할 수도 있으리라. 하지만 용 그림자와 싸워 본 아젤은 그녀의 말에 동의했다. 아예 압도적인 수적 우위를 갖출 수 있다면 모를까 2~30명 정도의 인원으로는 오히려 표적을 키워주기만 하는 셈이다.

아젤이 물었다.

"혹시 에노라 양도 갑니까?"

"그렇다."

"…정말 괜찮겠습니까?"

"나도 그렇게 생각하고 말렸지만……."

아리에타가 한숨을 쉬며 에노라를 바라보았다. 에노라는 고집스러운 표정을 짓고 있었다.

간밤에 아리에타는 에노라에게 여기 남았다가 다른 일행들을 따라서 오라고 했지만⋯⋯.

"절대 그럴 수 없어요! 그랬다가는 제가 시녀장님한테 불벼락을 맞을 거예요! 공주님께서는 저를 시집도 못 가는 몸으로 만드실 셈인가요?"

⋯도대체 여기 남는 거랑 시집가는 게 무슨 상관인지는 모르겠지만 에노라가 펑펑 울어 가면서 고집을 부려대는 통에 아리에타가 꺾이고 말았다.

'설마 이렇게 겁 없는 아이였을 줄이야.'

여태까지의 다른 전속 시녀들은 별로 담이 세지 않았다. 한 번 왕도를 나와서 전장에 가면 새파랗게 질렸고 당장에라도 아리에타의 전속 시녀를 그만두고 싶어 했다.

'정말이지 시녀장 말 그대로군. 이 아이 말고는 다른 적임자를 고를 수 없을 정도라더니.'

시녀장이 에노라를 전속 시녀로 붙여줬을 때, 아리에타는 당혹스러웠다. 그녀가 아직 어렸고 왕실 시녀로 들어온 지 불과 반년밖에 안 됐다는 이야기를 들었기 때문이다.

왕실의 시녀 중에 어린 소녀들이 있기는 하나 그들은 어디까지나 잡일을 담당하면서 왕실 시녀로서의 일을 배우는 입장이다. 높은 신분의 왕족을 모시는 일은 충분히 교육 받은 시녀가 맡는 게 일반적이었다.

시녀장은 그런 관례를 무시하고 에노라를 아리에타의 전속 시녀로 붙여주었다. 그저 왕실에서 그녀를 모시는 것만이 아니라 이렇게 외부로 나올 때도 그녀를 보필하는 역할로서.

그 선택은 옳았다. 에노라는 이전의 전속 시녀들과는 비교도 할 수 없을 정도로 험한 꼴을 당했는데도 조금도 그만두고 싶어 하는 기색이 아니었다. 바이레 남작가에서 딸을 어떻게 키운 건지 궁금할 지경이다.

에노라가 말했다.

"공주님을 수발들 사람 하나 없이 남자분들하고만 보낼 수는 없습니다. 그리고……."

그녀가 남자들을 보며 당차게 말했다.

"설마 저 하나 지켜주실 자신도 없으신 건 아니겠지요?"

"흠. 그걸 말이라고 하나? 마음 푹 놓고 따라오시게. 어떤 위험이 닥치든 내가 해결해 줄 테니."

원래 기사도를 따르는 기사는 자존심 빼면 시체라고 해도 과언이 아니며, 젊은 나이에 왕실 기사단에 들어갈 정도로 출세한 보어는 그 전형이었다. 에노라가 자존심을 건드리는 말을 하자 대번에 가슴을 탕탕 치며 호언장담했다.

아젤이 쓴웃음을 지었다.

"그것도 일리 있는 말이긴 한데… 으음. 뭐 이미 결정된 사항이라면 어쩔 수 없지요."

그가 보기에도 에노라는 정말 당찬 소녀였다. 곱게 자란 소녀가 저럴 것 같지는 않고, 아무래도 어려서부터 위험한 경험을 많이 해본 게 아닐까 싶었다.

아리에타가 말했다.

"소수의 인원으로 이동하느니만큼 마차는 쓰지 않고 말을 타고 이동할 것이다. 에노라."

"네."

"말은 탈 줄 모를 테니……."

"압니다."

"응?"

"능숙하지는 못하지만, 오빠와 함께 배웠습니다."

"놀랍군. 대단하구나."

아리에타는 놀라고 말았다. 설마 왕실에 일하러 들어온 열두 살의 귀족 소녀가 승마술을 익히고 있을 줄이야?

아리에타가 말했다.

"잘되었군. 그럼 나와 에노라, 아젤은 말을 골라보도록 하지."

세 사람은 곧바로 요새의 마구간으로 향했다. 자일과 보어가 있는 곳에서 충분히 멀리 떨어졌다 싶자 아리에타가 말했다.

"불쾌한 일을 겪게 해서 미안하군."

"알고 계셨습니까?"

"내 귀는 쓸데없이 밝아서 멀리서도 다 들렸다."

아리에타가 쓴웃음을 지었다. 그리고 아젤을 돌아보았다.

"보어 경은 여기까지 동행했던 호위단장이 추천한 기사다. 내가 소수정예로 움직이겠다고 하니 이곳의 사령관도, 호위단장도 반드시 자기 쪽 인원을 한 명 이상 데리고 가야 한다고 매달렸는지라……."

아리에타 입장에서는 그것까지 거부할 수는 없었으리라. 그래서 알겠다고 했더니 서부 국경수비대에서는 자일을, 호위단에서는 보어를 보낸 것이다.

아리에타가 말했다.

"자일 경에 대해서는 모르겠지만, 보어 경은 꽤 실력이 뛰어나다고 들었다."

"안 그러면 굳이 단 한 명만 보낼 수 있는 상황에서 선택되진 않았겠죠. 쿼드로플 마스터더군요."

"…어떻게 알아본 건가?"

아리에타가 놀라서 물었다. 아젤이 피식 웃었다.

"별로 자기를 감추려고 노력하지 않아서요. 뭐, 전력 면에서는 도움이 될 거라고 봅니다."

아젤은 보어가 마음에 들지 않는 것과는 별개로 냉정한 평가를 내렸다. 아젤에게는 대번에 읽히기는 했지만, 자신의 기운을 통제하는 방식만 봐도 그가 기술적으로도 제법 괜찮은 수준에 올라 있음을 알 수 있었다.

아리에타가 장난기 어린 미소를 지으며 물었다.

"그대와 비교하면 어떤가?"

"음. 진지하게 대답해 드릴까요?"

"그래."

"지금 상태에서 바로 붙는다면 세 합이면 목을 날릴 수 있습니다."

"……."

아젤이 담담한 어조로 살벌한 소리를 하는 바람에 아리에타가 헛숨을 삼켰다. 옆에 있던 에노라도 움찔하는 것을 본 아젤이 아차해서 쓴웃음을 지었다.

"…표현이 좀 과격했군요. 어쨌든 보어 경은 완전히 저를 깔보고 있으니까요."

"그렇군. 보어 경은 그런 걸 까맣게 모르고 그대의 신경을 건드린 건가?"

"뭐, 앞으로도 열심히 건드리지 않을까요? 그래서 좀 고민했습니다."

"뭘 말인가?"

"눈 딱 감고 공주님한테 기사 서임 받고 결투 신청을 해버릴까……."

"내게 기사 서임을 받는 것을 눈 딱 감고… 라고 표현하다니, 제발 자신에게 그런 일이 벌어졌으면, 하고 꿈꾸는 이가 한둘이 아니거늘."

"죄송합니다. 하지만 아직 얽매일 수 없는 몸이니 그만두기로 했습니다. 제가 좀 참거나 아니면……."

"아니면?"

"공주님의 권위에 기대죠, 뭐."

"참으로 남자답지 못한 대사로다."

"제법 집안도 괜찮을 것 같은 놈이 신분 믿고 까부는데 별수 있나요. 출신도 불분명한 저는 공주님의 호의를 배경으로 둬서 맞서는 수밖에."

"솔직히 말하건대……."

아리에타가 어이없어 하며 웃었다.

"이렇게 한심한 말은 태어나서 처음 들었다. 그것도 이토록 당당하고 뻔뻔하다니."

"싫으십니까?"

"그게 또 그렇지는 않군. 참으로 신기한 일이야."

고개를 설레설레 저은 아리에타가 물었다.

"그렇다면 이번 일에 대한 보수는 그걸로 받아가겠는가?"

"네?"

"내게 얽매이지 않아도 좋다. 기사 서임을 해주겠다는 말이다."

그 말에 아젤은 잠시 멍하니 그녀를 바라보았다.

영주의 자격을 가진 귀족 혹은 왕족이 기사를 서임하는 것은 당연히 자신을 위해 일할 사람을 만들기 위함이다. 하지만 주군과 신하의 충성 계약을 기반으로 하는 기사 서임도 변칙적으로 적용되는 경우가 있었다. 봉토(封土)를 받지 않는 대신 영주에게 충성 서약도 하지 않고 기사라는 신분만을 얻는 게 가능하긴 한 것이다.

이런 변칙적인 서임은 용마전쟁 이전까지는 존재하지 않았다. 그 이전까지 기사는 말을 타고 전장에 나서는 귀한 기병이면서 영주에게 충성서약을 하고 봉토를 받은 귀족이었다.

하지만 용마전쟁 당시, 늙고 쇠약한 선황의 뒤를 이어 황좌를 물려받은 나딕 제국의 젊은 황제 하벤이 파격적인 결단을 내린다.

'기사'라는 칭호의 해석을 바꿔 버린 것이다.

기병이 아니어도 된다. 마법사도, 심지어 용마인이라도 좋다. 그 능력이 출중한 자라면 누구나 기사의 칭호를 받고 신분 상승을 꾀할 수 있다. 서임하는 영주와 서임 받는 자가 합의한다면 영주에게 충성 서약조차 하지 않아도 된다.

용마족과 싸울 인재가 하나라도 더 필요한 시대에, 신분의 문제로 뛰어난 자들이 빛을 보지 못하고 스러지는 것을 막기 위한 조치였다. 또한 당시 귀족 출신이 아닌 마법사들이 신분제의 문제로 야인이 되어 떠돌아다니는 것을 염두에 둔 한 수이기도 했다.

이것은 상당한 효력을 발휘했다. 특히 세상이 어떻게 돌아가든 상관없어 했던 마법사들을 전장으로 나서게 만드는 데 성공했던 것이다.

'하벤 폐하가 좀 더 오래 살았더라면 제국도 망하지 않고 남아 있었을지도 모르지.'

아젤은 옛일을 회상했다. 칭송받던 젊은 황제 하벤은 아젤이 막 명성을 얻기 시작한 시기에 용마왕 아테인의 손에 죽고 말았다.

하지만 그가 세상을 바꾸기 위해 했던 일은 지금까지도 남아 있었다. 세상이 참으로 신비롭다는 생각이 들었다.

잠시 생각에 잠겼던 아젤이 물었다.

"…그건 너무 공주님이 손해 보는 조건 아닙니까?"

"뭐, 어차피 잘 쓰지도 않아서 남는 권한이다. 오히려 그대 덕분에 목숨을 구한 걸 생각하면 싸지 않은가? 이럴 때는 넓은 아량을 발휘하는 척 생색을 내면서 미래에 투자해도 괜찮을 것 같군."

"제가 나중에 입 싹 씻으면요?"

"그럼… 음. 서운하겠지."

아리에타는 정말로 서운한 표정을 지어 보였다. 말투나 태도는 의젓하지만 겉모습은 예쁘장한 소녀인지라 엄청나게 귀여워 보였다.

"이런, 이런."

아젤이 졌다는 듯 양손을 들었다. 어린 소녀이면서도 전장에 나설 운명을 타고나서 자라왔기 때문인가? 겉보기와 달리 만만치가 않다.

결국 아젤이 고개를 숙였다.

"감사히 받겠습니다."

"서임에는 증인이 필요하니, 돌아가서 자일 경과 보어 경을 참석시키기로 하지."

"딱 적당하군요."

고개를 끄덕인 아젤이 문득 생각났다는 듯 에노라를 보았다.

"아, 에노라 양."

"네?"

"이제 나는 평민이 아니고 기사가 되는 건데……."

"그렇지요? 아직은 아니지만."

"뭐, 이제 금방인데 딱딱하게 굴지 마시고. 그럼 이제 꼬마 아가씨라고 불러도 되나?"

그 말에 에노라가 눈살을 찌푸리더니 아리에타에게 물었다.

"공주님, 이분 제가 한 대 때려도 되나요?"

"용마공주의 이름으로, 숙녀를 모욕한 남자를 응징하는 것을 허락하겠다."

"그럼 사양하지 않겠습니다."

"어이쿠, 무서워라."

주먹을 들어 올리는 에노라 앞에서 아젤이 과장스럽게 몸을 떨며 도망쳤다.

3

"그런 이유로, 이 자리에서 아젤 제스트링어의 기사 서임을 진행하겠다. 자일 경, 보어 경 두 사람이 증인이 되도록."

"……."

"……."

험악한 분위기로 기다리고 있던 자일과 보어가 똑같이 멍청한 표정으로 아젤을 바라보았다. 아젤이 씩 웃으며 아리에타가 앞에 한쪽 무릎을 꿇고 앉았다.

아리에타는 새하얀 검을 꺼내어 아젤의 양쪽 어깨를 두드린 다음 말했다.

"용마공주 아리에타 바일 루레인의 이름으로 선언하노니, 이 순간부터 아젤 제스트링어는 기사다."

"…이거 뭔가 심하게 생략되지 않았습니까?"

"길고 귀찮은 의례를 치르고 싶은가? 나는 다 외우고 있으니 원한다면 해줄 수는 있다."

"허례허식을 배격하는 공주님의 진보적인 정신에 감탄했

습니다."

아젤이 냉큼 태도를 바꾸자 아리에타가 코웃음을 쳤다. 그리고 말했다.

"기사의 증표를 내리노라."

그녀가 손을 내밀자 손바닥에서 새하얀 빛이 떠올랐다. 빛으로 그려진 입체적인 흰 독수리 문양이 아젤에게 둥실둥실 떠서 날아간다.

"어?"

아젤이 눈을 동그랗게 떴다.

아리에타가 말했다.

"손을 내밀어 받도록."

"이게 뭡니까?"

"기사의 증표도 모르는가?"

"으음. 처음 듣습니다."

아젤은 고개를 갸웃하면서도 손을 내밀었다. 그러자 빛의 문양이 아젤의 손등으로 스며들었다.

'영맥에 각인되는 마법인가?'

아젤은 의아해하면서 거기에 마력을 주입해 보았다. 그러자 손등에 희미하게 흰 독수리의 문양이 떠올랐다.

아리에타가 말했다.

"그것이 그대가 기사임을 증명하는 신분 증명서다. 아무나 기사를 사칭할 수 없도록 만들어진 것이지."

"허어."

아젤은 감탄했다. 자신이 잠들어 있는 동안 신분 사칭을 막기 위해 이런 것이 만들어졌을 줄이야.

아리에타가 피식 웃었다.

"본래대로라면 이 자리에 문장사를 불러서 그대의 문장을 만들어줘야겠으나, 내게 충성 서약도 하지 않는 몸이니 그것도 생략한다. 문장은 틈나는 대로 알아서 만들어서 쓰도록."

"그러지요. 돈 좀 깨지겠군."

기사는 자신의 문장을 가져야 하며, 그 문장은 기존에 없는 것이어야 한다. 기사 혹은 가문을 위한 문장을 만들어주는 문장사는 이미 존재하는 문장에 대한 지식이 풍부하며, 위조할 수 없는 문장을 만들어 내는 능력이 있기에 몸값이 비쌌다.

아리에타가 말에 오르며 말했다.

"그럼 출발하지."

그렇게 일행은 서부 국경 요새를 떠났다.

아리에타가 지도를 펼쳐 들며 자일에게 말했다.

"자일 경, 그대는 왕도에서 머무른 적이 있다고 들었다."

"그렇습니다. 2년 정도입니다만……."

"그럼 왕도까지의 여로를 그대가 정할 수 있겠나?"

"알겠습니다."

자일이 대답하자마자 보어가 못마땅한 얼굴로 끼어들었다.

"공주님, 제가 한 말씀 올려도 되겠습니까?"

"말하라."

"저는 호위대의 일원으로서 공주님과 여기까지 함께해 왔습니다. 자일 경이 이 부근의 지리에 밝을 것을 인정하지만, 왕도에 가까워진 후에는 제가 좀 더 나으리라고 봅니다."

보어는 자일이 여로를 결정하는 게 못마땅해하는 기색이 역력했다. 하지만 아리에타가 공정한 성격임은 널리 알려진 사실이기에 억지로 주도권을 잡는 대신 설득력을 부여하고자 노력한 것이다.

아리에타가 고개를 끄덕였다.

"일리 있는 말이군. 자일 경, 어떻게 생각하는가?"

"보어 경의 의견이 옳다고 봅니다. 제가 왕도에서 지낸 적이 있긴 합니다만, 그 부근의 지리에 아주 밝지는 못하니까요. 보어 경과 의논하여 길을 정하도록 하겠습니다."

자일은 반발하지 않고 순순히 보어의 참견을 받아들였다.

아리에타가 말했다.

"맡기겠다."

여행에 필요한 물품은 대충 다 챙겨왔기 때문에 서부 국경 요새와 인접해 있는 마을은 그냥 지나치기로 했다. 에노라가 반발했다.

"하지만 거길 지나치면 저녁때가 되어서야 마을에 들어갈 수 있는데, 그러면 공주님은 제대로 된 점심을 드실 수 없어요."

"식사 문제라면, 괘념치 않아도 된다. 나도 전장에 있을 때는 먹을 것을 가리지 않으니."

"하지만 공주님……."

"에노라, 이곳은 왕궁이 아니다. 그리고 난 그런 문제로 시간을 지체할 생각이 없다. 그러니 그때그때 상황이 허락하는 선에서만 최선을 다하거라. 없는 걸 내놓으라고 하지 않을 것이니."

아리에타가 강경하게 말하자 에노라도 포기할 수밖에 없었다. 왕궁에서 용마공주를 전속으로 모시는 시녀로서는 도저히 상상할 수 없는 상황이다. 하지만 에노라도 비교적 사고방식이 유연한지 불만의 기색조차 보이지 않았다.

아젤은 그런 에노라에게 흥미를 가졌다. 경사가 있는 길을 천천히 달리는 동안 말을 옆으로 붙이고 말을 걸었다.

"에노라 양, 말은 제법 잘 타네."

"처음에는 조금 헤맸어요. 안 탄 지가 오래되어서……."

고향에서 왕도까지 올라가는 동안에는 마차가 아니라 말을 타고 갔다고 했다. 하지만 왕궁에서 일하기 시작한 후부터는 당연하게도 말을 탈 기회가 없었다.

아젤이 물었다.

"혹시 활도 쏠 줄 알아?"

"어떻게 아셨어요?"

에노라의 눈이 휘둥그레졌다. 아젤이 씩 웃었다.

"그 나이에 승마를 배웠으면 혹시 그렇지 않을까 싶었어."

이 시대에는 어떨지 모르겠지만, 아젤의 시대에는 설령 무가의 여식이 아니라도 귀족가의 딸이라면 자기를 지킬 수 있는 무예를 교양으로 배우는 경우가 많았다. 그중 가장 대표적인 것이 승마와 궁술이었던 것이다.

아젤이 물었다.

"활솜씨는 어때?"

"큰 활은 당기지 못해요. 힘이 부족해서……."

에노라가 부끄러워하며 대답하자 다들 놀란 눈으로 바라보았다. 하지만 아젤만은 놀라지 않고 웃었다.

"대단하네. 혹시 검술은?"

"그건 배우지 않았어요."

"어째서?"

"언젠가 시집갈 딸은 배울 필요 없다고 하셨거든요. 가문의 검술은 힘을 중시하는지라 우락부락해질 거라고……."

"아하. 그런 이유인가. 스피릿 오더는?"

"그것도 비슷해요. 언젠가 시집갈 딸에게는 비전을 전할수 없다고 그러셨어요."

"그렇군."

용마전쟁 때는 아들이고 딸이고 가리지 않고 스피릿 오더를 전수해서 전력으로 키웠다. 하지만 그것도 용마전쟁이 발발하기 전에는 상상도 할 수 없는 일이었다고 하니, 이후에 기술의 전승이 남성 위주가 된 것도 당연한 일이리라.

아리에타가 에노라에게 말했다.

"네게 그런 재주가 있는 줄은 전혀 모르고 있었다."

"시녀에게는 필요 없는 재주니까요."

"혹시 시녀장은 알고 있는가?"

"예, 면접 때 말씀드렸습니다."

"흐음."

아리에타는 에노라가 관례를 깨고 자신의 전속 시녀가 된 이유를 알 것 같았다. 워낙 전속 시녀들이 견디지 못하니 시녀에게는 전혀 필요 없는 요소들도 평가에 반영된 모양이다.

흥미가 생긴 아리에타가 물었다.

"언니가 있다고 들었다."

"예."

"다른 형제자매들은?"

"오빠와 남동생이 있습니다."

"그렇구나. 다들 고향에 있는가?"

"오빠는 공부를 위해 왕도에 가 있습니다."

에노라는 긴장하며 대답했다. 지금까지 아리에타가 자신의 신상에 대해서 궁금해한 적이 없기 때문이다.

그것은 아리에타가 에노라 역시 얼마 못가서 다른 사람으로 교체될 거라고 여겼기에 묻지 않은 것이었다. 하지만 지금까지 그녀가 보인 태도와 내력을 보니 오랫동안 함께 지낼 수 있을 것 같아서 자연스럽게 흥미가 일었다.

"바이레 남작령은 어떤 곳인가?"

"아, 저희 영지는 시골이에요. 왕도에 비하면 정말 아무것도 없는… 하지만 넓은 들판과, 아름다운 꽃들이 피는 곳이죠."

에노라는 아련한 눈으로 고향의 풍경을 이야기했다. 그녀의 이야기를 들어보면 바이레 남작령은 꽤 척박한 시골 영지인 모양이다. 영지를 계승할 맏아들을 왕도로 교육하러 보내는 것도 재정상 힘들었을 정도로…….

그리운 듯 고향의 이야기를 하던 에노라가 문득 생각났다는 듯 아젤을 바라보았다.

"아젤 아저씨는……."

"아젤 경."

아젤이 그녀의 말을 잘랐다. 이제 기사 서임도 받았으니 아저씨라고 불리는 건 사양하고 싶었다.

에노라가 입술을 삐죽였다.

"막 기사가 되었으면서."

"그래도 기사는 기사지. 날 아저씨라고 부르면 꼬마 아가씨라고 부를 테다."

"음. 그럼 그렇게 할까요?"

"…아니, 아무리 생각해도 내가 손해 보는 것 같으니 그만두지."

아저씨라고 불리기는 싫었으므로 아젤은 순순히 패배를 인정했다.

에노라가 승리자의 미소를 지은 채 물었다.

"왜 제가 활쏘기를 배웠을 거라고 생각하셨어요?"

"말을 탈 줄 아니까. 왠지 나한테는 그 두 가지가 하나로 연결되어 있거든."

아젤은 쓴웃음을 지으며 말했다. 물론 '기억이 불분명한 사람'을 연기하기 위한 표정이었지만 에노라에게는 잘 먹혀들었다.

"아……."

"신경 쓰지 마. 이제는 이것저것 많이 떠오르고 있어."

"고향에 대해서 떠오른 건 없나?"

아리에타가 물었다. 그 말에 아젤은 잠시 생각에 잠겼다.

"글쎄요. 고향이라……."

아젤은 자신의 출생지를 모른다. 기억도 나지 않는 어린 시절에 부모를 잃고 여기저기 떠돌아다니며 자랐기 때문이다.

하지만 그래도 고향이라는 말을 들었을 때 떠오르는 풍경은 있다. 황제가 그를 후작으로 봉했을 때 내려준 카르자크 후작령이다.

아마도 전쟁이 끝나고 나서 용의 수면기를 모방해서 잠들기까지, 괴로웠지만 평온했던 2년간을 보낸 곳이기 때문이리라. 그 땅은 아젤에게는 목숨을 걸고 싸워서 되찾은 평화의 상징 같은 장소였다.

아젤이 아련한 눈으로 말했다.

"비룡이 있었어요."

"비룡?"

"네, 언제나 해가 뜰 때쯤 동쪽으로 사냥을 나갔다가 해질녘이면 서쪽의 산으로 날아 돌아오는 비룡이 있었죠. 매일 서녘으로 날아가는 용의 모습을 보면서 하루가 끝났다는 걸 실감했었던… 그런 기억이 나는군요."

카르자크 후작령 부근에는 세 마리의 용이 있었다.

무수한 용살의 의식을 치르고, 용마검을 완성한 아젤은 그들과 서로 존중하는 사이였다. 인간과 용은 서로 대화를 나눌 수 없기에 소통하지 않지만, 분명히 영주인 아젤과 그들 사이에는 서로를 존중하는 마음이 있었다.

그들이 있었기에 카르자크 후작령은 평화로웠다. 용마전쟁으로 인해 피폐해진 땅을 재건하는 동안, 마물의 위협도 거의 받지 않았고 인간이 이해할 수 없는 이유로 용이 날뛰는 일도 없는 평온을 구가할 수 있었다.

'지금도 있을까?'

아젤은 문득 그 풍경이 그리워졌다. 지금 이 시대에 카르자크 후작령은 어느 나라에 속해 있을까? 지금도 그 이름 그대로 남아 있기는 할까?

아직도 아젤은 그 사실을 모른다. 이 시대에 대해서 모르는 것들이 너무나도 많았다.

아리에타가 말했다.

"어쩌면 그게 그대의 출신을 알 단서가 될지도 모르겠군."

용이 인간 앞에 빈번하게 모습을 드러내는 지역은 정말 드물다. 그것만으로도 그 지역을 특정할 수 있을 정도로……

"그랬으면 좋겠군요."

아젤은 진심으로 그렇게 생각했다.

4

여행 첫날은 아무 일 없이 지나갔다.

용 그림자라 불리는 자들이 아리에타를 납치하는 일을 완전히 포기했는지, 아니면 한 번 실패한 뒤로 서부 국경수비대의 영향권 내에서 일을 벌이는 것을 피했는지는 알 수 없는 일이다. 어쨌든 하루 종일 아무 일도 없자 아젤은 속으로 안도했다.

점심때는 도로변에서 야숙했던 일행은 저녁에는 부근의 소도시에 도착했다. 아리에타는 굳이 신분을 밝히지 않았지만 척 봐도 신분이 높아 보이는 일행이었기 때문에 아무런 문제 없이 성문을 통과했다.

비교적 호화로운 숙소를 잡고 나자 아젤이 물었다.

"영주에게는 알리지 않으실 겁니까?"

"그럴 생각이다. 알렸다가는 무조건 여정이 지체될 테니까."

용마공주인 그녀가 신분을 밝히면 영주 입장에서는 그녀를 모셔서 대접하지 않을 수 없다. 하룻밤 머무르는 것으로 끝나는 게 아니라 이런저런 귀찮은 자리가 마련될 것이다.

귀족사회의 관례가 그러한지라 어지간히 급박한 사정이 있지 않고서야 물리칠 명분이 없었다. 그렇기에 아리에타는 신분을 밝히지 않고 길을 재촉하는 쪽을 택했다.

아리에타가 말했다.

"그럼 씻고 좀 쉬어야겠군."

"전 잠시 자일 경과 놀아야겠군요."

"놀다니?"

아리에타가 의아해하며 물었다. 그 표현이 의미하는 바를 이해할 수 없었기 때문이다.

아젤이 대답했다.

"대련을 하기로 해서요."

"호오."

아리에타가 흥미를 보였다. 용마인으로 타고난 마력이 돋보이기는 하나 그녀 역시 어려서부터 검술을 비롯한 각종 무예를 연마해 온 무인이었다.

"내가 구경해도 되겠는가?"

"상관없지요. 자일 경은 좀 부담스러워하겠지만."

"그도 기사이니 내가 참관하는 것을 영광으로 아는 것은 물론, 기회로 삼고 싶어 하지 않겠는가?"

"음? 그게 또 그렇게 되는군요."

용마공주인 아리에타에게 자신의 기량을 어필한다는 것은 출세와도 이어질 수 있는 일이다. 아리에타는 자신의 지위가 어떤 의미를 갖는지 정확히 이해하고 있었다.

아리에타가 말했다.

"그리고 사령관이 직접 추천한 인재이니 실력을 봐두고 싶기도 하군. 아직 젊은 청년인데……."

"……."

"왜 그런 눈으로 보는가?"

"아니, 공주님께서 자일 경을 '젊다'고 하니 엄청나게 위화감이 들어서요."

아리에타는 17세의 소녀인데 비해 자일은 기사나 군인으로서는 어리다는 소리를 들을 만하지만 그래도 19세다. 그런데 이런 소리를 하니 위화감이 들 수밖에.

아리에타가 쓴웃음을 지었다.

"그렇게 들릴 수도 있겠군. 하지만 내가 사람의 나이를 따질 때는, 나 자신의 나이와 비교하는 경우보다 그렇지 않은 경우가 더 많다."

"하긴 그렇겠군요."

"아젤 경, 그대가 보기에는 어떤가?"

"자일 경의 실력 말입니까?"

"그렇다."

"보어 경과 견주어도 떨어지지 않을 겁니다. 실전에서 어 떨지는 알 수 없는 일이지만, 스피릿 오더 수련자로서의 기량 만을 본다면 말이죠."

"지닌 마력이 상당하다고는 생각했다. 그 나이에 놀라운 성취로군."

"그것도 공주님이 말씀하시니 참……."

"또박또박 내 말에 토를 다는 것도 왕궁이었으면 불손하다 고 경을 쳤을 것이다."

"그렇잖아도 옆에서 따가운 시선이 느껴지는군요."

아리에타가 웃으면서 던진 말에 아젤이 슬쩍 옆을 바라보 았다.

에노라가 한마디하고 싶어 하는 티를 풀풀 내면서 째려보 고 있었다. 아리에타가 개의치 않는 태도를 보이지 않았다면 나서서 한소리하고 나섰으리라.

아리에타가 말했다.

"나 자신이 스피릿 오더 수련자는 아니지만……."

용마인인 그녀는 스피릿 오더 수련자가 될 수 없다. 애당초 스피릿 오더는 인간이 인간을 위해 만든 기술이기 때문이다.

그러나 용마력은 단순히 마법의 바탕으로만 활용되지 않 는다. 용마족과 용마인에게는 마법보다 감각적인, 스피릿 오더의 모체라고 할 수 있는 기술 '용령기(龍靈技)'가 전승되고 있었다.

아리에타는 용령기 수련자다. 그녀가 전투시에 용마력을 발휘하면서 언령을 매개로 삼는 경우가 많은 것도 그런 이유였다.

"주변에 많은 스피릿 오더 수련자를 보았으니 어느 정도 그들의 기량을 가늠하는 안목은 있다. 자일 경의 나이에 저 정도 성취를 보이는 인물은 내 기억 속에서도 찾기 어렵군. 빈스 자작가라는 가문은 들어본 적이 없지만 자식 교육을 잘 시킨 모양이야."

"자일 경의 가문이 유명하진 않은가 보군요."

"적어도 나는 들어본 적이 없는 가문이다. 귀족 가문도 모래알처럼 많으니 따로 인연이 있거나 아니면 어지간히 이름 나지 않고서는 알 수 없지."

"하긴……."

아리에타쯤 되는 인물이 기억해야 할 게 한둘이겠는가? 용마공주인 그녀가 기억하고 있다는 건 곧 그 가문이 유명하거나 왕실에 의미가 있다는 의미나 마찬가지다.

그리고 그 이야기를 들으니 귀족가의 자제로 태어나 기사 서임을 받은 자일이 왜 서부 국경수비대의 군인으로 일하고 있었는지 이해가 갔다. 별로 가문의 위상이 높은 편이 아니고 연줄이 있는 것도 아니라면 아무리 실력이 있어도 제대로 된 자리를 얻기 힘든 법이다.

아리에타가 말했다.

"그럼 가보도록 하지. 어디서 할 생각인가?"

"이 숙소는 뒤쪽에 정원이 있더군요."

아젤은 아리에타, 에노라와 함께 정원으로 향했다. 먼저 나와 있던 자일이 깜짝 놀랐다.

"공주님?"

"두 사람이 대련을 한다고 들었다."

"그, 그렇습니다만……."

"사령관이 칭찬한 그대의 기량을 보고 싶구나. 보여줄 수 있겠는가?"

아리에타의 물음에 당황하던 자일의 표정이 굳어졌다. 눈빛이 달라진 그가 말했다.

"기꺼이 그러겠습니다."

그 태도는 아젤에게는 좀 의외였다.

'의외로 출세욕이 있었나?'

아젤이 본 자일은 출세나 권력에 집착하지 않는 인물이었다. 서부 국경수비대에 있을 때도 정체도 알 수 없는 아젤 같은 인물을 상대로도 권위를 내세우는 일이 없었고, 오늘도 보어 경이 하루 종일 사사건건 주도권을 잡으려고 나대는데도 아무런 반감을 보이지 않았다.

그런 사람이 아리에타가 실력을 보고 싶다는 한마디에 의욕에 넘치는 눈빛을 보이니 이상하다.

'그러고 싶은 마음은 있는데 성격상 가만히 있던 타입인가?'

그럴 수도 있겠다 싶었다. 전장에서 적극적인 모습을 보이고, 자신의 기량을 인정받고는 싶어 하지만 전공을 어필하거나 출세를 위해 여기저기 줄을 만들어두는 등의 행동은 서툰이도 많이 봤기 때문이다.

흥미를 느끼는 아젤 앞에서 자일이 말했다.

"아젤, 아니… 아젤 경. 예정을 좀 바꿔도 되겠는가?"

"어떻게?"

아젤은 기사 서임을 받은 직후부터 자일에게 말을 놔버렸다. 신분상 예우해 주고 있던 것이지, 아니면 굳이 그럴 이유가 없기 때문이다.

대신 자일에게도 굳이 존대하지 말고 편하게 대하라고 말해두었다. 자일은 의외로 유연하게 아젤의 태도 변화를 받아들였다.

자일이 말했다.

"모든 것을 보일 수 있는 대련으로."

"그러도록 하지. 하지만 주변을 파괴하는 일은 없도록 물리적 여파가 큰 기술은 사용하지 않는 걸로 해두자고."

"알겠다."

두 사람은 검을 들고 마주 섰다.

아젤은 그 어느 때보다도 진지한 자일을 보면서 고민했다.

'이거 어쩐다?'

자일은 아직 아젤의 실력을 모른다. 아젤이 적당히 맞춰서 상대해 줬기 때문이다.

하지만 아리에타는 아젤의 실력을 안다. 아마 현 시대의 사람들 중에서는 가장 많은 정보를 가진 사람일 것이다.

'어중간하게 할 수는 없겠군.'

잠시 고민하던 아젤은 결국 결정을 내렸다. 하지만 곧바로 본 실력을 발휘해서야 자일에게 너무하는 것 같았으므로 그 전에 경각심을 일깨워 주기로 했다.

"자일 경. 내가 선공하겠어."

"드문 일이군."

자일이 의아해했다. 아젤은 자일과 대련할 때는 기다렸다가 반격하는 것을 선호했지 선공해 오는 경우가 별로 없었기 때문이다. 아젤이 자일에게 준 인식, 즉 '마력이 부족하다'는 것 때문에 취한 태도였다.

물론 지금도 아젤의 마력은 부족하다. 용살의 의식으로 흡수한 힘을 고속으로 소화해 내가면서 두 번째 생명의 고리까지 듀얼 밴딩을 완료, 세 번째 생명의 고리까지 만들기 시작했지만 전성기 때에 비하면 새 발의 피다.

하지만 며칠 전과 비교하면 하늘과 땅 차이다. 체내에 축적된 마력의 양만이 아니라 효율이 달라진 것이다. 1의 마력을 쓴다고 칠 때, 생명의 고리 하나를 통해 증폭하는 것과 두 개를 통해 증폭하는 것은 큰 차이가 난다. 듀얼 밴딩을 완성한 상태라면 그 격차는 더욱더 크다.

무엇보다 그 힘을 다루는 자가 아젤 정도로 기량이 뛰어나다면 말할 것도 없다.

아젤의 눈을 본 자일은 오싹했다.

'뭐지?'

지금까지 아젤을 상대하는 동안 한 번도 느껴본 적 없는 감각이다. 그가 스피릿 오더 수련자로서 뛰어난 기술을 가졌음은 인정한다. 하지만 이렇게 마주하고 있는 것만으로도 베일 것 같은 위압감을 발하는 것은 처음이다.

츠팟!

다음 순간, 칼날이 자일을 가르고 지나갔다.

'당했다……?'

자일은 순간적으로 자신이 베였다고 느꼈다. 어떤 조짐도 없이 갑자기 튀어나온 칼날이 그의 몸을 정확히 가르고 지나갔다.

하지만 그러면서도 거의 반사적으로 뒤로 물러나면서 검을 휘두르고 있었다.

챙!

검과 검이 맞부딪치며 날카로운 소리가 울렸다.

그 소리가 자일의 정신을 일깨웠다. 자일은 헉하고 헛숨을
토했다.

"…뭐였지?"

"역시 자일 경은 감각이 좋아. 그리고 스승이 누구인지 모
르지만 잘 단련시켰군. 아주 철저하게."

그 앞에서 아젤이 웃고 있었다. 여유 있게 미소 지은 그를
보는 자일의 얼굴에서 식은땀이 흘러내렸다.

사람은 싸울 때 상대를 보며 다음 움직임을 예측한다. 시
선, 표정, 호흡, 어깨의 움직임 등등… 오감으로 받아들이는
정보 모두가 통찰의 재료가 된다.

그렇기에 기량이 뛰어난 자라면 상대의 통찰에 혼란을 안
겨주는 것을 당연시한다. 행동에 허와 실을 섞어서 속이거나,
기술을 갈고닦아서 상대방이 행동을 예측할 수 있는 정보를
감춘다. 사전 동작을 최대한 줄임으로써 상대방이 보고, 예측
하고, 반응할 수 있는 여유를 극단적으로 줄여 버리는 것이
다.

하지만 방금 전 아젤의 공격은… 정말로 아무런 조짐도 없
었다.

'움직이지도 않았다. 아니, 찌른 후에 움직였어.'

자일의 뇌리에서 방금 전의 일이 되살아났다.

서로가 마력을 얕게 전개해 두고 가벼운 견제를 시작하고 있던 참이었다. 그런데 갑자기 아젤이 마력을 담금질하여 뽑아 낸 정신파의 실이 자일의 영역 한복판에서 출현, 칼날의 허상이 되어 그를 베어버렸다.

그리고 그 직후 아젤이 뛰어들어서 검을 내질렀다.

자일이 이 공격을 막아낸 것은 요행이었다. 가문에서 무예와 스피릿 오더의 비전을 배울 때, 정신과 육체를 분리하여 방어하는 기술을 훈련받지 않았다면 일격으로 당했으리라.

자일이 말했다.

"…대단하군. 우리 아버님조차도 이런 기술은 보여주신 적이 없다. 정말로 베이는 줄 알았어. 마법사가 구사하는 환각 마법이라면 모를까, 어떻게 이런 게 가능하지?"

그 말에 아젤이 학생을 가르치는 교사처럼 말했다.

"스피릿 오더는 정신을 다루는 기술. 무예는 몸을 단련하고, 기술을 연마하고, 정신을 수련하지. 그러나 스피릿 오더는 반대야. 정신을 수련함으로써 마력을 인지하고 움직이는 감각을 손에 넣고, 그것을 활용하는 기술을 익히고, 마지막으로 육체에 적용한다."

"즉 정신을 다루는 기술을 연마하면 이런 일도 가능하단 말인가?"

"그래."

그렇기에 스피릿 오더라 불리는 것이다. 용마족과 용마인들의 용령기를 모체로 삼아 '몸으로 쓰는 직관적이고 감각적인 마법'이라는 테마로 발전해 온 마법의 다른 형태.

아젤은 의아해했다.

'마력을 다루는 기술, 그것을 육체에 적용하는 기술로만 보면 내 시대에 뒤떨어지지 않아. 오히려 나은 면도 보인다. 방금 전의 방어도 어쩌다 보니 막은 게 아니라 제대로 정립된 기술을 훈련받은 결과로 보이고.'

그런데 정신을 다루는 기술은 어이없을 정도로 수준이 낮다. 자일이 미숙하기 때문일까?

'아니겠지.'

며칠 전의 일을 보면 그것도 아닌 것 같다. 당시에 적은 다수의 마물로 기습을 가하면서 군념을 숨길 생각을 하지 않았으며, 아군은 그것을 읽어내지 못했다.

그런데도 자일을 보면 정신을 방어하는 기술은 높은 수준으로 터득하고 있다. 능동적으로 쓰는 게 아니라 항시 자신의 정신에 성벽을 둘러놓는 것 같은 무식한 방식이기는 하지만, 그 견고함은 높이 평가할 만하다.

다만 상대의 정신에 영향을 끼치는 기술이 특히 많이 실전(失傳)된 것 같다. 스피릿 오더의 기원을 생각하면 정말로 어처구니없는 일이다.

아젤은 의문을 거두고 말했다.

"자, 이걸로 준비 운동은 마치기로 하지."

"아젤 경, 당신은 자상한 사람이군."

"기왕이면 공정한 사람이라고 해줬으면 좋겠는데."

아젤은 자일이 자신의 의도를 알아차린 것에 웃었다. 이 한 수로 자일은 아젤을 얕보고 있던 마음을 버렸다. 그가 적어도 기술면에서는 자신보다 훨씬 위에 있다는 사실을 인정한 것이다.

자일이 정신방벽을 강화했다. 공격에 쓸 수 있는 마력이 눈에 띄게 줄지만 어쩔 수 없다. 평소에도 충분히 강건한 벽을 세워두지만, 아젤은 어이없을 정도로 쉽게 뚫어버리지 않았는가?

그리고 자일이 저돌적으로 공세를 펼쳤다.

채채채채채챙!

무시무시할 정도로 빠른 공방이었다. 검과 검이 맞부딪칠 때마다 허공에서 불꽃이 튀고 은빛의 궤적이 현란하게 내달린다.

정신없이 공세를 퍼붓던 자일은 어느 순간 아젤의 움직임이 이상해졌다고 느꼈다. 그와 박자를 맞추듯이 격하게 움직이던 그가 이질적일 정도로 느리게, 그리고 부드럽게 옆으로 흐른다.

'헉!'

그리고 마치 자일의 검세를 농락하듯이 그 사이를 통과한 칼날이 비스듬하게 솟구친다.

자일은 기겁하며 뒤로 물러났다. 그러자 마치 기다렸다는 듯 뱀처럼 춤추는 칼끝이 그를 추적해 온다.

차앙!

자일은 가까스로 그것을 막고 거리를 벌렸다.

자일이 식은땀을 흘리며 물었다.

"이 검술은 뭐지?"

그는 한 박자 늦게 깨달았다. 아젤이 여러 종류의 검술을 쓰고 있다는 것을.

그동안 몇 번이나 대련하면서 아젤의 검술이 어느 정도 눈에 익었다고 생각했다. 그런데 극단적으로 이질적인 검술을 익히고 있을 줄이야.

아젤이 대답했다.

"뭐라고 부르는지는 기억나지 않아. 하지만 난 꽤나 많은 검술을 잡탕으로 익혔던 것 같아."

그 말은 사실이었다. 아젤은 살면서 수십 가지의 검술을 터득했으며 그것들을 하나로 망라해서 자신만의 검술을 만들었다. 그의 검술은 용마전쟁이 끝난 후 황제의 명령으로 나딕 제국 황실 기사단의 제식 검술로 채택되기도 했다.

'지금도 남아 있을까?'

220년이 지난 지금도 자신이 창안한 검술이 명맥을 이어오고 있을까? 만약 그렇다면 최고의 명예일 것이다.

그렇게 생각하는 아젤 앞에서 자일이 한숨을 쉬었다.

"내 패배를 인정하겠다."

"음? 벌써?"

"유감스럽게도 지금 내 실력으로는 당신의 상대가 못 되는 군. 그렇게 공격을 가했는데도 한 걸음도 물러나게 만들지 못했으니."

그 말대로 자일이 현란한 공세를 펼치는데도 아젤은 한 걸음도 움직이지 않았다. 그 자리에 못 박힌 채로 자일의 위치를 자신의 정면에서 벗어나지 못하도록 제어하는 것은 물론, 그의 감각마저도 자신의 의도대로 현혹시켜서 허점을 만들어 냈다.

자일은 아젤보다 힘도 세고, 속도도 빠르고, 마력도 강하다. 하지만 아젤의 기술이 그 모든 물리적인 격차를 뒤집어버릴 정도로 압도적이었다.

자일이 말했다.

"좋은 공부가 되었다. 앞으로도 상대를 부탁해도 괜찮을까?"

"물론."

아젤이 고개를 끄덕이자 자일이 아리에타에게 고개를 숙였다.

"부족한 모습을 보여드려서 죄송합니다."

"아니, 좋은 구경을 했다. 아젤 경, 당신은 역시나 짓궂은 남자로군."

"그렇습니까?"

"그대가 누군가를 가르쳤다면, 아마도 그 제자는 꽤나 스승에게 불만이 많았을 것이다."

"왠지 경험에서 우러나는 말씀 같습니다만, 제 착각입니까?"

"아니, 유감스럽게도 맞다. 내 스승이 그대와 좀 닮은 구석이 있지."

"호오, 그런 좋은 사람에게 가르침을 받으셨군요."

"스스로의 얼굴에 금칠을 하는 재주가 비상하도다. 내 스승이신 타란토스 공작이 들었다면 분명히… 음. 웃었겠군."

"공주님께 검술을 가르친 분이 용검공작이셨습니까?"

자일이 깜짝 놀라서 끼어들었다. 그러다가 아리에타의 눈이 자신에게 향하자 깜짝 놀라서 고개를 숙인다.

"죄송합니다."

"아니, 괜찮다. 거창한 자리도 아니니 그렇게까지 예를 신경 쓰지 않아도 된다. 솔직히 귀찮으니."

투덜거린 아리에타가 말을 이었다.

"용검공작, 그분이 맞다."

"세상에. 공식석상에 모습을 드러내는 일이 거의 없다는 그분이……."

"뭐, 왕실과는 인연이 많은 분이라 왕실에서 요청하면 귀찮아하는 티를 있는 대로 내면서도 응해주기는 하신다."

그 말에 아젤은 고개를 갸웃하고 있었다.

'용검공작이라니 제법 거창한 별명일세?'

뭐, 아젤 자신도 별명의 거창함이라면 뒤지지 않는다. 용마 전쟁 때 최고로 활약하다가 용마왕 아테인을 쓰러뜨린 몸이니 그럴 수밖에 없다.

아젤이 물었다.

"어떤 사람입니까, 그 용검공작이라는 분은?"

"…용검공작님을 모른다고?"

그 말에 자일은 세상에 어떻게 그럴 수가 있냐는 표정으로 아젤을 바라보았다.

아젤은 누군가에게 똑같은 시선을 받은 적이 있었음을 상기해 냈다.

'아, 용마공주가 누군지 모른다고 했을 때 릭의 표정이 딱 저랬지.'

아무래도 용검공작이라는 인물은 용마공주만큼이나 유명해서 이 나라에서는 모르는 이가 간첩 취급을 받는 모양이다.

아리에타가 웃었다.

"아젤 경은 기억을 잃은 몸이니 그럴 수도 있겠지."

"사실 전 공주님에 대해서도 몰랐습니다. 용마공주가 용마족이 세운 왕국의 공주님이냐고 물었다가 릭 군의관이 지금 자일 경이 지은 것과 똑같은 표정으로 저를 봤었죠."

"아주 신선한 경험이로고."

"그렇습니까?"

"태어나서 지금까지 나를 모르는 사람을 본 적이 없었다. 나 개인에 대해서는 그렇다 쳐도 '용마공주'라는 존재에 대해서는."

"과연."

아젤이 고개를 끄덕였다. 며칠간 이 시대에 대해 학습한 바로 그녀의 존재는 이미 일반 상식이었다.

아젤이 물었다.

"용검공작도 용마공주처럼 대물림되는 칭호입니까?"

"아니, 그렇지 않다. 용마공주와 비교하면 용검공작은… 음. 그래. 상식과 전설의 차이라고 하면 적절할 것 같군."

"용마공주는 상식이지만, 용검공작은 전설이라는 말씀입니까?"

"그렇다. 용검공작, 즉 타란토스 공작은 용마족이다. 벌써 100년 이상을 살아오신 분이지."

"아……."

용마족이 인간사회의 일원이 되었다는 이야기는 이미 들었다. 하지만 이렇게 구체적인 예가 나오니 꽤나 신선한 기분이 들었다. 용마족이면서 인간이 세운 왕국의 대영주이며, 공주의 스승이기까지 하다니.

'재미있군.'

한번쯤 만나보고 싶다는 생각이 들었다.

6

　용마족 숭배자는 어디에든 있다.

　현재 인간이 지배하는 세상이 그릇되었으며, 용마왕이 실현하고자 했던 이상이 옳다고 믿는 자들은 각계각층에 침투해 있었다. 굳이 인간 사회에서 심한 차별을 겪으며 자라난 용마인이 아니더라도 수많은 이가 정체를 감추고 그들에게 협력한다.

　그것은 이미 하나의 종교였다. 양지에 떳떳하게 드러나지 못하고 어둠 속에서 구원자 용마왕이 돌아오는 날을 기다리는…….

　"그렇군. 일이 귀찮게 되었어."

　비밀결사 '용 그림자' 의 레지나는 수하들의 보고를 받고는 쉰 목소리로 중얼거렸다.

　용 그림자는 강력한 힘을 가진 자들이 모인 조직이다. 셀수도 없을 정도로 많은 용마왕 숭배자 조직 중에서 수많은 하부 조직을 거느린, 즉, 여기에 몸담고 있는 것만으로도 제법거물 취급을 받을 수 있는 상위 조직이었다.

　그들은 세상 어딜 가든지 점조직 형태로 연결된 하부 조직의 지원을 받을 수 있었다. 특히 정보망이라는 측면에서는 무서울 정도였다.

고개를 조아린 수하에게 돌아가라고 말하려 할 때, 안쪽에서 여성의 목소리가 들려왔다.

"무엇이 귀찮다는 것이지?"

그리고 시간이 정지했다.

아니, 실제로 시간이 정지한 것은 아니다. 하지만 적어도 레지나는 그렇게 느꼈다.

눈앞에 있던 수하들이 행동을 멈추었다. 그냥 멈춘 것이 아니다. 눈 깜빡이는 것조차 잊고, 아니, 숨 쉬는 것조차 잊고 그대로 정지해 버렸다.

레지나가 이 괴기스러운 현상을 일으킨 이를 돌아보았다.

"니베리스 님, 인간은 이런 상태로 두면 금세 죽습니다."

"걱정하지 않아도 된다. 나도 그쯤은 알고 있으니."

니베리스라고 불린 것은 긴 검은 머리칼과 갈색 눈동자를 가진, 20대 중반의 여성이었다. 겉으로 보기에는 냉소적인 인상의 미녀로 보이지만 그 속은 인간이 아니다. 레지나보다도 훨씬 높은 지위를 가진 고위 간부였다.

니베리스가 한 번 눈짓을 하자 정지했던 수하들의 상태가 변했다. 정지해 있는 것은 똑같지만 눈을 감고 천천히 숨을 쉰다.

이것은 니베리스가 정신계 마법을 이용해서 그들의 의식을 정지시켜 버린 결과였다. 그녀는 누구에게도, 심지어 용마왕 숭배자들에게도 자신을 드러내는 것을 꺼려해서 정보 노출을 최소화하고 있었다.

니베리스가 말했다.

"방금 전의 물음에 대답해라."

"용마공주 일행이 총 다섯 명의 소수라고 합니다."

"다섯 명?"

"네."

"용마공주씩이나 되는 자의 수행인원이 고작 그거밖에 안
된다고?"

"그렇습니다."

"무슨 생각이지? 혹시 가짜로 위장해서 양동작전을 펼치려
는 것인가?"

"그건 아닌 것으로 확인되었습니다."

"흐음. 그럼 일이 편하게 되지 않았나? 왜 귀찮아졌다는 것
이지?"

니베리스가 고개를 갸웃했다. 그녀는 아리에타가 왜 그런
선택을 했는지, 그리고 레지나가 그것을 두고 일이 귀찮게 되
었다고 하는지 이해하지 못하고 있었다.

레지나는 그런 그녀를 보며 생각했다.

'곱게 자란 분답군.'

니베리스는 조직의 고위 간부의 혈통이었다. 강력한 힘의
소유자이기는 하지만 세상에 나선 적이 별로 없다고 한다. 고
위 마법사인만큼 총명하겠지만, 세상일에 대한 이해는 머리

가 좋다는 것만으로 되는 게 아닌 법이다.

레지나가 설명했다.

"용마공주가 최대한 많은 호위를 거느리고 나온다고 하더라도 그 수에는 한계가 있었을 겁니다. 많아 봤자 7, 80명 정도였겠죠. 아무리 서부 국경수비대라고 하더라도 그 이상의 인력을 차출하기는 무리였을 테니."

"그래도 다섯 명보다는 훨씬 귀찮지 않았을까?"

"우리 입장에서는 어중간하게 다수인 편이 낫습니다. 그 정도 숫자라도 대다수는 평범한 병사에 불과했을 테니까요. 그리고 다수인만큼 이동 속도가 느려지고, 행적을 파악하기도 쉽지요."

"흠. 그러니까 소수이기는 하지만 정예일 것이고, 우리가 공격했을 때 도망치기 쉬울 것이다? 그런 의미인가?"

"그렇습니다."

레지나는 아리에타의 의도를 훤히 파악하고 있었다. 그리고 그것이 자신들을 귀찮게 만들기에 충분하다는 것도.

"이 지역에는 우리가 다져 놓은 입지가 거의 없습니다. 많은 인원을 동원하는 것은 불가능하지요."

"저쪽이 소수인데 이쪽이 다수일 필요가 있을까?"

"필요합니다."

"나만으로는 부족할 것이라고 생각하느냐?"

니베리스의 눈에 불쾌함이 떠올랐다. 레지나는 흠칫하면

서 말했다.

"물론 니베리스 님이라면, 용마공주는 물론이고 그 곁에 누가 있든 충분히 압도하리라 생각합니다."

일단 니베리스의 심기를 가라앉히기 위해 한 말이다. 하지만 아부가 아닌 진심이기도 했다. 비밀결사의 상층부에서 곱게 자랐던지라 현실감각이 부족해서 그렇지, 니베리스는 레지나와는 비교도 안 되는 엄청난 힘의 소유자였다.

"하지만 우리는 저들과 싸워 쓰러뜨리는 게 목적이 아니라, 사로잡는 것이 목적입니다. 용마공주쯤 되는 자가 도주하기 시작하면 그걸 잡는 것은 쉽지 않습니다. 게다가 우리는 사람이 많은 곳에서는 손을 쓸 수 없다는 제약도 걸려 있지요."

"그렇군."

니베리스는 레지나가 말하고자 하는 바를 알아들었다.

하지만 그렇다고 납득한 것은 아니었다.

"하지만 레지나, 너는 너무 상황을 너희 수준에 맞추어 생각하는구나."

"예?"

"내가 나선 이상 그런 문제는 걱정할 필요 없다. 애당초 용마공주 따위를 잡기 위해 내가 나선 것부터가 닭 잡는 데 왕이 하사한 명검을 뽑아 든 꼴이니."

니베리스가 차갑게 웃었다. 자화자찬이 거슬리긴 했지만

레지나는 티내지 않고 그녀의 말을 기다렸다.

니베리스가 말했다.

"내가 나설 수 있는 것은 단 한 번이라고 생각하거라."

"알고 있습니다."

레지나가 대답했다. 지금 세상에서 용마왕 숭배자는 존재 자체를 용납 받지 못한다. 그건 인간이 지배하는 땅에서는 어딜 가나 마찬가지다.

니베리스만큼 강력한 전력을 드러내게 되면 필연적으로 추적이 들어온다. 용마왕 아테인이 죽은 지 벌써 222년이 흘렀건만, 인간들에게는 그 두려움이 뿌리 깊게 남아 있었다. 그렇기에 표면에 드러난 존재들 말고도 용마왕 숭배자들의 행적을 쫓는 비밀결사까지 존재했다.

니베리스가 말했다.

"어쨌든 준비는 맡기겠다. 그렇게 걱정된다니 최대한 조심해서 무대를 만들어보도록."

"예."

레지나가 고개를 숙였다.

CHAPTER **08**

가르침을 내린 자

魔龍劍展

1

아리에타 일행의 여정은 순조로웠다. 서부 국경수비대의 영역에서 벗어난 후에도 나흘이 지나도록 위험한 일이 생기지 않았다.

하지만 그렇다고 말썽이 없었다는 의미는 아니다. 내부적으로는 갈수록 분위기가 나빠지고 있었다.

그 원인은 아젤과 보어였다.

와장창!

야숙 중에 식사를 마치고 빈 그릇들이 요란하게 엎어졌다. 그리고 보어가 살기를 뿜어냈다.

"기어오르지 마라."

"같은 일행끼리 설거지 좀 분담하자는 게 당신한테는 '기어오르는' 짓인가? 신선한 개념을 가졌군."

"그런 일은 천한 네놈에게나 어울리는 짓이다. 감히 고귀한 피를 타고난 내게 그따위 일을 요구하다니."

"어이쿠, 무서워라. 어디 영주님이신 줄 몰라 뵙고 일개 기사에 불과한 제가 막대했군요. 어디에서 얼마나 많은 기사의 충성을 받는 영주님이신지 물어도 되겠습니까?"

아젤이 비아냥거렸다. 보어가 뿜어내는 살기에 멀리 떨어져 있는 에노라가 숨이 막힐 지경이었지만, 아젤은 조금도 위축되는 기색이 없다.

보어가 으르렁거렸다.

"공주님이 좀 어여쁘게 봐주시니 기고만장했군! 어디서 굴러먹다 온 건지도 모르는 천한 핏줄에 명예도 모르는 더러운 정신으로 감히 기사를 논하다니!"

"나딕 제국의 하벤 황제 이후로 기사라는 게 그렇게 거창한 건 줄 몰랐는데. 사실 그전에도 별로 거창한 건 아니었지. 무엇보다⋯⋯."

아젤이 그 앞에서 피식 웃었다.

"능력도 없고 정신은 쓰레기 같은 놈이 '고귀함'이라는 칭송을 자기한테 적용시키니 막 역겹다, 야."

"뭐라고? 감히 주제도 모르고! 공주님 앞이라 잠자코 인내했건만, 더 이상은 못 참는다!"

스르룽!

보어가 격분해서 검을 뽑아 들었다.

아젤은 퍽 한심해하는 눈으로 그를 바라보았다. 보어가 아리에타에게 청했다.

"공주님! 이자가 제 명예를 모욕했습니다! 부디 결투를 허락해 주십시오!"

"으음……."

아리에타가 난감한 표정을 지었다.

일이 이렇게 된 사정은 간단했다.

일행은 속도를 중시해서 움직였기 때문에 늘 마을에서 머무르지는 못했다. 중간중간에 야숙을 해야 했고 에노라가 식사 준비를 맡았다. 아젤은 아무렇지도 않게 잡일을 도왔고 군생활을 해온 자일도 일을 분담했다.

아리에타는 입장상 아무것도 할 수 없었다. 그녀도 딱히 궂은일을 마다하고 싶지는 않았지만, 신분상 웬만해서는 그런 일을 해서는 안 되는 것이다. 무엇보다 에노라가 강경하게 막았으므로 마법적인 힘이 필요할 때만 자신의 몫을 했다.

이 와중에 보어는 아무것도 하지 않았다.

장작이나 낙엽 모으기를 포함한 야숙 준비를 전혀 거들지 않는다. 식사 준비도 안 거든다. 설거지도 안 한다. 떠날 때 뒷정리도 하지 않는다.

그의 경력을 생각하면 당연한 태도이긴 하다. 귀한 집 자식으로 태어나서 승승장구하면서 출세해서 왕실 기사단원이 되었다. 그동안 외부로 돌아다닌 경험이 많지 않을 것이고, 나간다 한들 아랫사람들이 귀찮은 일은 다 해줬을 것이다.

하지만 그런 사정을 짐작한다고 해서 아젤이 그의 태도를 이해해 줄 이유는 없었다. 결국 아젤은 지금 댁이 공주님보다도 일을 안 하는 게 너무하니 설거지 좀 분담하자고 말했다. 그랬더니 보어가 세상에 자신에게 어떻게 그런 소리를 할 수 있냐는 듯 화를 낸 것이다.

'얼마나 설거지가 하기 싫었으면 이런 꼬장을 부리냐. 마치 세상의 짜증나는 귀족상을 그림으로 그려놓은 듯한 녀석이군.'

원래 귀족이라는 것들 중에 이런 놈이 많기는 하다. 어떤 상황에서도 자기는 '천한 일'은 못하겠다면서, 그런 일은 자신의 명예를 훼손시키는 짓이라고 주장하는 자들.

용마전쟁이 인류에게 워낙 혹독한 시련으로 다가와서 그런 인식은 많이 옅어졌었다. 하지만 그 후로 세상이 다시 살 만해지니 더러운 본성이 병마처럼 만연해진 모양이다.

아젤이 흘끔 아리에타를 바라보았다. 입술도 움직이지 않고 위스퍼링으로 자신의 뜻을 전한다.

─허락해 주시죠, 공주님.

잠시 후 아리에타 역시 위스퍼링으로 대꾸한다. 위스퍼링은 스피릿 오더만이 아니라 용령기, 그리고 마법에도 공통적으로 존재하는 기술이었다.

―으음? 하지만…….

―어차피 입장상 이놈한테 설거지하라고 명령하시긴 어렵지 않습니까?

―필요하다면 할 것이다.

―에노라 양이 말릴걸요. 이참에 한 번쯤 밟아줄 필요가 있습니다. 그러고 싶기도 하고.

―으음. 나쁜 장난에 동참하는 기분이로고.

―공주님도 거슬리셨으면서요, 뭘.

―부정하진 않겠다.

아리에타가 쓴웃음을 지었다.

보어보다 훨씬 고귀한 혈통과 신분을 가진 아리에타지만 그 정신은 놀랍도록 깨어 있었다. 그것은 그녀를 교육시킨 이들이 자유분방한 정신의 소유자들이었기 때문이다. 그리고 '이 힘은 백성을 지키기 위한 것이다'라는 이상을 주입받으며 자라온 영향이기도 했다.

아리에타가 말했다.

"알겠다. 허락하지."

"공주님?"

에노라가 깜짝 놀라서 그녀를 돌아보았다. 하지만 아리에타는 의젓한 태도로 말을 이었다.

"단, 그대들이 맡은 임무를 잊지 말라. 되도록 서로의 목숨을 해하지 않도록 최선을 다할 것을 명한다."

그 말에 보어가 말했다.

"알겠습니다. 아무리 주제를 모르는 천한 것이라도 인명은 소중한 것, 처음부터 버릇을 고쳐 줄 생각이었을 뿐 목숨을 취할 의도는 없었습니다."

그 말에 아젤의 눈썹이 치켜 올라갔다.

'호오?'

뭐, 저 건방진 소리가 신경을 거슬리긴 하는데 그것과는 별개로 좀 의외이긴 하다. 자기 자존심과 관련되면 사람 목숨을 파리 목숨으로 생각하는 망종은 아니었나?

아리에타가 말했다.

"패자는 승자의 뜻을 존중하도록. 용마공주 아리에타 바일루레인이 기사 보어 질레드와 기사 아젤 제스트링어의 결투의 입회인이 되겠다."

아젤과 보어는 모닥불에서 좀 떨어진 곳에서 멈춰 섰다. 아젤이 검을 뽑아 들자 서로에게 검을 겨눈 채로 그 중간을 살짝 맞댄다.

아리에타가 선언했다.

"결투를 시작하라!"

2

아젤과 보어가 서로 대치했다.

둘의 모습은 대조적이었다. 아젤이 아리에타의 호위로 나서면서 받은 검은 한 손으로도, 양손으로도 쓸 수 있는 크기였다. 아젤은 그 검을 양손으로 쥔 채 느슨하게 아래쪽으로 내려 두고 있었다. 언뜻 보면 싸울 마음이 없어 보이기까지 하는 자세였다.

그에 비해 보어는 오른손에는 장검을, 왼손에는 방패를 든 전형적인 기사의 자세였다. 방패를 앞으로 향한 채 언제라도 검을 휘두를 태세를 갖춘다.

보어가 도발했다.

"워낙 몸이 부실하니 어딜 쳐야 할지 모르겠군."

아젤의 눈썹이 치켜 올라갔다.

참고로 요 며칠 새 아젤은 몸이 눈에 띄게 좋아졌다. 여행 틈틈이 몸을 단련하는 것만으로도 조금씩 각이 잡힌다. 하지만 그래 봤자 여전히 완전히 단련된 근육질 기사가 보기에는 부실한 몸이 맞았다.

'이게 진짜… 사람 신경 건드리는 재주가 있는데?'

아젤은 자기가 도발한 건 생각도 안 하고 보어를 노려보았다.

비록 근육이 별로 없어도 아젤의 몸은 급격하게 강해지고 있다. 용살의 의식으로 취한 용의 힘 때문이다. 겉보기로는 큰 변화가 없지만 용의 힘을 취한 인간의 몸은 강건해진다.

똑같은 체격이라도 더 강골인 자가 있듯이, 단련해서 튼튼해지는 것과는 별개의 강인함을 갖게 되는 것이다.

'뭐, 그래도 순수한 육체적 능력으로만 보면 저놈이 훨씬 위긴 하겠지.'

아젤은 그 점은 순순하게 인정했다. 키는 아젤이 손가락 하나 정도 더 크지만 보어는 철저하게 단련된 몸을 갖고 있었다.

감정과는 별개로 언제나 상대의 냉정하게 파악하는 점은 아젤이 스승이라 여겼던 이들이 공통적으로 칭찬했던 부분이었다. 아젤은 보어를 관찰하며 전력을 순식간에 분석해 냈다.

"난 곱게 자란 너와 달리 합리적인 사고를 할 줄 아는 사람이야. 그러니까 말해두지. 넌 아주 아프게, 죽도록 아프게 맞을 거다. 하지만 부상 때문에 전력이 저하되는 일은 없을 거야, 약속하지."

아젤은 요 며칠 동안 세 번째 생명의 고리까지 완성한 상태였다. 슬슬 힘을 한번 시험해 보고 싶다고 생각하던 차라서 오히려 잘됐다는 생각이 들었다.

'그래. 이놈 한번 패 버리게 될 줄 알았어.'

아젤의 도발에 보어가 말했다.

"흥! 내가 할 말이다. 명예를 아는 기사로서 선수를 양보하지! 덤벼라!"

"얼씨구?"

아젤은 사양하지 않기로 했다. 그대로 한 걸음 성큼 나아간다.

순간 보어가 깜짝 놀랐다.

'뭐지?'

아젤은 아무렇지도 않게 한 걸음 내디뎠을 뿐이다. 그런데 그 한 걸음으로 두 사람 사이에 존재하던 5미터의 거리가 사라져 버렸다.

터엉!

"컥!"

방패 위에 검격이 작렬하면서 보어의 몸이 흔들렸다.

'뭐지, 이 타격은?'

이상하다. 특별히 강맹하지도 않는 검격이었는데, 막는 순간 충격이 전신을 관통하면서 뼛속까지 아프다.

주춤주춤 물러나는데 아젤이 다시 한 걸음 내디뎠다. 산책을 하듯이 가벼운 발걸음인데 그것만으로도 검을 내려치기 딱 좋은 거리까지 다가간다.

터엉!

그리고 다시 일격이 가해지자 보어가 비틀거리며 물러났다.

그것을 본 아리에타가 탄성을 흘렸다.

"재미있는 기술이군."

옆에서 보면 알 수 있다. 아젤은 평범하게 한 걸음 내딛는 것처럼 보이지만 땅 위를, 마치 빙판 위를 미끄러지듯이 나아가면서 거리를 좁힌다는 것을.

정면에서 대치한 상대 입장에서는 도저히 그 움직임을 파악하기가 힘들다. 타이밍도, 거리감도 무너져 버려서 제대로 대응할 수가 없는 것이다.

저러면서도 미끄러지는 소리나, 흔적이 발생하지 않는 것은 스피릿 오더의 기술이라는 소리다. 그런데 아젤이 워낙 마력의 운용을 절묘하게 감춰서 전혀 그런 기척을 읽을 수 없었다.

자일이 말했다.

"저 검격도 놀랍군요."

"놀랍다기보다는 심술궂다고 해야 할 것 같다."

"……."

아리에타의 감상에 자일은 쓴웃음을 지었다. 전적으로 그 말에 동감이었다.

아젤은 보어의 타이밍과 거리감을 무너뜨리면서 느슨한, 즉 방패로 막아내기 딱 좋은 공격을 미끼처럼 던져 주고 있었다. 보어 입장에서는 이건 무조건 막아서 허점을 만들고 반격해야 할 기회다.

그런데 아젤은 그걸 예상하고 스피릿 오더의 기술을 펼치고 있었다. 충격이 방패를 관통하고 보어의 전신으로 퍼져 나간다.

세 번이나 똑같은 패턴이 반복되자 보어도 아젤의 술수를 파악한 것 같았다. 그는 네 번째로 똑같이 날아드는 검격을 방패로 막지 않고 피하면서 반격했다.

아젤은 그것을 가볍게 흘려 버렸다. 보어가 몇 걸음이나 앞으로 주춤거리며 걷다가 겨우 균형을 바로 잡았다.

"으윽, 놀라운 기술이군!"

"존귀하신 분이 칭찬해 주시니 몸 둘 바를 모르겠는데?"

"솔직히 감탄했다. 상대의 뛰어남을 인정하는 것 또한 기사의 도리! 그대가 수준 높은 기술을 가졌음을 인정하지."

보어가 전의를 불태우며 아젤을 노려보았다.

아젤의 검격이 어떤 의도를 품고 있는지는 첫 일격으로 이미 파악했다. 그렇지만 그걸 알면서도 두 번째, 세 번째에 막아낼 수가 없었다. 애당초 막으라고 던져 주는 일격이니 방패로 막기는 쉬운데, 충격이 방패를 관통해서 넘어오는 것을 방어할 수가 없었던 것이다.

쿼드로플 마스터쯤 되면 벽을 통과해서 그 너머의 적을 치는 것쯤은 쉽게 할 수 있다. 두꺼운 갑옷을 입은 상대와 전투를 벌이더라도 그 너머로 충격을 전달하는 게 가능하다는 소리다.

또한 반대로 상대가 그런 수법을 썼을 때 상쇄할 수도 있었다. 하지만 아젤의 수법은 뻔히 올 것을 알면서도 상쇄하지 못하고 맞고 있었다.

텅! 텅! 터터텅!

"으윽! 큭!"

아젤이 연달아 보어를 두들겨 댔다. 그럴 때마다 보어가 뼛속까지 스며드는 아픔에 신음하며 비틀거렸다.

방패만이 아니다. 검과 검이 맞부딪칠 때도 충격이 전달되고 있었다.

아젤의 움직임은 교묘하기 짝이 없었다. 보어는 아젤의 의도를 파악하고 어떻게든 그의 검과 맞부딪치는 것을 피하고자 했다. 방패가 둥글다는 점을 이용, 비스듬하게 흘리거나 아젤이 검으로 맞받는 대신 피하거나 막을 수밖에 없는 공격을 하려고 노력한다.

하지만 소용없었다. 아젤은 그의 움직임을 죄다 사전에 읽어내는 것 같았다. 무슨 수를 써도 아젤이 의도한 상황에 걸려들고 만다.

어쩔 수 없는 일이다. 방패로 막을 수도, 검을 맞부딪칠 수도 없다는 것은 보어 입장에서는 손발을 묶어두고 싸우는 거나 마찬가지였으니까.

"허억, 허억……"

대련을 시작한 지 채 5분도 지나지 않았는데 보어는 실신 직전이었다. 땀이 비 오듯이 흘러내리고 숨이 턱까지 차오른다.

있을 수 없는 일이다. 쿼드로플 마스터인 그의 체력은 일반인의 한계를 가뿐히 초월한다. 스피릿 오더를 운용하면서 싸우면 전신갑옷을 입고도 몇 시간이나 싸울 수 있었다.

그러나 연이어 가해지는 타격과 긴장감이 그 체력을 순식간에 앗아갔다.

"이제 끝내지."

아젤이 무심하게 말하며 검을 휘둘렀다. 보어가 쓰러지기 직전이면서도 방패를 들었다.

그렇지만 아젤의 검은 마치 거짓말처럼 방패가 가로막는 궤도를 통과해서 보어의 턱 끝에 닿았다.

"큭… 모욕하지 말고 주, 죽여라!"

보어가 떨리는 목소리로 말했다. 딴에는 당당하고자 한 것 같았지만 겁먹었다는 것을 쉽게 알 수 있었다.

아젤이 뭐라고 하기 전에 아리에타가 나섰다.

"그만! 거기까지다."

그러자 아젤이 검을 거두고 예를 표했다. 아리에타가 말했다.

"이 결투는 아젤 제스트링어의 승리다. 보어 경, 이견이 있는가?"

"…없습니다. 패배를 인정합니다."

보어가 굴욕감에 몸을 떨면서 대답했다.

3

그때 아젤이 말했다.

"솔직히 좀 감탄했다. 보어 경, 당신 보기보다 근성이 있군."

그 말에 보어가 놀란 눈으로 아젤을 바라보았다. 그가 자신을 칭찬할 거라고는 생각지 못한 모양이었다.

말문이 막혔던 그가 어렵사리 입을 열었다.

"나, 나도 그대의 기술에 감탄했다. 지금까지의 무례를 사과한다. 그대는 뛰어난 무인이다. 공주님이 인정하실 만하군."

얼굴이 새빨개진 것이, 말하면서도 부끄러운 모양이다. 그렇기는 해도 그게 억지로 하는 말이 아니라 본심이라는 것은 전해져 왔다.

'이놈 웃기는 놈이네.'

그저 오만방자하고 상대방의 입장 따위는 헤아리지 못하는 몹쓸 귀족의 전형이라고 생각했다. 실제로도 그렇게 행동했고. 하지만 의외로 자신이 겪은 일은 순순하게 인정할 줄 아는 면모가 있었다.

무인으로서도 다시 보았다. 젊은 나이에 좋은 집안에서 재능 좀 타고나서 지원 좀 많이 받아서 쿼드로플 마스터까지 되었으려니 했다. 그런데 제법 근성이 있고, 스스로를 철저하게 연마해 온 흔적이 보였다.

좀 지켜볼 가치는 있는 것 같다. 아젤은 그렇게 생각하면서 말했다.

"자, 그럼 보어 경."

"응?"

"설거지해야지?"

"……."

보어는 벌레 씹은 표정을 지었다.

"크윽, 수, 수치스럽지만 결투의 결과에 승복하는 것은 기사의 도리니 어쩔 수 없지! 하겠다!"

누가 보면 설거지가 아니라 가문의 명예에 먹칠하는 미친 짓이라도 요구한 줄 알겠다. 비장미마저 엿보이는 그의 태도에 아젤이 어이없어 하며 물었다.

"아니, 진심으로 궁금해서 묻는 건데… 보어 경, 도대체 왜 그렇게 설거지가 수치스러운데?"

"그야 천한 아랫것들이나 하는 일 아닌가? 명예로운 기사가 할 만한 일은 아니다."

"아니, 당신 잡일을 아예 안 하는 건 아니잖아? 그거랑 뭐가 다른데?"

아젤은 보어의 행동을 곰곰이 되짚어 보고는 물었다. 보어는 야숙 준비도, 식사 준비도, 설거지도 하지 않았지만 힘쓰는 일은 아무 거부감 없이 했다. 아리에타의 일을 대신하는 거야 그녀가 공주니까 그렇다 치고, 에노라에게 관련된 일들이었다.

"에노라 양, 괜찮다면 실례를 무릅쓰고 내가 말에 올려드리리다."

라면서 키가 작은 에노라가 말에 오르는 것을 도와준다거나,

"에노라 양, 이 짐은 내가 실어 나르지."

에노라의 짐을 올리고 내리는 일을 도와준다거나 하는 경우였다.

보어가 무슨 말을 하느냐는 듯 말했다.

"그야 가냘픈 여성 대신 힘쓰는 일을 하는 것은 기사로서 당연히 지켜야 할 도리가 아닌가?"

"…그렇게 치면 설거지나 야숙 준비도 나름 힘든 일인데? 그건 왜 안 도와줘?"

"사람에게는 각각의 역할이 있는 법이다. 가사 일을 하는 아녀자가 기사의 검을 들면 안 되듯 기사는 아녀자의 주방을 침범해서는 안 되는 법. 그것은 그녀가 당연히 해야 할 일이고, 해낼 수 있는 일이 아닌가?"

"……"

이놈의 기사도는 상당히 비틀려 있다. 아젤이 어이없어 하며 자일을 바라보자 그도 백 번 동감한다는 듯 고개를 끄덕이고 있었다.

아젤이 한숨을 쉬었다.

"아니, 다른 건 그렇다 치고 야숙 준비는 에노라 양이 할 일도 아니잖아?"

"그, 그건 그렇군. 하지만 아랫것들이나 하는 일이다."

"대신할 종자나 시종이 있을 때야 그렇겠지. 근데 여기 지금 그런 사람 없잖아. 솔직히 말해봐. 보어 경, 당신 종자나 시중들 사람 없이 임무에 나선 적 없지?"

"……."

보어가 아픈 곳을 찔린 듯 얼굴이 붉어졌다. 아젤이 예상한 대로였던 것이다.

아젤이 한숨을 쉬었다.

"만약 당신보다 직위 높은 기사들이랑 소수정예로 임무를 수행해야 할 때라면 어쩔 건데?"

"그건……."

"그럴 때는 당연히 다들 일을 분담해서 해야 한다고. 야숙 준비뿐만 아니라 식사 준비나 설거지도. 설마 안 하면 잡일하는 요정님이 나타나서 대신해 줄 것 같아?"

"으으음."

"거 내가 요리를 하라고는 안 하겠어. 나랑 자일 경이 하는 일이나 분담해서 하라고. 그게 그렇게 수치스러운 일인가? 만약 그렇게 생각하고 있다면, 그 생각 버려. 공주님께 여쭤보자."

아젤이 화살을 자신에게 돌리자 아리에타가 움찔했다. 아젤이 물었다.

"공주님. 높은 지위의 기사들만 대동하고 다니신 경험이 있으십니까?"

"있다. 실전(實戰) 경험이 별로 없을 무렵, 빠른 이동이 필요한 상황이라 아르힌 백작과 근위기사대의 부관인 지스탄 경만 데리고 하룻밤을 달린 적이 있지."

"그때는 어땠습니까?"

"야숙 준비도 식사 준비도 둘이서 알아서 하더군. 나도 좀 돕긴 했다만, 일하지 말라고 타박을 받았지."

"들었지?"

아젤의 물음에 보어는 한 대 얻어맞은 듯 멍한 표정으로 입을 벌리고 있었다. 그로서는 상상도 못한 일이었던 모양이다.

"그, 그분들이 그런 일을 하셨단 말씀입니까?"

아젤은 몰랐지만 아르힌 백작은 60대의 노장으로 전국적으로 이름을 떨친 검호였고, 지스탄은 명문가 출신의 근엄한 중년 기사였다.

아리에타가 그때의 일을 떠올리며 말했다.

"그렇다. 견습 시절 생각난다고 했었는데……."

자기가 이 나이 먹고 이런 짓을 해야 하냐고 투덜거리기도 했지만 아리에타는 그건 쏙 빼먹었다.

아젤이 물었다.

"그러고 보니 보어 경도 견습 시절이 있지 않았나? 잡일을 해보기는 했을 텐데?"

"…어, 없었다."

"응?"

"견습 기사였던 시절이 없었다."

보어가 부끄러워하며 말했다. 아젤이 의아해했다.

"어, 왕실 소속의 기사단인데 어떻게 그럴 수가 있지?"

아젤의 상식으로는 이해할 수 없는 일이었다. 아무리 귀한 신분이라도 왕실 기사단쯤 되면 차근차근 절차를 밟아서 쓸 만한 인력으로 키워낸 후에야 정식 기사로 만들어주는 법이다.

아리에타가 말했다.

"불가능하진 않다. 외부에서 정식 기사가 된 뒤, 명사들이 추천하고 기사단 상부에서 심사를 통해 허락한 뒤에 들어가는 방식이라면……."

"그렇게 들어갔습니다."

보어가 인정했다. 아젤이 그를 보며 생각했다.

'그래서 이렇게 개념이 없었구나!'

자일에게 듣기로는 보어의 가문인 질레드 후작가는 알아

주는 명문이라고 했다. 보어가 셋째 아들이기는 하지만 젊은 나이에 쿼드로플 마스터가 될 정도로 탁월한 재능의 소유자라 가문에서 많이 밀어준 모양이다.

그러다 보니 보어의 가치관이 비틀린 것도 이상하지 않았다. 아니, 이제 와서는 오히려 이런 순수한 면모가 있다는 것이 놀라울 지경이랄까?

보어가 말했다.

"공주님 말씀으로 제 생각이 잘못되었음을 깨달았습니다. 앞으로 성실하게 일을 나누어 하도록 하겠습니다. 그리고 아젤 경."

"응?"

"다시 한 번 지금까지의 무례를 사과한다. 부족한 내가 당신의 실력을 몰라보고 모욕했으니 그대가 화낸 것도 당연하다. 설령 당신이 기사가 아니었더라도, 그 실력은 결코 누구에게 무시당할 만한 것이 아니군."

"뭐 그렇게까지 딱딱하게 생각할 필요는 없는데……."

"그럼 설거지를 하겠다."

보어는 그렇게 말하고는 무장을 풀고, 자기가 엎었던 식기들을 주워서 개울가로 갔다. 아리에타가 중얼거렸다.

"참으로 종잡을 수 없는 사내로고."

그 자리에 있던 모두가 고개를 끄덕였다.

4

한바탕 소란이 일고 나서 모두들 잠이 들었다.

불침번은 아젤과 자일, 보어가 번갈아가면서 선다. 에노라는 그렇다 치고 아리에타도 열외된 것은 자일과 보어가 감히 공주인 그녀가 그런 일로 잠을 방해받아서는 안 된다며 강경하게 나왔기 때문이었다.

아리에타는 어쩔 수 없다는 듯 그 말에 따랐다. 무슨 일이든 손이 부족할 때는 스스로 하는 것에 거부감이 없는 그녀였지만, 수하들이 있을 때 굳이 하겠다고 나서는 것이 아랫사람들을 오히려 불편하게 한다는 사실도 알고 있었다.

"흠."

첫 번째 불침번을 맡은 아젤은 명상을 하면서 시간을 보내고 있었다. 주변의 마나가 서서히 공명하면서 발생한 마력이 전신으로 스며들어서 영맥을 채우고 흘러간다.

'보고 있어.'

동시에 아젤은 자신들을 관찰하는 시선을 감지했다.

명상을 한다고 해서 주변 경계를 게을리하는 게 아니다. 오히려 감각을 활짝 열어 두고 주변의 기척을 파악하고 있었다.

누군가가 자신들을 멀리서 관찰하고 있었다. 그것도 마법을 이용해서.

'마을에서는 긴가민가했는데… 이걸로 확실해졌군.'

중간에 도시나 마을에 들렀을 때도 자신들을 향하는 시선을 느끼기는 했다. 하지만 일행이 눈에 띄는 편이고, 사람이 워낙 많으니 당연히 시선을 받을 수밖에 없는 상황이었다. 그 시선에 공격 의지가 담기거나, 혹은 마법의 시각으로 보는 경우는 감지하지 못했기 때문에 의심하기가 애매한 상황이었다.

하지만 지금은 확실하다. 누군가가 이 야밤에 먼 곳에서 자신들을 멀리보기 마법으로 관찰하고 있다.

'마을을 나온 후로 잠시 동안은 시선이 안 느껴졌는데……
전문적인 추적 기술을 가진 인력을 동원했거나, 아니면 사냥개라도 썼나?'

아젤 일행은 딱히 자신들이 지나간 자취를 감추면서 이동하지 않았다. 그들을 표적으로 특정하고 추적하려면 수단은 얼마든지 있을 것이다.

'용 그림자 놈들이라면… 지금쯤 공격해 왔어도 이상하지 않은데.'

일행은 인적이 없는 곳에서 야숙 중이다. 공격하기에는 절호의 기회일 텐데 왜 그렇게 하지 않는 것일까? 아젤은 그 점이 의아했다.

생각해 볼 수 있는 가능성은 세 가지다.

'일단 도시로부터 충분히 떨어지지 않아서일 수도 있고.'

공격했을 때 일행이 작정하고 도주한다면 도시로 되돌아가는데 그리 오래 걸리진 않는다. 적어도 아리에타는 그렇다. 그녀가 혼자 고속으로 이동하려고 마음먹는다면 말을 타고 전력 질주하는 것보다도 훨씬 빠르게 이동할 수 있으니까.

'우리의 위치를 파악하는 자들만 있을 뿐, 주 전력이 아직 당도하지 않았을 수도 있지.'

아젤이 생각하기에 이쪽이 가능성이 높았다.

용 그림자는 이미 발란 숲에서 상당히 강력한 전력으로 아리에타를 납치하려고 시도했다가 실패했다. 아무리 대단한 비밀결사라도 그 이상의 전력을 쉽게 동원할 수는 없을 것이다. 일단 일행의 위치는 실시간으로 파악해 두면서 충분한 전력이 모일 때를 기다리는 게 아닐까?

'마지막으로… 이미 우리가 갈 길에 함정을 파두고 있을 수도 있겠군.'

일행은 여로를 정함에 있어서 딱히 추적하는 적을 혼란시킨다거나 하는 점을 고려하지 않았다. 그저 왕도까지 빠르게 갈 수 있는 길을 골랐을 뿐이다.

그러니 적들도 예상하기 쉬웠으리라. 앞으로 갈 곳에 최고의 전력을 집중시키고 일행을 맞이한다 해도 이상한 일은 아니다.

'이게 가장 최악의 경우군.'

용 그림자가 동원할 수 있는 전력이 어느 정도인지 짐작이

가질 않는다. 지난번 정도라면, 적어도 아젤 입장에서는 별로 큰 위기가 되진 않을 것이다. 하지만 그 이상의 전력을 감추고 있었다면?

'조직의 규모나 실체를 파악할 수 없으니, 원.'

용마왕 숭배자들은 일종의 사교도들이었다. 워낙 사회에서 거세게 배척하기 때문에 음지에서 비밀리에 활동하고, 당연히 알려진 사실이 별로 없다.

'현재로서는 북방에 있다는 어둠의 설원이 본산지라는 것 외에는 도움 되는 정보가 없군.'

대륙 북방의 얼어붙은 땅에는 어둠의 설원이라 불리는 마경(魔境)이 있다. 인간을 적대하는 용마족들이 모여 있다고 알려진 그곳이 모든 용마족 숭배의 본산지라고 한다. 인간의 발길이 닿지 않는 곳에서 모습을 감추고 나온 용마족들이 음지에서 숭배자들을 모으고, 조직을 꾸린다는 것이다.

'음?'

문득 부스럭거리는 소리가 들렸다. 아젤이 흘끔 눈을 뜨고 보니 아리에타가 일어나서 다가오고 있었다.

아젤이 목소리를 낮추어 말했다.

"공주님?"

"흠. 왠지 잠이 안 오는군. 이상한 일이야."

"오늘 아침도 굶고 정오 넘어서까지 주무셔서 그런 건 아니고요?"

"여성의 수면 시간을 지적하다니, 그런 것은 품위 있는 기사가 할 소리가 아니지 않은가?"

아리에타가 새침한 표정으로 아젤의 옆에 앉았다.

여행을 시작하고 나서 알게 된 것인데, 아리에타는 정말로 잠이 많았다. 제대로 된 숙소에서 묵을 때는 항상 늦잠을 자서 그로 인해서 일정이 조금씩 늦어지고 있었다. 그런 일이 두 번 반복되자 자일과 보어는 아예 그녀가 오전 내내 잔다는 전제하에 일정을 수정했다.

아젤이 모닥불을 보면서 태연하게 말했다.

"적이 있습니다."

"뭐라고?"

아리에타가 흠칫 놀랐다. 아젤은 그녀를 보지도 않고 말을 이었다.

"당장 공격해 올 기색은 없습니다. 가까이 있지도 않고요. 그냥 멀리서 멀리보기 마법으로 우리를 관찰하는 게 느껴집니다."

"음……."

눈살을 찌푸리며 주변을 두리번거린 아리에타가 물었다.

"지난번에도 그렇고, 대체 어떻게 아는 건가?"

아리에타는 살면서 감각이 둔하다는 말을 들어본 적이 없었다. 그런 그녀조차도 눈치채지 못하는 것을 아젤은 쉽게 파악하고 있었다.

아젤이 말했다.

"기술이죠."

"기술?"

"나를 보는 시선의 유무를 파악하는 것도 스피릿 오더 수 련자가 갖추는 기술입니다."

"그런 게 '기술'로서 성립한단 말인가? 마법사라면 이해할 수 있겠지만……."

"스피릿 오더도 결국은 마법의 다른 형태니까요. 스피릿 오더는 정신을 다루는 기술이니 그런 것도 가능합니다."

"놀랍군. 지금까지 그대 말고는 그런 기술을 쓰는 자를 보 지 못했다. 나와 비슷하게 일정 범위에 들어온 기척을 감지하 는 사람이야 많이 보았지만……."

아리에타의 말에 아젤은 쓴웃음을 지었다. 그는 오히려 용 마전쟁 때는 필수였던, 시선은 물론이고 거기에 담긴 적의나 살의까지도 감지해 내는 이 기술이 실전된 것을 이상하게 여 겼던 것이다.

'아무리 봐도 정신을 다루는 기술이 상당히 많은 실전된 것 같은데…….'

자일만 상대했을 때는 확신이 안 섰는데 보어까지 상대해 보니 알겠다. 둘의 약점이 똑같았던 것이다. 스피릿 오더의 근본이라 할 부분이 실전되고 외형만 남아서 발전했다니, 아 젤 입장에서는 정말 농담 같은 이야기다.

문득 아리에타가 물었다.

"보어 경에게 쓴 기술은 어떻게 한 것인가? 가르쳐 줄 수 있겠는가?"

"간단합니다. 보어 경의 감각을 살짝 비틀었을 뿐."

"감각을 비틀었다?"

"보어 경도 쿼드로플 마스터인만큼, 방어를 관통해서 충격을 전달하는 기술에 대응하는 방어기술 정도는 알고 있습니다. 이런 상대와 싸울 때, 그 방어를 넘어서 기술을 성립시키는 방법은 여러 가지가 있고 저는 그중에 가장 기초적인 방법을 사용했죠."

스피릿 오더는 정신에 작용하는 기술이다. 그리고 보어는 자일과 마찬가지로 정신을 다루는 기술이 취약했다. 항시 자신의 정신에 방어벽을 쳐두는 정도가 고작이었던 것이다.

그저 견고하게 세워놓기만 한 방어벽 따위, 아젤에게는 별 문제가 아니었다. 교묘한 수법으로 개구멍을 찾고, 우회하고, 성벽을 타 넘듯이 보어의 정신을 건드렸다.

그 결과 보어의 정신은 아젤의 공격을 막을 때 아주 약간의 오차를 발생시켰다. 보어는 적절한 순간에 아젤의 공격을 상쇄하는 방어 기술을 썼다고 생각했지만, 사실은 미묘하게 빠르거나 늦었던 것이다.

'역시 기술 자체는 어느 정도 남아 있어. 하지만 맥이 끊겨서 기술의 진정한 의미나, 더 고도의 기술들이 실전된 것 같

은데…….'

보어도 대응을 아예 안 한 것은 아니다. 감각에 오차가 생겼다는 사실을 깨닫고 정신방어를 강화하기도 하고, 다른 방어기술을 동원하기도 했다.

다만 아젤은 그럴 경우에 쓸 수 있는 기술들을 수도 없이 갖고 있었다. 겉으로 보면 똑같은 수법에 계속 당한 것 같지만 속사정은 달랐던 것이다.

'모든 스피릿 오더 수련자가 이런 것일까?'

아젤이 가장 궁금해하는 부분이다.

용마전쟁 때는 기술의 전수와 공유가 활발하게 이루어졌다. 그러나 이 시대는 그럴 이유가 없다.

스피릿 오더도, 마법도 남이 모르는 지식을 가진 것 자체가 힘이다. 용마전쟁 때는 인류 전체가 치열하게 맞서야만 하는 적의 존재가 있었지만, 지금은 아니다. 비전을 남에게 전하는 것이 자신의 재산을 터는 것과 같으니 자일이나 보어를 보고 전체의 수준을 단정 짓는 것은 섣부른 짓이다.

설명을 들은 아리에타가 감탄했다.

"그렇군. 스피릿 오더 수련자들이 상대의 정신에 영향을 끼치는 경우를 많이 보기는 했지만, 그런 것도 가능했던 것인가."

자일이나 보어도 어느 정도는 정신을 다루는 기술을 가졌다. 위압적인 기운을 흘리거나, 맹수의 포효를 모방한 외침으로 상대를 혼비백산하게 만들 수도 있다. 이런 기술들은 전장에서는 대단히 유용한 것이다.

그에 비해 아젤의 기술은 훨씬 더 교묘하고 세련되었다. 마치 마법처럼 다양한 효과를, 수많은 방법으로 만들어낸다.

문득 아리에타가 말했다.

"그대의 스승들은 분명 대단한 사람이었을 것이다."

"왜 그렇게 생각하십니까?"

"그대 같은 인물을 키워냈으니까. 뭐, 인격적으로는 잘 모르겠다만 적어도 가르치는 자로서의 실력은 확실했을 것 같구나."

"음……."

그 말에 아젤은 기억을 되새겼다.

아리에타가 진지한 표정으로 말했다.

"나는 지금까지 내가 충분한 실전 경험을 가졌다고 생각했다."

15세에 성인식을 치르고 지금까지 많은 전투를 겪어보았다.

때로는 마물들을, 때로는 사악한 흑마법사를, 때로는 국경 분쟁에 나서서 그 힘을 보여야 했다.

어린 소녀에게는 가혹한 일이었다. 하지만 아리에타는 불평 한마디 없이 타고난 의무를 수행해 왔다.

그러는 동안 점차 무인으로서 자신감이 생겼다. 더 이상 첫 실전에 나섰을 때처럼 사소한 일로 동요해서 아군이 희생하는 것을 지켜볼 일은 없을 것이라고……

"하나, 얼마 전의 일로 그게 오만이었음을 알았다."

아리에타의 실전 경험은, 마치 어린아이의 편식처럼 편중되어 있었다.

그녀는 대등한 입장의 강자와 싸워본 적이 없었다. 전술적으로 열세에 몰려도 개인의 무력은 언제나 우위에 서 있었다.

자신을 위협할 수 있는 힘을 가진 소수의 집단에게 위협당하는 상황은 당혹스러웠다. 실력을 제대로 발휘하지도 못하고 계속해서 적의 의도대로 끌려다녔다.

"아젤 경, 그대가 없었다면 나는 분명히 그 무도한 자들에게 붙잡혔을 테지. 스승님께서 보셨다면 한심하다며 호통을 치셨을 것이다."

"그런 것치고는 꽤 단호하게 잘 대처하셨다고 봅니다만."

"위로는 필요 없다."

"아니, 진짜로요. 뭐, 제가 보기에 공주님이 정말로 헤맸을 때는 지룡이 나타났을 때 정도입니다. 그 외의 국면에서는 백점 만점은 아니더라도 나쁘지 않았어요."

그녀가 첫 실전을 겪고 나서 2년이 지났고, 아직 열일곱 살임을 감안할 때 박한 평가를 줄 이유가 없었다. 아리에타가 쓴웃음을 지었다.

"아부를 하나 싶더니 아픈 데를 꼬집는 것도 잊지 않는군."

"제가 좀 솔직해서요."

"심술궂은 남자로다."

입술을 삐죽이는 아리에타는 말투와는 달리 그 나이 또래의 소녀처럼 보였다.

잠시 후 아리에타가 물었다.

"아젤 경."

"네."

"그대는 강적과 싸워본 경험이 많은가?"

"음. 꽤 많았을 겁니다."

용마전쟁 때는 죽을 고비를 수도 없이 넘겨야 했다. 용마족은 하나하나가 막강한 힘의 소유자였고, 그들 중에서도 이름이 알려진 자들은 움직이는 재앙에 가까웠다.

아리에타가 말했다.

"그대의 스승들에 대해서 이야기해 줄 수 있겠는가?"

"스승이라……."

그 말에 아젤은 예전의 일을 떠올렸다. 자신에게는 몇 년 전의 일이지만 인류에게 있어서는 아득히 먼 옛날이 되어버린 그 시절의 일을…….

5

아젤을 가르친 최초의 스승은, 산간지방의 마을에 살던 어린 시절, 무예를 가르쳐 준 자경단의 노인이었다. 젊은 시절 용병이었다고 하는 그는 체계가 확실한 검술을 익히고 있었다.

"아주 엄하신 영감님이었습니다."

아젤이 아리에타에게 말하지 않은 노인의 이름은 로건이었다.

자경단의 젊은이들을 가르치는 교관 역할을 했던 로건은 무예를 전혀 배우지 않았으면서도 어른의 도움 없이 도적을 죽인 아젤의 재능을 높이 평가했다. 그래서 자경단의 젊은이들과는 별개로 그를 자신의 제자로 삼아 가르쳤다.

생각해 보면 그 시절, 그가 죽을 때까지 3년간 배웠던 경험이 아젤이 대성할 수 있었던 기반이 되어주었다. 기초를 철저히 단련한 것은 물론이고 체계 잡힌 검술을 가르치면서도 은퇴 용병다운 풍부한 경험을 살려서 유연한 대응력을 길러주었던 것이다.

"두 번째 스승님은… 음. 괴짜였죠. 머리부터 발끝까지 모든 면에서."

로건이 죽은 뒤, 아젤은 마을을 떠나서 2년간 용병으로 세상을 떠돌았다.

나이가 어려서 무시당하는 일이 잦았지만, 어쨌거나 한 명이라도 싸울 만한 사람이 필요했던 시기였다. 대놓고 화살받이로 내몰리는 상황 속에서도 아젤은 전공을 세우고 살아서 돌아오면서 차츰 이름을 알렸다.

그러던 중 만난 것이 놀라운 실력을 가진 외팔이 검객이었다.

"외팔이 검객?

아리에타가 놀라서 물었다. 아젤이 대답했다.

"네, 그뿐만 아니라 외눈이기도 했죠."

아젤의 두 번째 스승은 오른쪽 눈과 오른팔이 없는 외눈 외팔이 검객이었다.

아리에타에게 말하지 않은 그의 이름은 바르프. 당시에는 대륙 동부의 용병들 사이에서는 가장 잘 알려진 이름 중에 하나였다.

상식적으로 생각해 보면 그런 신체적 결함을 가진 자는 전장에서 활약할 수 없다. 용병이었다면 아무도 써주지 않을 테니 은퇴하는 수밖에 없을 것이다.

하지만 바르프는 누구에게도 무시당하지 않았다.

"그분은 섹터플 마스터(생명의 고리 6개)였습니다."

"섹터플 마스터라고? 일개 용병이 그런 경지에 올랐단 말인가?"

섹터플 마스터라면 루레인 왕국 전체를 뒤져도 몇 없는 경지다. 그런데 그런 실력을 가진 자가 일개 용병이었단 말인가?

아젤이 말했다.

"눈과 팔을 잃기 전에는 마스터조차 아니었죠. 병상에 누워 있는 동안에도 치열하게 정신을 연마하고, 장애에 굴하지 않고 노력한 끝에 그러한 경지에 도달한 분이었습니다."

바르프가 아젤에게 관심을 갖게 된 계기는 절망적인 함정에 빠졌을 때였다.

용마족들이 부리는 마물들은 야음을 틈타서 인간들을 덮치길 즐겼다. 기본적으로 야행성인 그들은 밤눈이 인간보다 훨씬 밝기 때문이다.

물론 인간들도 이 점을 알기에 밤의 경계를 철저히 한다. 그러나 이때 아젤과 바르프가 속한 부대는 용마족의 계략에 의해 지휘체계가 붕괴한 채로 패주하는 도중이었다.

패잔병들이 적들의 추격에서 겨우 벗어났다고 안도하는 순간, 적들의 야습이 시작되었다.

혼란과 공포가 들불처럼 번져가면서 아군은 제대로 된 저항조차 못해 보고 쓰러져 갔다. 그 속에서 몇몇 이가 분전했지만 전황을 바꿀 수는 없었다.

아젤은 여기서 전황을 바꾸려고 하기보다는 살아서 빠져나가는 길을 택했다. 혼란 속에서 적들을 하나하나 쓰러뜨려가면서 살길을 찾다 보니 어느새 뒤에 바르프가 붙어 있었다.

그는 아젤이 스피릿 오더 수련자가 아니라는 점을 눈여겨보았다. 그런데도 그 상황에서 공황에 빠지지 않고 놀랍도록 발달한 감각으로 주변 상황을 확실하게 파악해 가면서 살길을 찾았던 것이다.

"꼬마야, 너, 내 제자 하지 않을래?"

가까스로 적들의 포위망을 벗어났을 때, 바르프가 그렇게 제안해 왔다. 아젤 입장에서는 거절할 이유가 없는 제안이었다.

돌이켜 보면 그런 기회를 얻은 것도 첫 번째 스승인 로건 덕분이었다.

아젤은 로건이 아마 신분을 숨긴 귀족이리라 추측했다. 왜냐하면 그가 가르치는 검술이 체계 잡힌 것이었던 데다가, 당시에는 몰랐지만 스피릿 오더를 터득하기 위한 기초도 학습시켰기 때문이다. 남들보다 월등히 발달한 감각을 가진 것은 그 덕분이었다.

"두 번째 스승님은, 감각을 극한까지 발달시키는 데 집착했습니다."

스피릿 오더 수련자는 정신과 감각을 단련하는 것을 당연시한다. 다만 바르프는 병적일 정도로 거기에 중점을 두어서 아젤을 가르쳤다.

"어둠 속에서 공격을 피하는 훈련이 대표적이었죠. 나중에는 천장에 매달린 칼날들이 흔들리는 와중에 그 속에서 아무런 빛도 없는 어둠 속에서 대련을 벌이기도 했고."

"가혹한 훈련이지만 의외로 그대라면 그 정도는 쉽게 해냈을 것 같군."

"솔직히 그렇습니다. 거기까지는 별로 어렵지 않았어요."

아젤은 솔직히 시인했다. 스스로 돌이켜 봐도 확실히 그는 재능이 뛰어난 학생이었다. 스승이 어떤 난제를 던져도 척척 해결해 낼 정도로.

그러나 바르프도 그 정도로 만족하지 않았다. 눈을 가려서 스피릿 오더의 비술로 어둠 속을 꿰뚫어 보는 것을 금했고, 나중에는 귀를 막아 청각까지 봉쇄했다.

"사지 일부를 묶은 채로 대응해야 하는 경우도 배웠고요."

어떤 때는 한 팔을 묶은 채로 싸워야 했다.

어떤 때는 다리가 묶여서 앉은 채로 사방에서 쏟아지는 공격을 막아내야 했다.

또 어떤 때는 양팔이 뒤로 구속당한 채로, 또 어떤 때는 거꾸로 매달린 채로 싸우는 것을 훈련받았다.

"어떤 상황에서도 중심을 잃지 않는 감각을 얻는 게 목적이었습니다."

바르프의 훈련들은 워낙 가혹해서 아젤은 배우는 도중에 몇 번이나 죽을 고비를 넘겨야 했다. 강력한 스피릿 오더 수련자인 바르프조차도 상황을 완전히 통제하지 못할 정도로 위험한 훈련들도 있었던 것이다.

"그건… 훈련이라기보다는 학대가 아닌가?"

"부정하진 않겠습니다. 저도 그 당시에는 이건 정말 미친 짓이라고, 스승님이 미쳐서 저를 죽이려고 한다고 느꼈으니까."

"그는 어떻게 되었나?"

"돌아가셨습니다. 병을 앓고 계셨거든요."

바르프가 아젤을 제자로 들인 이유가 그것이었다. 장애를 극복하는 과정에서 얻은 기술을, 죽기 전에 누군가에게 전하고 싶었던 것이다.

그런데 막상 아젤을 제자로 들이고 보니 그 재능이 놀라울 지경이라 욕심이 생겼다. 자신의 기술을 전하는 것만이 아니라 그 이상의, 자신이 도달하지 못한 이상적인 경지에 도달하게 하고 싶었다.

시시각각 다가오는 죽음이 그에게 광기를 불러일으켰다. 이성을 잃고 아젤을 극한까지 몰아붙인 결과 몇 번씩이나 죽을 고비를 넘겨야 했다. 바르프가 용병 생활로 축적한 재산의 대부분이 아젤을 치료하는 비용으로 나갔을 정도다.

"그분에게 2년간 배웠죠."

바르프의 장례를 치렀을 때, 열일곱 살의 아젤은 이미 쿼드로플 마스터였다. 그리고 감각에 있어서는 생전의 바르프를 넘어 그가 꿈꾸던 이상에 다가가 있었다.

'지금도 묘가 남아 있을지 모르겠군.'

용마전쟁이 끝난 후, 아젤은 바르프의 무덤을 카르자크 후작령으로 이장했다. 과연 그 무덤은 지금까지 남아 있을까?

거기까지 생각하던 아젤이 아리에타를 보며 물었다.

"공주님은 어떠셨습니까?"

"음? 세 번째 스승 이야기는 안 해주고 내 이야기를 묻는 건가?"

"이미 제 이야기가 길었지 않습니까? 다음 번 기회를 기약하시고, 용검공작께 가르침을 받았던 이야기 좀 들려주시지요."

"숙녀의 과거를 캐내려고 하다니, 무례한지고. 기사가 할 만한 행동이 아니다."

아리에타는 그런 우스갯소리를 던진 후 자신의 이야기를 꺼냈다.

6

"글쎄. 그분은… 내 주변의 표현을 빌리자면 광인(狂人)이셨지."

"…네?"

광인, 즉 미친놈이라는 소리다.

왕국 사람들에게 전설로 불리면서 용마공주에게 검을 가르친 스승이기까지 한 남자를 그렇게 부른단 말인가? 어이없어 하는 아젤에게 아리에타가 웃었다.

"처음에 내 스승으로 초빙되었을 때, 그분은 왕실로 찾아와 폐하께 허락을 구했다."

"어떤 허락입니까?"

"자신이 가르치는 동안 어떤 외부의 참견도 허용하지 않으며, 나를 왕족으로 예우하지 않아도 될 것. 그 조건이 받아들여지지 않는다면 스승 역할을 받아들이지 않겠다고 하셨다."

왕족을 가르치는 일은 그 자체로 명예로운 일이다. 그러나 상대가 왕족이기에 함부로 대하지 못하고 조심하게 된다.

용검공작은 그런 이유로 왕족의 스승이 되기를 거절해 왔다. 자신은 도저히 제자의 비위를 맞춰가면서 가르칠 자신이 없다고 공언한 것이다.

그런 용검공작의 태도를 잘 알고 있으면서도 굳이 그를 아리에타와 세이가 남매의 스승으로 초빙한 것은······.

"아, 세이가는 내 남동생이다."

"그건 들었습니다."

용마왕자 세이가 바일 루레인은 아리에타보다 두 살 어린 동생으로, 올해 성인식을 치르고 실전에 나섰다고 했다.

"어쨌든 굳이 우리의 스승으로 타란토스 공작을 초빙한 이유는 그분이 우리 어머니의 친척이시기 때문이다."

아리에타와 세이가의 모친은 타란토스 공작가의 방계 혈통이었다. 그러한 인연이 있기에 적극적으로 용검공작을 스승으로 청했다.

"이 아이들은 세상에 나아가 싸워야 한다. 누구보다도 강하게 단련해 줄 스승이 필요하다."

그것이 용마왕비의 주장이었다.

용마공주와 용마왕자는 한 세대에 각각 한 명씩만이 존재할 수 있으며, 둘 중에 하나만 존재하는 경우도 있다. 성인식을 치르자마자 실전에 나서게 되는 그들의 운명은 가혹하다. 왕위가 다음대로 계승되고, 새로운 용마왕비가 국왕과 결합하여 자식을 낳을 때까지 왕실의 명예를 위해 싸워야 한다.

당연히 왕실은 그들을 투입할 전장을 신중히 고른다. 하지만 그럼에도 실전에서는 예측 못한 상황이 빈번하게 발생하며, 강력한 힘을 가진 그들에게 의지할 수밖에 없는 때도 있기에 의무를 다하다 죽는 이도 많았다.

그 사실을 아는 용마왕비는 자식들이 앞으로 다가올 운명에 맞설 수 있는 힘을 갖길 원했다.

"왕실이 그분의 조건을 받아들였기에, 나는 여덟 살 때부터 그분의 지도를 받았다."

"동생분도 함께였습니까?"

"아니, 그분은 처음부터 둘이나 가르칠 자신이 없다며 세이가는 나와 같은 나이가 되면 오라고 하셨지. 그래서 2년 동안은 혼자 가르침을 받았다."

그리고 아리에타는 왕실 밖으로 끌려 나가서 2년간 용검공작의 별장에서 가르침을 받았다.

"아젤 경, 그대의 스승도 괴팍했지만 그분도 그에 못지않았다. 예를 들어서 나는 가르침을 받은 지 반년이 지났을 무렵에 달랑 단검 하나만 쥐어주고는 산 깊숙한 곳에서 혼자서 한 달 동안 살아남을 것을 강요받았다."

"반년이 지났을 무렵이라면… 아직 여덟 살 때죠?"

"그렇다."

"여덟 살짜리 여자아이한테 그런 짓을……."

"심지어 겨울 산이었지. 정말 죽는 줄 알았다."

아리에타가 쓴웃음을 지었다.

여덟 살의 어린 여자아이라고는 하나 그녀는 용마인이었다. 용검공작의 지도를 받았기에 이미 성인 장정을 능가하는 육체능력에 용령기의 기초도 익히고 있었다.

그렇기는 해도 겨울 산에서 단검 하나만 갖고 살아남는 것은 정말로 가혹한 시련이었다. 생각 없이 불을 피웠다가 마물을 불러들이기도 하고, 사냥감을 쫓다가 위험지대에 들어가기도 하는 등 죽을 고비를 넘겼던 적이 몇 번이었는지…….

지금 생각해 보면 성인식 이후 실전에 나섰을 때보다 그때 느낀 위기감이 더 강렬했다. 그때는 모든 면에서 약하고 미숙했으니까.

"그 외에도 잊을 수 없는 경험이 많았지. 어딘지도 모르는, 범죄자들이 판치는 도시 한복판에 던져 놓고는 절대 정체를 드러내지 말고 별장까지 돌아오라고 하시질 않나……."

무예나 용령기와는 전혀 상관없는 훈련도 많이 받았다. 그때는 이게 뭐하는 짓인가 싶었지만, 지금은 그 훈련이 의미 있었음을 안다.

아젤이 감탄했다.

'과연. 이 공주님의 성격이 왜 이런지 이해가 되는군.'

아젤이 보기에 아리에타는 정말 이상했다. 왕족이라도 바깥으로 나돌면 나돌수록, 아랫사람들의 삶을 실제로 접하면 접할수록 현실감각이 생기는 것은 당연하다. 하지만 그걸 감안해도 아리에타는 공주라는 신분에 비해 너무 허물이 없었다.

'스승 덕분이었구나.'

좀 지나치게 자유분방하고 막가는 정신의 소유자를 스승으로 둔 탓에 아리에타는 세상을 보는 눈이 다른 왕족과 달라졌다. 신분이 천한 자라도 사람 취급하고, 공정하게 그 실력을 평가하는 안목을 가진 것이다.

아젤이 말했다.

"한번쯤 만나보고 싶은 분이군요."

"그래 보겠나?"

"네?"

"왕궁으로 돌아간다면 한번쯤 만나뵙게 해줄 수도 있다. 그분이 그대를 본다면 분명 흥미로워할 것이다."

"뭐, 저야 좋지요."

"그리고……."

아리에타가 좀 머뭇거리다가 말했다.

"앞으로는 시간이 날 때 나도 상대해 줄 수 있겠나?"

"상대해 드리다니… 무슨 뜻입니까?"

"대련 말이다."

"음. 그거라면 저야 문제없지만 에노라 양이 화낼 것 같은데요."

"그래서 지금까지 참고 있었던 것인데, 그대가 자일 경과 매일 대련하는 것을 보니 몸이 근질거려서 말이다."

열일곱 살의 소녀이긴 해도 아리에타는 어린 시절부터 철저하게 단련 받은 무인이었다. 그런데 이 여행 중에는 입장상 제대로 검을 휘두르지도 못하고 얌전히 윗사람 노릇만 하고 있었으니 좀이 쑤실 수밖에.

아젤이 말했다.

"에노라 양이 가만있지 않을걸요."

"명령으로 얌전히 지켜보도록 하겠다."

"권력의 횡포로군요."

"이런 때 쓰라고 권력을 쥐고 있는 것이 아니겠는가?"

"그리고 윗사람에게는 아무것도 할 수 없는 울분이 저에게 향하고……."

"그건 좀 맞아주도록 해라. 원래 아랫사람은 그런 때 윗사람을 위해 방패막이를 하는 법이라더군."

"…와, 너무하십니다."

아젤이 너스레를 떨자 아리에타가 웃었다.

그렇게 밤이 깊어가고 있었다.

CHAPTER **09**

죽은 자와 만났을 때

魔展
龍劍

1

    니베리스는 한 점의 빛도 없는 어둠을 사랑했다. 이런 어둠만이 그녀가 완전한 평온을 얻을 수 있는 공간이었다.

    그러나 그녀가 사랑하는 것은 어둠이지 고요함은 아니다. 허공의 어둠을 응시하는 그녀의 정신에 속삭임이 들려오고 있었다.

    ―아직도 일을 마치지 않았나?

    아득히 먼 곳에서 들려오는 목소리였다. 산을 넘고 강을 넘어, 인간이 지도 위에 그어 놓은 국경마저 넘어서 어둠이 드리운 설원에서…….

    니베리스가 대답했다.

"준비는 끝났습니다. 이제 곧 처리할 거예요."

─왜 그렇게 뜸을 들이는가?

─그곳은 그대에게 위험한 땅이다.

─자칫하다가는 그들이 그대의 존재를 눈치채고 용검공작을 움직일 위험이 있다.

─혹은 미르켈 백작이라도…….

목소리는 하나가 아니었다. 대륙 곳곳에서 목소리들이 날아들어서 마치 이 자리에 있는 것처럼 대화를 나누고 있었다.

"그들을 그렇게까지 두려워할 이유가 있을까요? 진정한 비의조차 잃고 인간들에게 빌붙어서 사는 것들인데."

니베리스가 불쾌감을 드러냈다.

용검공작과 미르켈 백작은 루레인 왕국에서 주의해야 할 명부에 올라가 있는 이들이었다. 용검공작은 용마족이며, 미르켈 백작은 용마인이다.

인간사회에 소속된 용마족의 수는 그리 많지 않으며, 그들의 이름은 대부분 널리 알려져 있었다. 인간보다 오랜 시간을 살아가는 그들은 대부분 강력한 힘을 가졌다. 인간사회 속에 동화되어서 타고난 힘 말고는 딱히 싸우기 위한 기술도, 마법도 연마하지 않는 자들도 있기는 한데, 대부분은 자신의 재능을 살려서 그 힘으로 세상에 명성을 떨쳤다.

모습을 드러냈다 하면 사방팔방에서 죽이려고 달려드는 용마왕 숭배자 입장에서는 두려워해야 할 존재다. 하지만 니베리스는 자신을 걱정하는 목소리들이 불만스러웠다.

—그들을 얕보아서는 안 된다.

—루레인 왕국은 우리의 세력이 너무 약해. 방심했다가는 큰일을 당하는 수가 있다.

—니베리스, 네가 뛰어난 재능을 가진 것은 모두가 인정하는 바이지만…….

"알고 있습니다. 제가 굳이 결행일을 이만큼이나 늦춘 것도 그런 이유고요."

니베리스가 넌더리를 냈다.

그녀는 조직에서는 젊다 못해 어린 축에 속했다. 그러다 보니 나이 많은 원로들을 대할 때면 잔소리 늘어놓는 노인네들 같아서 짜증이 솟구쳤다.

니베리스가 말했다.

"저도 충분히 주의하고 있습니다. 달이 구름에 가려 사라지는 날, 완전한 어둠이 세상을 덮는 순간에 모든 것을 처리할 겁니다."

마법사들의 힘은 환경의 영향을 많이 받는다. 어떤 마법을 특기분야로 하느냐도 문제지만, 마법의 기원을 어디에다 두느냐도 문제였다.

마법사로서 니베리스의 기원은 어둠.

어둠이 짙으면 짙을수록 그 힘이 강해진다. 또한 달조차 없는 밤이라면 그녀가 무슨 짓을 해도 밖으로 그 기척이 새어

나가지 않는, 은밀함을 넘어 안과 밖을 완전히 격리시키는 결계를 방대하게 구축할 수도 있었다.

지금까지 아리에타 일행을 공격하지 않고 기다렸던 것은 이날을 기다렸기 때문이다. 그녀는 아리에타 일행이 공격하기에 적절한 장소에 머무는 날과 원하는 기후가 일치하는 때를 예측하고 준비를 갖췄다.

"죄 깊은 이름을 가진 자가 어떤 비밀을 감추고 있는지… 확실하게 파헤쳐 두지요."

2

사람은 좋게도, 나쁘게도 쉽게 변하지 않는다.

하지만 한 번 계기만 주어지면 놀랍게 변할 수도 있었다.

아젤은 실로 오랜만에 그 사실을 실감했다.

"아젤 경, 꽤, 괜찮다면 나도 한 수 가르침을 청해도 되겠나?"

보어가 용기를 내어 물었다.

결투를 벌인 그날 이후, 보어는 아무런 불평도 없이 일을 나누어 했다. 설거지도, 야숙 준비나 뒷정리도 자기가 뭘 해야 할지 적극적으로 물어서 하는 통에 그전까지 쌓였던 불만이 눈 녹듯이 사라졌다.

다만 여전히 다른 일행들과는 잘 어울리지 못했다. 오히려 이전에는 자연스럽게 거리를 두고 있었던데 비해서 이제는 눈치를 살피면서 쭈뼛거린다.

왜 그런지는 곧 알 수 있었다. 아젤과 자일, 그리고 아리에타가 대련을 벌이고 서로의 기술에 대해서 이런저런 이야기를 하는 것에 함께하고 싶었던 것이다.

결국 그가 용기를 낸 것은 결투의 날로부터 사흘이 지난 후였다.

아젤은 그의 태도 변화에 조금 놀랐지만, 흔쾌히 받아들였다.

"얼마든지 환영이야."

그 모습을 보고는 아리에타가 말했다.

"아젤 경, 인기 만점이로군."

"그러게요."

"나와는 달리 말이다."

"…하하하."

토라진 표정을 지은 아리에타에게 아젤이 어색하게 웃었다.

아리에타는 기왕 아젤이 대련 상대가 되어주니 자일과도 상대해 보고 싶어 했다. 그러나 자일은 감히 공주님과 대적하다가 미숙한 솜씨로 실수라도 할까 두렵다면서 사양하니 토라질 수밖에.

그것은 나중에 낀 보어도 마찬가지였다. 아젤이 도중에 슬쩍 두 사람에게 떠보니 이런 대답이 돌아왔다.

자일은 아리에타가 여자라는 점을 거북해했다.

"음. 그게… 왕족이라는 것도 부담이지만 그보다는 여성 분이시지 않나. 아무래도……."

보어도 비슷했다.

"나도 여성에게 칼을 겨누어 본 적이 없다. 공주님의 기대에 부응해 드리고 싶은 마음은 있지만 아무래도 좀……."

루레인 왕국에도 여성 무인이 있긴 하다. 그렇지만 아무래도 남성에 비해서는 수가 적었다. 그리고 기사도라는 것이 마초적이고 자아도취적인 구석이 있다 보니 성실한 기사인 두 청년 입장에서는 어떤 식으로든 여성과 검을 맞댄다는 것이 거북스러울 수밖에 없었다.

아젤은 두 사람의 태도가 이해되면서도 어이가 없었다.

"아니, 적이 여자면 어쩔 건데? 지난번에 용 그림자라는 놈들 중에도 여자가 있었거든?"

"으음."

"그, 그건……."

자일과 보어가 난감해하는 모습을 보며 아젤은 속으로 혀를 찼다.

'이것 참. 220년이 지나니 이렇게 되나?'

용마전쟁 때는 적 중에도 여성이 많았다. 용마족이나 용마인이라면 남성이든 여성이든 압도적인 힘을 발휘한다.

그뿐만 아니라 용마왕 진영에 속한 인간 여성도 꽤 있었다. 인간 사회에서 핍박받던 이들을 거두어서 그중 마법의 재능이 있는 자들을 지도해 전력으로 투입한 경우다. 마법의 재능은 남녀를 가리지 않기에 강력한 여성 마법사가 적으로 나오는 경우가 드물지 않았다.

그러다 보니 아젤은 여자와 전력을 다해 맞서는 것을 어색하게 여기지도 않았다. 하지만 이 시대의 기사들은 아니었던 것이다.

'이놈들, 곤란한데. 어떻게든 하지 않으면.'

레지나를 상대로 여자라고 머뭇거리다가는 한순간에 목숨이 날아갈 것이다. 그전에 최소한 여자와 싸우는 것을 어색하지 않게 만들어둘 필요가 있었다.

아젤이 아리에타에게 청했다.

"…그런 이유로, 공주님이 명령해 주세요."

"나를 나쁜 여자로 만들 셈인가?"

"숭고한 희생이지요."

"번지르르하게 포장하는 솜씨가 좋은 것을 보니 그대는 나쁜 남자인 게 틀림없다."

"들켰군요."

아리에타는 코웃음을 치고는 아젤의 제의에 따랐다. 그날부로 자일과 보어는 억지로 아리에타의 상대로 나섰다가, 철저하게 박살 나는 경험을 해야 했다.

처음에는 둘 다 억지로, 아리에타가 다칠까 우려하면서 나
섰다. 그러나 아리에타는 코웃음을 치면서 두 사람을 제압하
고는 말했다.

"그대들은 오만하기 짝이 없구나. 왕실의 이름 높은 기사
들도 내 실력을 경시하지 않고 최선을 다하거늘, 어찌 젊고
미숙한 그대들이 이토록 오만하단 말인가?"

이렇게 되자 자일과 보어는 부끄럽기도 하고, 오기도 생겼
다. 아리에타의 실력은 인정하지만 그래도 열일곱 살의 소녀
에게 졌다는 사실에 자존심이 상한 것이다.

그때부터는 둘 다 진지한 태도로 아리에타를 상대했다. 대
련인만큼 아리에타도 무식하게 용령기를 써서 힘으로 누르는
짓은 하지 않았기에 상당히 알찬 대련을 경험할 수 있었다.

문제가 발생한 것은 그다음 날 밤이었다.

3

'음?'

한밤중에 아젤은 눈을 떴다.

원래 산 너머의 마을에서 묵을 생각으로 길을 떠났던 일행
은, 도중에 가벼운 사고가 발생해서 시간이 지체되는 바람에
결국 산을 넘지 못하고 야숙을 해야 했다. 그 가벼운 사고란
마물들에게 쫓기다가 마차의 축이 나가 버린 일행과의 조우

였다.

그들을 쫓던 마물들을 가볍게 처리한 일행은, 감사 인사를 들으며 자신들이 떠나왔던 마을로 그들을 데려다주었다. 그렇게 시간을 지체하는 바람에 바라지 않던 야숙을 하게 된 것이다.

"…아젤 경?"

불침번을 서고 있던 보어가 의아해하며 그를 바라보았다. 아젤이 입가에 손가락을 대며 조용히 하라는 신호를 보냈다.

불침번을 따로 세워둔 상황에서도 아젤은 경계를 늦추지 않았다. 누군가 자신들을 감시하고 있는 게 분명한 이상 방심해서는 안 되었다.

숙면을 취하면서도 자신이 설정한 조건에 반응하는 경계망을 깔아두는 것은, 언뜻 마법사에게만 가능한 것 같지만 스피릿 오더 수련자에게도 가능한 '기술'이다. 적어도 아젤의 시대에는 그것이 기술로서 정립되어서 전수되고 있었다.

그 경계망에 무언가가 걸려들었다.

'이 사기(邪氣)는… 흑마법사?'

은밀하고 음습한 어둠의 기운이 느껴졌다.

그 기운은 마법으로 감춰져 있었다. 자신의 존재를 감추기 위해 노력하고 있다는 것이 느껴진다.

하지만 외팔이 검사 바르프에 의해 단련 받은 아젤의 절대 감각은 신경 써서 스스로의 기운을 감춘 자가 미미하게 흘려

내는, 잔향 같은 기운을 민감하게 감지해 냈다.

'그리고 이 땅울림……'

아젤은 바닥을 짚고 정신을 집중했다. 땅의 미미한 진동을 통해서 불과 수백 미터 거리에서 다수의 무리가 움직이고 있는 것을 알 수 있었다.

'그런데 군념(群念)이 느껴지지 않아. 이거, 진짜배기가 나타났군.'

일반인이라면… 아니, 스피릿 오더 수련자라고 해도 신경 쓰지 않으면 이상하다고 여기지 못할 미미한 땅울림을 통해서 아젤은 적의 존재를 추측했다. 그런데 감각을 확장해 봐도 군념이 느껴지지 않는다는 것은 마법의 힘이 작용한 결과다.

이전, 발란 숲에서 마물들을 돌격시켰던 용 그림자의 마법사와는 다르다. 용마전쟁 때 통용되던 상식을 갖춘 강력한 마법사가 이곳에 와 있었다.

아젤은 즉시 일행들을 깨웠다.

─모두 깨어나. 소리는 내지 말고, 일단은 그대로 누워서 자는 척해.

입을 열지는 않는다. 위스퍼링으로 의사를 전달하는 것은 물론, 미미한 정신파로 감각을 자극해서 자연스럽게 눈을 뜨도록 유도한다.

이런 번거로운 방법을 쓴 이유는 간단하다.

시선이 느껴진다. 그것도 한둘이 아니다. 적은 분명히 시선이 닿는 곳에서 이곳을 감시하고 있다.

'레지나, 그 여자가 있군.'

아젤은 한 번 본 적의 기척은 잊지 않는다. 그것이 마력을 가진 자일 경우에 한해서지만.

'그리고 키리온.'

땅 밑에서 키리온의 기척이 느껴진다. 아마 적들이 공격을 시작하는 순간, 특기인 땅속을 유영하는 마법을 이용해서 기습해 오리라.

'그런데 이놈들 진짜 용마력은 무슨 수를 써서 감추고 있는 거지?'

미미하게 흘러나오는 정신파와 마력파를 통해서 그들의 존재를 감지했다. 한데 응당 용마인이 가진 용마력은 느껴지지 않았다. 지난번에도 그랬지만 아리에타는 물론이고 아젤의 감각조차 속일 정도로 철저하게 감추고 있는 것이다.

'이놈들이 그렇게 실력이 뛰어나 보이지는 않았는데… 내가 잠들어 있는 동안 개발된 새로운 수법인가?'

용마왕 숭배자는 사회적으로 죽어 마땅한 존재로 취급받는다고 하니 그들이 스스로를 감추고 위한 기술을 발전시켰어도 이상한 일은 아니다. 220년은 그러기에 충분한 시간 아닌가?

이미 아젤은 자일과 보어를 통해 자신이 잠들어 있는 동안 개발된 기술들을 접했다. 예를 들면 자일이 사용하는, 정신과 육체를 분리하는 방어기술이 그랬다.

'흠…….'

고민하고 있을 때, 눈을 뜬 아리에타의 물음이 들려왔다.

─무슨 일인가?

─적들이 왔습니다. 용 그림자 놈들이군요.

─뭐라고? 그런데 전혀 기척이 느껴지지 않는데…….

─지난번 놈들도 몇 있는데, 그보다 더 뛰어난 마법사가 같이 온 것 같습니다. 심지어 마물들도 다수 접근 중인데 저도 정확한 소재를 파악하지 못하고 있습니다.

─으음…….

자일과 보어도 당황한 기색이었다. 그들도 감각을 확장시켜 보았지만 아무것도 걸려들지 않는다.

보어가 물었다.

─아젤 경, 정말인가? 아무것도 느껴지지 않는데…….

─확실해. 몸을 땅에 붙이고 땅의 진동에 집중해 봐.

지금까지 아젤은 대련을 통해서 서로 실력 향상을 도모하기는 해도 밑천을 털어주는 짓은 하지 않았다. 용마전쟁 때와 달리 지금은 자신의 기술을 남에게 유출하지 않는 게 당연한 세상인 것이다. 아젤도 자일과 대련하면서 무인의 상식이 변했음을 실감하고 거기에 맞춰서 행동했다.

하지만 지금, 그들을 납득시키기 위해서는 용마전쟁 때는 상식으로 통용되었던 지식을 전해줄 필요가 있었다. 모두들 아젤의 말에 따랐다.

—정말 땅울림이 있군.

땅울림은 미미했다. 오밤중에 그런 땅울림이 인다는 것 자체가 이상한 일이다. 지진의 전조라면 또 모를까.

아젤이 말했다.

—모두 빨리 무장을 갖춰. 적들이 보고 있는 상황이니 조용히 할 필요는 없어. 아마 바로 공격해 들어올 거야.

그 추측은 들어맞았다. 살금살금 거리를 좁혀 오면서 전력의 배치가 끝나길 기다리던 적들은, 일행이 몸을 일으키고 무장을 갖추기 시작하자 당황해서 움직였다.

우우우우웅……!

동시에 강렬한 마력 파동이 퍼져 나갔다. 일행에게서 50미터쯤 떨어진 곳을 중심으로 원을 그리며 퍼져 나가는 파동이 공간을 일그러뜨리면서 궤적을 남긴다.

'역시! 거물이 왔어!'

이 시대에 깨어난 후 지금까지 지룡을 제외하고는 한 번도 경험해 보지 못한 수준의 힘이다. 아젤의 감각이 날카롭게 곤두섰다.

우우우우우우!

그리고 주변 곳곳에서 어둠이 뿜어져 나왔다. 짙은 안개처럼 쏟아져 나온 어둠이 모닥불의 불빛을 쓸어버리면서 완전한 어둠을 만든다.

그것을 본 아젤이 놀랐다.

'당했다! 이놈들 미리 여기 마법도구를 묻어놨구나!'

아젤은 비로소 이곳이 적들이 아리에타를 포획하기 위해 준비한 무대임을 알아차렸다.

주인의 마법을 받기 전까지는 완전히 잠들어서 마력의 잔향조차 느낄 수 없는 마법도구가 매설되어 있었다. 땅을 파헤치고 묻은 흔적이 없었던 것은 아마도 키리온이 땅속을 유영해서 그 작업을 수행했기 때문이리라.

이렇게 철저하게 준비해 두면 아무리 아젤이라도 알아차릴 수가 없다. 아젤은 낮의 일을 떠올렸다.

'젠장. 설마 그 사람들도 이놈들의 끄나풀이었나?'

일행이 여기쯤에 머물 거라는 확신이 없고서야 이런 짓을 할 수 없다. 즉, 낮에 만났던 '곤란에 처한 사람들'은 용 그림자가 일행의 행보를 지체시키기 위해 동원했을 가능성이 높았다.

'아무리 봐도 그냥 일반인이라서 방심했어.'

생각해 보면 그들의 태도가 좀 어색해 보이기는 했다. 그러나 그들은 마법도, 스피릿 오더도 익히지 않은 철저한 일반인이었다. 그래서 마물에게 쫓기고, 척 봐도 귀한 신분인 아리에타와 기사로 보이는 일행들을 만나서 당황했으려니 하고 넘겼다.

하지만 용 그림자가 마음먹으면 그런 계략을 쓰는 것도 충분히 가능한 것이다. 그들이 용마왕 숭배자인지, 아니면 단순히 돈으로 고용된 사람인지까지는 알 수 없지만…….

구구구구구구구구!

그리고 지축이 뒤흔들리면서 어둠이 해일처럼 솟구쳐 올랐다. 한 치 앞도 보이지 않는 어둠 속이지만, 아젤은 거대한 어둠의 장막이 반경 100미터 안쪽을 반구형으로 감싸는 것을 감지했다.

그리고…….

〈후후후후후…….〉

어둠 속에서 음산한 울림이 섞인 웃음소리가 들려왔다. 듣기만 해도 소름이 끼치는, 본능적인 공포를 자극하는 목소리였다.

아젤은 검을 든 자가 자신에게 다가오는 것을 감지했다.

〈이 어둠 속에서 공포에 질린 채 죽을지어다. 죽어 마땅한 이름을 가진 죄인이여.〉

자신을 향한 말을 듣는 순간, 아젤은 눈살을 찌푸리며 중얼거렸다.

"…혹시 그때 죽었던 용마인인가? 목소리가 비슷한데."

〈기억하는군. 나는 지켈.〉

어둠 속에서 다가오는 적은 발란 숲에서 아젤에게 쓰러진 용마인, 지켈이었다.

〈너를 죽이기 위해 지옥에서 돌아왔다!〉

그리고 죽음에서 부활한 지켈이 아젤의 앞에서 흉흉한 눈빛을 쏟아냈다.

4

시야가 차단되는 것은 공포스러운 일이다. 한 치 앞도 볼 수 없는 상황 속에서 자신에게 적의를 가진 무언가가 칼을 겨누고 있다고 생각해 보라.

하지만 스피릿 오더 수련자는 일반인에 비해 그런 상황에 처해도 부담이 적었다. 정신과 감각을 육체보다도 먼저 단련하는 그들은, 설령 시야를 차단당해도 주변 상황을 파악할 수 있는 방법을 터득하고 있기 때문이다.

'그래도 이 상황은 다들 좀 힘들겠군.'

아무리 스피릿 오더 수련자라도 사람인 이상 시각의 의존도가 큰 것은 어쩔 수 없다. 아젤처럼 감각 일부가 결여된 상황에서 대응하는 훈련을 철저하게 받은 경험이 없다면 힘들 것이다.

그런 아젤에게 날카로운 검이 날아들었다.

쉭!

그런데 아젤은 마치 보이는 것처럼 그것을 피해 버렸다.

실제로 보이기도 했다. 검을 든 자가 눈에서 흉흉한 빛을 발하고 있었기에 거기에 희미하게 윤곽이 비쳐 보였던 것이다.

〈감히 나를 앞에 두고 한눈을 파는 것이냐?〉

"그야……."

아젤이 피식 웃었다.

"한눈 안 팔고 집중하기에는 너무 우스꽝스러운 몰골이라. 상당히 어중간하게 썩은 시체가 되었군, 용마인? 썩으려면 차라리 팍 썩기라도 하지 그게 뭔 꼴이야?"

불사체가 된 지켈은 꿈에 나올까 두려운 모습을 하고 있었다. 정말로 반쯤 부패가 진행된 몸에, 안구가 없이 퀭하니 뚫린 눈구멍 속에서 흉흉한 빛을 토해내는 것이다.

아젤은 그 모습을 대하고도 조금도 동요하지 않았다.

'죽은 놈이 복수하겠다고 되살아나서 덤비는 게 한두 번도 아니고.'

이런 일은 용마전쟁을 겪은 아젤에게는 일상다반사였던 것이다. 특히 그가 워낙 적의 고급 인력을 많이 쓰러뜨리는 통에 되살아나서 덤벼 온 놈도 많았다.

〈이놈! 감히……!〉

"그리고 별로 신경 써서 부활시키지도 않았군. 생전보다 약해진 주제에……."

조롱의 말을 퍼붓는 아젤에게 지켈이 분개해서 달려들었다. 그리고 날카로운 섬광이 번뜩였다.

콰작!

그리고 지켈의 몸이 절반쯤 날아갔다. 아젤이 지켈의 공격을 가뿐하게 피하면서 반격한 것이다.

"…뭘 믿고 더 강해진 나한테 덤비는 거지? 설마 죽었다 살아나서 덤비면 내가 '아니, 이럴 수가! 이런 일이 있을 리가 없어! 넌 분명히 죽었는데!' 하고 벌벌 떨 줄 알았어?"

〈으윽…….〉

"정말 그랬다면 미안하다. 세 살배기 꼬마보다도 상상력이 빈약한 너를 배려해 주기에는 내가 인간됨이 아직 부족한 것 같아."

〈이, 이 자식! 죽여 버리겠다!〉

지켈은 일격에 몸 절반이 날아갔으면서도 죽지 않았다. 살아생전과 마찬가지로 지성을 유지하는 고위 불사체라면 육체가 부서져도 마치 깨진 그릇을 복원하듯이 다시 부활하는 게 가능했다.

아젤은 지켈의 부서진 육체가 마치 시간을 되돌리는 듯 다시 모여드는 것을 보았다. 그리고 지켈이 다 복원되는 것을 기다리지 못하고 반쯤 부서진 상태로 달려드는 것도.

"거 참. 역시 죽었다 일어난 놈은 성미가 급하다니까."

그것이 바로 아젤이 의도한 바였다. 순간 아젤의 검을 휘감으면서 새하얀 불길이 타올랐다.

'별의 숨결.'

화아아아악!

불사체를 상대하기 위해 개발된 스피릿 오더의 비술이었

다. 아젤의 검이 지켈을 베어내자 그 궤적을 따라서 달려간 새하얀 불길이 그 몸을 불태웠다.

〈카아아아아악!〉

지켈이 끔찍한 비명을 질렀다.

처음 아젤의 검격을 받고 몸의 절반이 날아갔을 때, 지켈은 아무런 고통을 느끼지 않았다. 마력이 실린 일격이기에 육체뿐만 아니라 영체에도 좀 타격이 오기는 했지만 산 자처럼 고통으로 몸이 마비되는 일은 없다.

그러나 이번에는 달랐다. 점착액처럼 몸에 달라붙어서 타오르는 이 하얀 불길은 그의 영혼에 무시무시한 격통을 선사했다.

아젤이 말했다.

"덩치가 있으면 원념의 밀도가 강해서 잘 안 타지. 하지만 잘게 다져 놓고 불붙이면 참 잘 타더라고."

아젤이 첫 일격은 평범한 공격을 가한 이유가 그것이었다. 일단 육체를 한 번 부숴서 조각내야 이 '별의 숨결'이 효율적으로 통용되는 것이다.

별의 숨결은 불사체를 유지하는 부정한 기운 그 자체를 공격하는 비술이었다. 고위 불사체가 온전한 상태라면 어지간히 압도적인 위력으로 퍼붓지 않고서야 강한 저항력으로 버텨 낸다. 그러나 부서진 육체의 파편들은 그 저항력이 현저히 떨어진다.

"살아나느라 애썼다. 내 앞에 얼굴 들이대고 몇 마디 대화까지 나누는 영광을 누렸으니 이제 미련 버리고 잠들어라."

아젤은 지켈의 원한을 조롱하면서 검격을 날렸다. 가공할 기세로 날아간 검격이 지켈의 몸을 다시 한 번 베어내고 그 뒤를 쫓아서 하얀 불꽃이 달려 들어갔다.

콰아아아아!

그러자 지켈의 몸에 붙은 하얀 불꽃이 폭발하면서 그 부정한 존재를 삼켜 버렸다.

〈말도 안… 돼……! 이렇게 허무하게… 갸아아아아아아악!〉

망자의 비명이 섬뜩하게 울려 퍼졌다.

별의 숨결이라 불리는 하얀 불꽃에는 열기는 전혀 없지만 일순간 대낮 같은 광채가 주변을 밝혔다. 아젤은 그 불길을 등진 채로 한쪽을 바라보았다.

"재활용은 좋은 거야. 그래도 죽은 자를 일으켜서 전력으로 삼는 건 별로 칭찬해 주고 싶지 않군. 뭣보다 생각보다 쓸모가 없거든. 워낙 성격이 급해서."

불사체들은 대부분 성미가 폭급했다. 그럴 수밖에 없는 것이 육체의 제약을 초월하기 위해서 스스로 불사체가 된 자들을 제외하면 대부분이 누군가에게 '살해당하는' 경험을 가진 것이다.

죽은 자를 일으켜서 불사체로 만든 흑마법은, 죽은 자가 죽을 때 느꼈던 어두운 감정을 증폭해서 사악한 기운으로 바꾼다. 살해당한 원한이 한층 증폭되기까지 하니 폭급해질 수밖에 없다.

아젤은 그 점을 잘 알고 있었다. 그렇기에 손쉽게 지켈을 쓰러뜨렸다.

"생각했던 것보다 더욱 냉정하고, 비정한 자로군."

어둠 저편에서 차분한 여성의 목소리가 들려왔다. 그리고 압도적인 존재감이 퍼져 나갔다.

아리에타가 헛숨을 삼켰다.

'이 힘은… 스승님에 필적한다!'

긴 검은 머리칼을 늘어뜨린 여성이 허공에 떠 있었다. 그녀가 발하는 마력 파동은 실로 압도적이라 자일과 보어는 물론, 아리에타조차도 압도당했다.

'저런 젊은 인간 여자가 어떻게 이런 힘을 가질 수가 있지?'

인간이 용마족이나 용마인에 비해서 마력의 잠재력이 떨어지는 것은 사실이지만 높은 경지에 오른 자들은 한계를 초월한다. 그렇다 해도 저토록 젊은 나이에 그런 경지에 들었단 말인가?

일행 중 오로지 아젤만이 전혀 위축되지 않고 있었다. 그가 묘한 표정으로 검은 머리칼의 여성을 보며 물었다.

"왜 굳이 인간으로 위장하느라 심력을 소모하는 거지? 인간 모습에 애착이 있나?"

"…무슨 소리를 하는 것인가, 아젤 경?"

아리에타가 놀라서 아젤을 바라보았다. 하지만 아젤은 대답하지 않고 검은 머리칼의 여성만 응시하고 있었다.

검은 머리칼의 여성 역시 좀 놀란 기색이었다.

"놀랍군. 내 위장을 꿰뚫어 본 것은, 적어도 인간 중에서는 그대가 처음이다."

"별로 많은 인간을 만나봤을 것 같지는 않은데… 내 추측이 틀린가?"

"후후. 신경 건드리는 재주가 천재적인 사내라더니, 그 말이 옳구나."

"칭찬으로 듣지. 용마족."

"용마족이라고?"

아리에타가 깜짝 놀랐다. 그리고 믿을 수 없다는 듯 검은 머리칼의 여성을 바라보았다. 아무리 봐도 강대한 마력의 소유자이기는 하지만 용마력은 전혀 느껴지지 않는다.

그러나 아젤은 적이 모습을 위장하고 있음을 확신했다. 아젤은 용살의 의식을 통해 용마기를 단련하는 과정 속에서 모든 환영을 꿰뚫어 보는 궁극의 시각 '진실의 눈'을 손에 넣었기 때문이다.

'지금도 통하는 걸 보니 용마기들을 잃었다고 이것까지 사라지진 않는군.'

하긴 '진실의 눈'은 특수 능력이라기보다는 스피릿 오더의 기술이 추구하는 경지다. 용마기를 단련하지 않았어도 절대감각을 추구하면서 단련하다 보면 도달할 수 있는 경지였으니 사라지지 않는 것도 당연하리라.

그녀가 말했다.

"내 이름은 니베리스."

동시에 그녀의 모습이 변하기 시작했다.

귀 위쪽에서 새카만 두 개의 뿔이 돋아난다. 아리에타의 그것처럼 마치 유리 공예품 같은 질감이었지만 하늘을 향해 구불거리며 솟아난 위협적인 뿔이었으며, 두 개였다. 그리고 귀가 용마인보다도 더욱 길고 뾰족하게 돋아났으며, 손등에는 영롱한 빛을 발하는 붉은 용마석이 드러나 있었다.

그것뿐이다. 용마인과 인간의 외모 차이가 크지 않듯 용마족 역시 마찬가지다. 하지만 누가 봐도 인간과 다른 존재임을 알 수 있었다.

동시에 그녀가 발하는 마력 파동의 느낌이 완전히 변했다. 의념만으로도 현상을 지배하는 힘, 용마력으로.

"죄 깊은 이름을 가진 자여, 내 이름을 들은 것을 영광으로 알라. 저승길 선물로는 너무 값진 것을 주었구나."

"호오."

아젤의 눈썹이 치켜 올라갔다.

"말하는 싸가지를 보니 정말 용마족을 만났다는 실감이 팍팍 드는데."

"후후. 용마족과 싸워본 경험이 있는 것이냐? 하긴, 말하는 걸 보니 혼비백산해서 도망친 경험이 있는…….."

"죽여본 경험도 있지."

아젤이 시큰둥하게 말하자 니베리스가 입을 다물었다. 그녀가 눈살을 찌푸렸다.

"하잘것없는 죄인 주제에 허풍이 지나치구나."

"뭐, 믿든 말든 상관은 없어. 아니, 제발 부탁할 테니까 계속 거짓말이라고 생각해라. 정신 차리는 건 죽은 다음에 해도 돼."

"훗."

니베리스가 웃었다. 그러나 그 속에는 분노가 담겨 있었다.

꽈르릉! 꽈릉!

다음 순간 뇌격이 작렬했다. 시퍼런 뇌격이 아젤에게 쏟아지면서 흙먼지가 피어오른다.

아리에타가 경악했다.

'빨라!'

주문은커녕 마법을 쓰는 조짐조차 제대로 감지할 수 없었다. 그런데 이토록 강력한 마법을 쓰다니?

하지만 더 놀라운 일은 다음 순간 벌어졌다.

"키에에엑!"

"크아악!"

가까운 곳에서 비명이 울려 퍼지는 게 아닌가?

아리에타가 깜짝 놀라서 돌아보니 어느새 아젤이 어둠 저편에 포위망을 구축하고 있던 마물들 사이를 누비고 있었다. 설마 그가 이런 식으로 기습을 가해오리라고는 상상도 못했던 마물들이 우수수 쓰러져 간다.

니베리스가 분노했다.

"나를 무시하는 것이냐!"

아젤은 아예 대답하지도 않았다. 혼비백산한 마물들 사이를 순동법으로 누비면서 격살!

어둠 속에서 마치 유령처럼 희미하게 나타났다 사라지기를 반복하는 그의 모습이 잔상으로 남는다. 그리고 그 잔상이 사라지기도 전에 마물들이 피보라를 일으키면서, 떨어지는 핏방울들에 잠기듯이 무너져 간다.

정말로 자신을 싹 무시하는 태도에 니베리스가 격노했다.

"감히!"

그녀가 마법을 발했다. 척 봐도 강렬한 마법임을 알 수 있는 공격이었다.

"어둠에 속하지 않은 자여, 죽어라."

지상이 가볍게 진동하면서 어둠의 파문이 퍼져 나간다. 특정한 조건에서 벗어난 자를 죽여 버리는 저주의 힘이다. 이거라면 적아가 뒤섞여 난전을 벌이고 있더라도 원하는 표적만을 격살할 수 있었다.

퍼져 나가던 어둠의 파문이 어느 시점에서 멈추더니 급격하게 한 점으로 다시 수렴되어 간다. 물론 그 표적은 바로 아젤이었다.

아리에타가 경고했다.

"위험하다!"

동시에 그녀는 용령기를 발동, 아젤을 향해 좁혀지는 저주의 파문을 베어버리려고 했다. 하지만 그것은 마치 환영처럼 그녀의 공격을 무시해 버린다.

"진정한 마법의 힘도 모르는 용마인 주제에 내 마법에 더러운 검을 대려고 하느냐?"

니베리스가 아리에타를 조롱했다.

동시에 아젤도 코웃음을 쳤다.

"고작 이런 걸로?"

푸화아아악!

어둠 속에서 섬뜩한 파육음이 울려 퍼지면서 일곱 개의 피분수가 솟구치고, 일곱 마물의 생명이 스러졌다. 그 죽음을 일으킨 장본인에게 피할 수 없는 저주의 일격이 작렬했다.

우웅…….

그리고 아무 일도 일어나지 않았다.

니베리스가 경악했다.

"뭐냐?"

실수는 없었다. 그녀의 저주는 완벽했다. 지금까지 많은 고위 스피릿 오더 수련자들을 쓰러뜨린 마법이었거늘!

아젤이 시큰둥한 눈으로 그녀를 올려다보았다.

"이거, 간만에 진짜배기를 만났나 했는데 그냥 실전되지 않은 기술만 좀 익힌 애송이였군. 실망스러운데? 고작 이런 실력으로 그렇게 오만방자했던 거야?"

"뭐… 라고?"

니베리스의 목소리가 분노로 떨렸다.

살면서 지금까지 이렇게 무시당해 본 적이 없었다. 어둠의 설원에서 수업하는 내내 모두가 그녀의 재능을 칭송하였고, 받은 임무에서 마주한 인간들도, 용마인들도 손쉽게 처치해 왔거늘 별로 마력도 강해 보이지 않는 인간 따위가!

욱해서 공격을 가하려던 니베리스가 멈칫했다.

'무슨 수법이지?'

용마족으로서는 아직 젊은 그녀지만 동시에 충분한 실전을 경험한 고위 마법사이기도 하다. 강한 자제력을 발휘해서 충동을 억제하면서 냉정한 판단력을 발휘한다.

'아직까지 상대해 본 적이 없는 수법. 그러나… 고위 스피릿 오더 수련자라면 위대한 마법에 필적하는 기술을 갖고 있지.'

스피릿 오더 수련자는 기본적으로는 전사다. 그렇기에 그들을 단순무식하게 보기 쉽지만, 육체보다 정신과 감각의 단련을 우선시하는 그들의 기술은 마법만큼이나 다양하고 심오

한 구석이 있었다.

냉정함을 되찾은 니베리스가 말했다.

"…레지나가 말한 대로 바닥을 알 수 없는 사내로군."

"발끈해서 날뛰지 않는 걸 보니 아주 풋내기는 아닌 모양이야, 아가씨."

"이해할 수 없는 적을 만났다면… 일단 맛을 보아야겠지."

니베리스가 말했다. 그녀가 손을 들어 올리자 어둠이 진동했다.

우우우우우……!

그것을 보며 아젤이 혀를 찼다.

'쯧. 너무 노골적이었나? 실수했어.'

실수했다. 니베리스를 열 받게 해서 허점도 드러나게 할 겸, 적의 수도 줄여둘 겸 마물들부터 공격했는데 저주의 마법을 피한 것이 너무 강렬해서 경각심을 일깨운 모양이다.

아젤이 쓴 방어기술은 간단했다. 니베리스의 저주는 '어둠에 속하지 않은 자'를 멸하는 기술이기에, 어둠의 기운을 구현해서 둘렀을 뿐이다.

물론 간단하다고 해서 아무에게나 가능한 기술은 아니다. 용마전쟁 때 자신의 마력을 마법으로 구현 가능한 모든 속성으로 변화시키는 기술을 터득한 아젤이기에 할 수 있었다.

'알아차린다고 해도 문제는 없지만… 위험하군. 나야 그렇다 치고 다른 사람들이……'

계속 조롱하고 있긴 했지만 니베리스는 만만한 상대가 아니다. 반경 수백 미터를 외부와 완전히 차단하면서 자기만의 마법영역을 만드는 것은, 아무리 미리 준비해 두고 있다고 하더라도 막대한 마력을 필요로 할 것이다. 그런데도 전혀 부담을 느끼는 기색이 아니지 않은가?

그때 니베리스가 아젤이 우려하던 말을 꺼냈다.

"죄 깊은 이름을 가진 자를 막아라. 일단 용마공주부터 잡겠다."

그리고 니베리스가 손가락을 튕겼다.

"너희만으로는 벅찰지도 모르니 도우미를 붙여주지."

소름끼칠 정도로 농밀하고 사이한 기운이 바닥을 쓸고 지나갔다. 그리고 쓰러졌던 마물의 시체들이 바닥을 스르르, 미끄러져서 한곳으로 모여들었다.

그것을 본 아젤이 눈을 크게 떴다.

'이거 설마…….'

바로 그 설마였다.

시체들이 끌려들어 가는 한복판, 보랏빛 파문을 그려 내는 어둠의 늪이 출현해 있었다.

자연적으로는 있을 수 없는 색채의 늪이다. 그리고 그 속으로 끌려들어 간 마물들의 시체가 그대로 녹아서 늪의 일부가 되었다.

구구구구구구…….

대기가 진동하며 그 속에서 거인의 형상이 일어난다. 새카만 어둠으로 이루어졌으며 보랏빛 불꽃을 전신으로 태우는 기괴한 존재였다. 보고 있는 것만으로도 비현실적인 이질감 때문에 극도의 거부감이 들고 가슴이 답답해진다.

"부정체를 일으키다니, 상당한 흑마법사로군."

아젤이 긴장했다.

이것은 고위 흑마법사도 쉽게 사용할 수 없는 대마법이다. 아마도 이런 상황도 예측하고 미리 준비를 갖춰 두었으리라. 그렇다고는 해도 니베리스처럼 쉽게 사용하려면 막대한 마력을 갖춰야 하는 것은 물론, 마법사로서의 수준도 대단히 높아야 한다.

죽은 자들이 남긴 고통과 원념, 그리고 죽음으로써 발생한 부정한 기운을 기반으로 그 육체를 녹여 일으키는 흑마법의 권속, 부정체(不正體).

이 세계에 존재하는 것 자체가 용납 받지 못할 부정한 존재이기에 오로지 어둠 속에서만, 그것도 한정된 시간 동안만 존재할 수 있다. 물론 그런 만큼 그 힘은 탁월하다.

니베리스가 차갑게 미소 지었다.

"그래도 안목이 아주 없지는 않구나. 너희 따위에게 보여 주기에는 과분한 마법이지."

그워어어어어어!

거인의 실루엣을 가진 부정체가 울부짖었다. 거친 울림이 실린 그 소리는 그 자체로 현세의 존재들을 공격한다. 적아를 가리지 않고 일순간 움직임이 마비되었다.

니베리스가 말했다.

"흠. 그걸 신경 못 썼군."

아군도 움직임이 멎는 것을 본 니베리스가 추가적으로 마법을 부여했다. 그러자 부정체의 포효는 오로지 아젤 일행에게만 공격성을 띠게 되었다.

아젤이 혀를 내둘렀다.

'보통이 아닌데?'

니베리스는 사소한 것을 깜빡 잊었다는 듯 쉽게 처리했지만, 저건 실은 굉장히 고도의 마법이다. 그 자체로 공격성을 띠는 '소리'를 적아를 구분해서 효과를 내게 만들어 버리다니!

그그그그그……!

그리고 부정체가 아젤을 향해 접근해 오기 시작했다. 3미터가 넘는 거구에도 불구하고 마치 얼음 위를 미끄러지듯이 소름 끼치는 움직임으로.

5

부정체와 부하들이 아젤에게 달려드는 것을 본 니베리스가 몸을 돌렸다.

"자, 그럼⋯⋯."

파지지지직!

그런 그녀 앞에서 아리에타가 검을 내려쳤다. 자동으로 발현된 방어막이 새하얀 검과 맞부딪치면서 푸른 스파크가 튀었다. 아리에타가 니베리스가 허점을 보였다 판단한 순간, 주저없이 돌격한 것이다.

"사특한 어둠이여, 갈라져라!"

아리에타가 그 반발력으로 뒤로 물러나면서 검을 휘둘렀다. 그러자 섬광의 칼날이 니베리스를 후려갈긴다.

하지만 니베리스는 전혀 긴장하는 기색이 없었다. 마치 산책이라도 하듯이 허공을 걸으면서 손을 슬쩍 턴다. 그 결과 아리에타가 발한 섬광의 칼날이 그녀의 방어막 위를 미끄러져서 허공으로 스러진다. 아리에타가 경악했다.

'이렇게 쉽게 흘려 버리다니!'

뒤이어 니베리스의 공격이 날아들었다. 허공에서 섬광의 화살이 어지럽게 쏟아져 온다.

"신성한 용맹이 검을 가호한다!"

외침과 함께 방어막이 생성되어 섬광을 막아냈다. 그러나 그 직후 뒤쪽에서 폭음이 터졌다.

꽈르릉! 꽈광!

뇌격이 폭발하면서 아리에타를 날려 버린다. 지상으로 내던져진 아리에타는 아슬아슬하게 몸을 회전시키면서 땅을 박

찼다. 마치 물수제비를 뜨듯이 지면을 박차고, 회전하고, 다시 박차고를 반복하는 그녀를 보며 니베리스가 웃는다.

"후훗. 일국의 공주씩이나 되는 자가 길거리의 광대처럼 촐싹대는구나."

동시에 그녀가 손을 가볍게 털었다. 그러자 섬광의 구체 두 개가 생성되어서 다른 쪽으로 날아간다.

콰아아앙!

"큭……!"

방패로 그것을 막아 낸 보어가 신음했다. 이 공격은 아리에타와 떨어진 다른 일행을 노리고 있었던 것이다.

니베리스가 말했다.

"버러지들까지 상대해 주기에는 내 업무량이 과하다."

"뭐라고?"

보어가 발끈했다.

니베리스는 더 이상 그를 쳐다보지도 않았다. 대신 아직 살아남은 마물들이 달려들었다.

"자일 경!"

"알고 있다!"

두 기사가 서로 반대편을 보면서 섰다. 그 사이에 에노라가 겁에 질린 채로 떨고 있었다.

보어가 전방을 주시하며 말했다.

"에노라 양, 걱정 마시게! 내가 있는 한 그대의 머리털 하나

다치게 하지 않겠다!"

"내가 하고 싶은 말을 빼앗겼군. 이 더러운 것들을 재빨리 치워 버리고 공주님을 돕겠다!"

자일도 호기롭게 말했다. 그런 그들에게 수십의 마물이 달려들었다.

"많기도 하군!"

자일이 다가오는 적을 향해 질풍처럼 검격을 날렸다. 빠르면서도 섬세한 검격이 마구잡이로 달려드는 마물들을 하나하나 베어 넘긴다.

분명 적의 수는 많다. 인간보다 덩치가 크고 강건한 것이 대부분이다.

그러나 쿼드로플 마스터의 경지에 오른 스피릿 오더 수련자는 초인이다. 정신파로 그들을 위압하고, 섬전 같은 공격으로 목숨을 빼앗아가면서 그들에게 두려움을 심어준다.

마물들 사이에서 망설임과 혼란이 퍼져 나간다. 발란 숲의 마물들을 상대해 온 자일은 다수의 마물을 상대하는 일에 익숙했다.

보어도 지지 않았다.

"흥! 더러운 것들! 내 방패를 피로 더럽히고 싶어서 안달이 났구나!"

방패를 든 보어가 마물들을 상대하는 방식은 자일과는 완전히 달랐다.

투학!

선두에서 달려들던 오크가 보어의 방패에 맞고 붕 떠올랐다. 마치 달려가는 말에 치인 것처럼, 인간 이상으로 육중한 근육질 거체가 몇 미터나 떠올라서 마물들의 머리 위를 넘어간다.

그 광경에 얼어붙은 마물들을 향해 보어가 방패 너머로 검을 찌른다. 또 한 마리의 마물이 꼬치 꿰듯이 목을 관통당하고 쓰러졌다.

당황한 마물들이 동시에 달려들어서 무기를 휘두른다. 세 마리가 동시에 달려들면서 휘두른 검과 몽둥이를 보며 보어가 눈을 부릅떴다.

"하아아아아!"

사람의 외침이라기보다는 짐승의 울부짖음 같은 노성이 터져 나온다. 아젤이 썼던 것과 비슷한, 위압적인 정신파가 실린 포효였다.

일순간 마물들의 동작이 느려진다. 기세가 죽은 적들의 공격을 방패로 막아내는 것과 동시에 보어가 내디딘 발을 힘차게 굴렀다.

쿠우웅!

둔중한 소리가 울리면서 지면이 뒤흔들렸다. 그리고 마물들이 내려친 무기가 맹렬한 기세로 튕겨 나가면서 그 주인들이 발라당 넘어가 버렸다.

"하아!"

보어가 재빨리 달려나가면서 그들을 검으로 베어버린 다음 다시 후퇴해서 제자리를 지킨다.

한바탕 적들을 꺾어 놓은 자일과 보어가 흘끔 서로를 바라보았다.

둘의 사이는 결코 좋지 않았다. 보어는 여행을 시작할 때부터 자일을 시골 기사 취급하면서 무시했다. 사사건건 신경을 건드려 가면서 주도권을 쥐려고 했다.

아젤에게 결투로 박살 난 후, 보어의 태도는 변했다. 그렇기는 해도 여전히 자일과의 사이는 불편하기 짝이 없었다. 둘다 자신이 소속된 조직의 대표로 나온 젊은 기사들이다 보니당연한 일이다.

"자일 경, 누가 더 많이 쓰러뜨리는지 경쟁해 보겠나?"

"기꺼이 받아들이지."

하지만 지금 이 순간, 둘은 서로를 인정했다. 에노라를 지켜내고, 아리에타를 돕기 위해서 기꺼이 서로에게 등을 맡겼다.

물론 상황이 녹록하지는 않았다. 행동을 제약당한 상태에서 주변을 포위한 수십의 마물을 쓰러뜨리는 일은 두 기사 모두에게 험난한 시련이 될 것 같았다.

6

현재 상황은 철저하게 용 그림자 측의 의도대로 돌아가고 있었다.

저들의 표적인 아리에타, 저들이 경계하는 아젤, 그리고 나머지 세 명이 따로따로 분리되었다. 아젤은 그렇다 치고 자일, 보어, 에노라가 수십의 마물에게 둘러싸인 것은 상당히 위험해 보였다.

그러나 아리에타는 도우러 갈 수가 없었다. 니베리스가 압도적인 마력을 뿜어내면서 다가오고 있었기 때문이다.

"자, 방해꾼은 떨어뜨려 놨고… 용마공주여. 우리와 같은 피가 흐르는 그대에게 내가 자비를 베풀어 제안을 하나 하겠다."

"제안이라고?"

"순순히 우리를 따라간다면, 네 부하들의 목숨을 살려주지."

"뭐라고?"

"항복하라는 이야기다. 결과가 뻔한데 서로 피곤해지지 말고."

"헛소리!"

아리에타가 땅을 박찼다. 순동법으로 가속한 그녀의 모습이 한순간에 니베리스의 뒤를 점한다. 그리고 주저없는 검격!

한데 거기에 니베리스는 없었다. 허공을 치는 느낌에 아리에타가 놀랐다.

옆에서 니베리스의 나른한 목소리가 들려왔다.

"검을 쥔 것들은 어쩌면 이리도 한결같이 단순한지."

'환영?'

니베리스는 아리에타의 행동을 예측하고 환영을 펼쳐 두고 있었다. 마법을 쓰는 솜씨가 워낙 빠르고 교묘해서 아리에타는 그 조짐을 눈치채지 못했다.

꽈과광!

뇌격이 작렬하며 아리에타를 날려 버렸다. 가까스로 몸을 바로 잡고 착지하는 그녀를 보며 니베리스가 말했다.

"두 번째. 소문으로 듣자 하니 그대는 영민하다던데, 그렇다면 슬슬 주제 파악을 할 때가 되지 않았나?"

"큭……!"

"뭐 좋다. 고집을 부린다면, 그 고집이 꺾일 때까지 현실을 실감케 해주면 그만이니."

니베리스가 말한 '두 번째'란 아리에타의 목숨을 취할 수 있었던 횟수다. 그녀는 아리에타를 생포해서 데려가는 것이 목적이기에 치명타를 먹일 기회를 잡아도 봐주고 있는 것이다.

아리에타가 외쳤다.

"깔보지 마라! 용마족! 어둠을 사르는 빛의 맹수여, 울부짖어라!"

새하얀 검날을 타고 호박색 불꽃이 타올랐다. 정상적인 불꽃과 달리 열기가 별로 없는, 그러나 탁월한 파괴력이 잠재된 마법의 불꽃이었다.

"가라!"

검을 휘두르자 불이 채찍처럼 늘어나면서 니베리스를 강타했다.

한번으로 끝나는 공격이 아니다. 아리에타가 한 호흡에 수십 번의 변화무쌍한 검격을 날리니 허공에 어지러운 백색의 궤적이 그려지면서 니베리스를 난타했다.

화아아아아악!

충격이 폭발했다. 공격이 작렬하는 지점부터 뒤쪽으로 폭염이 수십 미터나 부채꼴로 퍼져 나간다.

그녀가 용마공주로 떨친 명성이 허명이 아니었음을 보여주는 압도적인 화력이다. 일순간 수십의 적을 격살할 수 있는 공격을 퍼부었지만, 아리에타는 적이 끝났으리라 여기지 않았다. 그대로 뛰어들면서 검을 내려친다.

"불의 용이여, 분노를 토하라!"

검을 휘감은 호박색 불꽃이 압도적인 열기를 발하는 진짜 불꽃으로 화했다. 아리에타가 그대로 성벽조차 갈라 버릴 강맹한 검격을 내려쳤다.

"…이 정도 발버둥 치면 만족할 수 있느냐?

그러나 다음 순간, 나른한 목소리가 귓가로 파고들었다.

꽈광!

동시에 옆쪽에서 아무런 조짐도 없이 뇌격이 터졌다. 아리에타는 비명조차 지르지 못하고 튕겨 나갔다.

그 앞에서 니베리스가 거세게 타오르는 마법의 불길을 헤치고 걸어 나왔다. 털끝 하나 상하지 않은 모습이었다.

땅을 몇 바퀴나 구른 뒤에 일어난 아리에타가 이를 악물었다.

'또다시 환영이었나.'

니베리스는 아리에타가 있다고 판단한 지점과 전혀 다른 위치에서 걸어오고 있었다.

이번에는 니베리스가 환영 마법을 사용할 것에 대비하고 있었다. 그런데도 감쪽같이 속아 넘어갔다.

"가련하구나."

니베리스가 동정을 담아 말했다. 그런데 그 목소리가 들려온 곳이 불꽃 속에서 걸어 나오는 니베리스의 입이 아니다.

'다중환영?'

아리에타가 눈을 크게 떴다.

사방에서 니베리스가 걸어오고 있었다. 모두 일곱의 니베리스가 있는데 모두가 실체처럼 뚜렷한 모습이다. 또한 주변에 감각을 교란시키는 마력 파동이 강하게 흩뿌려져 있어서 기척으로 진짜와 가짜를 구분할 수가 없다.

니베리스가 말했다.

"순순히 따라온다면 모두가 편해질 것을."

그 말이 주문이라도 되는 것처럼 뇌격이 연달아 터졌다. 어둠을 찢으면서 폭발하는 뇌격으로부터 아리에타가 정신없이 도망쳤다.

'조짐을 읽을 수가 없어!'

전사가 마법사를 상대할 때는 마력의 움직임을 통해 마법을 쓰는 조짐을 파악하고 대응한다. 설령 마법의 종류까지는 파악하지 못한다고 해도 마법이 온다는 걸 알면 막아낼 수 있다.

그러나 니베리스의 마법은 그런 조짐이 전혀 없었다. 아무것도 안 하는 것 같은데 갑자기 뇌격이 터진다.

'이것은 즉… 저 여자가 나를 갖고 놀고 있다는 뜻이다.'

한 방, 한 방이 일반인을 즉사시키기에 충분한 뇌격이다. 하지만 니베리스에게는 손가락을 튕기듯이 거의 힘을 싣지 않은 공격이리라. 강대한 마력을 지녔으니 그것을 효율적으로 사용하는 기술이 있기에 굳이 힘을 한데 모아서 증폭시키는 과정을 생략하고도 이런 위력이 나오는 것이다.

니베리스가 말했다.

"방어는 제법 훌륭하군. 용검공작이 가르쳤다고 들었는데 잘 가르친 모양이야."

"스승님을 아는가?"

"직접 본 적은 없다. 그러나 그 위명은 귀가 따갑도록 들어 왔지. 제자를 보니 스승의 실력이 뛰어남을 알 수 있겠어."

니베리스는 순수하게 아리에타의 기량을 칭찬했다.

물론 그것은 압도적으로 우위에 선 자가 내려다보면서 내 리는 평가다. '생각했던 것보다는 제법 하는데?' 정도인 것 이다.

니베리스가 계속해서 뇌격을 사용한 것은 아리에타를 무 력화하기 위함이다. 일반적으로는 뇌격 그 자체를 막아낸다 고 해도 가까이서 터지는 뇌명 때문에 고막이 손상되어서 행 동이 불가능해진다.

때문에 아리에타는 그 점을 염두에 두고 처음부터 용령기 로 고막을 보호하고 있었다. 뇌격이 직격하지 않는 한 뇌명만 으로 전투력을 상실하지는 않는다.

'내 힘만으로는 이길 수 없는 적이다.'

아리에타는 냉정하게 승산을 분석했다.

그 결과, 어떻게 발악해도 니베리스를 상대로 이길 가능성 이 없다는 판단을 내렸다. 그만큼 둘 사이의 전력 차가 압도 적이다.

활로가 있다면 니베리스의 태도다. 그녀가 방심하고 있다 는 사실은, 유감스럽게도 별 의미는 없다.

'나를 얕보고 있긴 한데 자기를 지키는 것을 소홀히 하지 는 않는다……'

니베리스의 방심은 스스로의 방어 능력을 신뢰하는 데 기인한다. 설령 아리에타가 그녀의 예측보다 뛰어난 능력을 가져서 허를 찔리더라도 방어가 뚫릴 일은 없다는, 마법사의 오만인 것이다.

유감스럽게도 아리에타에게는 그 오만을 무너뜨릴 힘이 없었다. 전력을 다해 필살의 일격을 날린다면 어떻게 될 것 같기도 한데, 니베리스는 그걸 준비하게 놔둘 만큼 심각하게 방심하고 있지는 않았다.

'도망칠 수도 없다.'

적의 목표가 자신의 납치인 이상, 도망치는 게 최선이다. 하지만 주변을 둘러싼 어둠의 결계는 도주를 허용하지 않는다.

'그렇다면 적의 여유에 기대어 버티는 수밖에.'

아리에타는 아군을 믿기로 했다. 시간을 끌면서 버티면 아젤이 어떻게든 해주리라.

거기까지 생각한 아리에타는 문득 쓴웃음을 지었다.

'내가 언제부터……'

도대체 언제부터 아젤을 이렇게나 신뢰하게 되었을까? 모르겠다. 천군만마보다도 지금 이 순간, 그가 자신과 같은 전장에서 싸우고 있다는 사실이 든든했다.

결연한 의지를 드러내는 아리에타를 보면서 니베리스가 손을 들어올렸다.

"어리석게도 결과가 뻔한 싸움을 계속하기로 한 모양이구나. 서로 피곤할 뿐인 것을."

"그 오만이 언제까지나 계속될 수는 없을 것이다, 용마족."

"오만이 아니다."

차갑게 말하는 니베리스의 주변에 불길 같은 어둠이 솟구쳤다. 반쯤 어둠에 가려진 채로 그녀가 말했다.

"사실을 말하는 것뿐이지."

7

부정체가 다가오는 것을 보면서 아젤은 눈살을 찌푸렸다.

'골치 아프군. 저거 짜증나는데.'

아젤은 부정체를 상대해 본 경험이 많았다. 용마전쟁 때 고위 흑마법사들이 애용하던 수법이었기 때문이다. 적아를 가리지 않고 시체들을 한데 모아서 탄생시키는 부정체는 아군에게 막대한 피해를 입히고는 했다.

물론 아젤 입장에서 그리 무서운 상대는 아니다. 문제는 지금의 그를 상대로 시간벌이를 하기에는 충분할 정도로 성가시다는 점이다.

'어쩔 수 없지.'

아젤은 차분하게 심호흡을 한 번 했다.

두근!

심장이 뛴다.

우우우웅…….

생명의 고리들이 그 고동에 공명하면서 마력을 증폭시킨
다.

영맥을 타고 흐르는 마력이 가속하면서 생명의 고리로 흘
러들어간다. 그리고 첫 번째 고리를 거치면서 증폭, 두 번째
고리를 거치면서 또 증폭, 그리고 마지막 세 번째 고리를 거
치면서 더욱 증폭되었다. 그리고 다시 영맥으로 돌아가기 전,
혈관의 맥동과 뼈의 미미한 진동까지도 증폭의 연료로 삼아
서 최대치로 증량한다.

두근! 두근! 두근!

심장 박동이 빨라지면서 영맥을 달리는 마력의 흐름이 더
욱 가속한다. 그리고 한 번 심장을 지나서 나올 때마다 점입
가경으로 늘어나서 영맥을 가득 채우고, 그것으로도 모자라
서 육체의 모든 부분으로 퍼져 나가고, 그러고도 넘쳐서 몸
주변을 휘감는다.

후우우우우우……!

그 과정은 그야말로 순간이었다. 공격 명령을 받은 적들이
덮쳐 오기 전에, 그리고 부정체가 공격거리까지 다가오기 전
에 아젤은 마력의 증폭을 끝마쳤다.

심장이 고동치는 속도를 자유자재로 제어하고, 전신의 혈
관 하나하나까지도 뜻대로 통제할 수 있는 스피릿 오더 수련

자에게 있어 체감 시간은 일반인과 달리 주관적으로 줄이고 늘릴 수 있는 제어 대상이다. 이 순간 아젤의 체감 시간은 극한까지 늘어나고 있었다.

"좋아."

아젤이 작게 중얼거렸다.

이 육체는 아직 완성되려면 멀었다. 그래서 마력의 그릇으로서는 너무 작다. 아젤의 전성기에 비하면 지금의 마력 수용량 한계는 채 1할도 안 되리라.

하지만 그것으로 충분하다. 왜냐하면 아젤은 일시적으로는 몸 안에 담아둘 수 없어서 밖으로 넘쳐흐른 마력조차도 통제할 수 있는 기술을 가졌기 때문이다.

아젤에게 느긋하게 마력을 증폭시킬 여유를 준 시점에서, 적들은 그 이전과는 격이 다른 힘을 상대하게 되었다.

그어어어어어!

부정체가 달려든다. 그 힘은 몸의 크기를 보고 추측할 수 있는 것보다 훨씬 강대하리라. 아마 오우거조차 훨씬 능가하는 괴력을 발휘할 터.

그뿐만이 아니다. 부정체는 저주의 결정체나 마찬가지라서 닿는 것만으로도 현세의 존재에게 타격을 입힌다.

아젤이 부정체의 손을 피해 뒤로 물러났다. 동시에 고개를 살짝 튼다.

쉬익!

갑자기 땅에서 솟아난 새카만 칼날이 아슬아슬하게 얼굴 옆을 스치고 지나갔다.

그것으로 끝이 아니다. 연속적으로 검은 칼날들이 솟구쳐서 아래를 꼬치 꿰듯이 찌르려고 한다.

아젤은 그것들을 마치 춤을 추는 듯한 몸놀림으로 모조리 피해냈다. 그리고 걸음을 멈추는 것과 동시에 땅바닥을 세차게 구른다.

쿠우우웅!

동작은 가벼운 발 구름이었는데 주변의 지면이 통째로 뒤흔들렸다.

"크억……!"

극도로 활성화된 아젤의 감각이 지하 5미터 지점에서 누군가 신음하는 것을 잡아냈다. 지하를 유영하며 공격을 가해온 용 그림자의 용마인, 키리온이 낸 소리였다.

발 구름으로 발한 진동파를 전달하는 기술로 땅속에 있는 키리온을 공격한 것이다. 추가타를 날려서 끝장을 내고 싶지만 그럴 여유는 없다. 그 짧은 순간에 부정체가 다시 거리를 좁히면서 팔을 휘둘렀기 때문이다.

'천둥용의 발톱!'

아젤이 그 궤도에 비스듬히 겹쳐지도록 검격을 날렸다.

꽈르릉! 꽈광!

저편에서 니베리스가 아리에타를 공격하면서 나는 천둥소

리에 또 다른 소리가 겹쳐졌다. 아젤의 검이 뇌격을 발하면서 부정한 거인의 팔을 찢어버렸던 것이다.

예상치 못한 천둥소리에 공격해 오던 적들이 움찔한다. 오로지 부정체만이 아랑곳하지 않고 재차 손을 뻗어왔다.

하지만 그 손을 뻗은 곳에 아젤은 없다. 잔상만을 남기고 순동법으로 그 뒤로 돌아가 있었다.

파아아앙!

푸른 섬광을 발하는 검격이 부정체의 등을 길게 가른다. 그 몸을 이루는 부정한 힘의 응집체가 파편이 되어 흩어졌다.

"역시 튼튼하군. 귀찮게."

아젤이 투덜거렸다. 그리고 추가타를 날리려던 검을 되돌리면서 등 뒤를 찌른다.

쾅!

"꺄악!"

폭음이 울리며 날카로운 비명이 울려 퍼진다. 여성스러운 비명이기는 한데 그 목소리가 지독하게 쉬어 있다 보니 상당히 이상하게 들린다.

"의외로 비명이 여성스러운데? 레지나 씨."

"으윽……."

레지나가 신음했다. 은신술로 모습도, 기척도 감추고 완벽한 기회에 공격했다고 여겼다. 그러나 아젤은 귀신같이 그녀의 존재를 눈치채고 반격한 것이다.

씩 웃는 아젤에게 레지나가 공격을 가했다. 허공에서 투명한 역장의 칼날이 일어나서 날아든다.

아젤은 그것을 받아치는 대신 갑자기 몸을 뒤로 뺐다. 동시에 몸을 아래쪽으로 틀면서 기묘한 각도의 검격을 날린다.

파학!

"크억!"

지면을 뚫고 솟구치던 키리온이 비명을 질렀다. 아젤의 신경이 레지나에게 쏠린 순간을 노려서 기습을 가했다. 하지만 아젤은 기다렸다는 듯이 그의 몸을 갈라 버린 것이다.

"이, 이런……!"

자신의 몸에서 솟구치는 피분수를 보면서 키리온이 신음했다. 얼굴에 아젤이 남긴 검상이 있는 키리온의 눈이 증오로 불타올랐다.

"아젤 제스트링어, 이, 개자식……!"

그런 그의 앞에서 아젤이 대꾸 없이 사라졌다. 직후 그 자리에 어둠의 구체가 작렬했다. 한순간에 10미터 이상 이동한 아젤이 말했다.

"고작 이 정도로 나를 붙잡아놓으라고 하다니, 그대들의 상관은 현실 파악 능력이 형편없군."

아젤을 둘러싼 적은 넷.

부정체와 레지나, 키리온, 그리고 본 적 없는 흑마법사 하나가 어둠 속에 숨어 있었다. 방금 전에 어둠의 구체를 날린 것이 바로 그다.

"크윽, 으으으……!"

중상을 입은 키리온이 비틀거렸다. 일단 마법으로 지혈을 하긴 했지만 상태가 심각하다. 기습을 가하려다가 오히려 역습을 당할 줄이야.

아젤의 눈이 섬뜩하게 빛났다.

"놀아줄 시간이 없으니 빨리 정리해 주지."

굳이 육체의 그릇에 넘치는 마력을 일으킨 것은 빠르게 이들을 해치워 버리기 위함이다. 정상적인 상태보다 강한 힘을 발휘하지만 그만큼 육체에 큰 부담이 걸리고 심력 소모도 심한지라 오래 지속할 수는 없었다.

다음 순간, 아젤의 모습이 사라졌다.

'뭐야?'

레지나가 경악했다.

아니다. 사라졌다고 생각하고 순동법으로 뒤를 찌르는 것에 대비하는 순간, 다시 나타났다.

그것도 하나가 아니다. 부정체의 뒤에 하나, 레지나의 앞에 하나, 키리온 옆에 하나, 흑마법사 뒤에 하나!

'분신?'

그것도 초감각을 가진 용마인들도 실체와 허상을 구분할 수가 없다. 지금 이 순간에는 모두가 허상처럼 보였다.

"설마 꼭꼭 잘 숨어 있었다고 착각하고 있었나?"

흑마법사의 뒤에 나타난 아젤이 말했다. 한 박자 늦게 뒤를 잡힌 것을 알아차린 흑마법사가 기겁했다.

"히익!"

그가 거의 반사적으로 방어 마법을 발했다. 동시에 부정체와 레지나도 그쪽으로 달려들었다.

'저게 진짜다!'

입을 여는 순간, 존재감이 뚜렷해지면서 다른 허상들이 사라졌다. 설마 모습을 감추고 있던 흑마법사를 이리도 쉽게 찾아내고 먼저 칠 줄이야! 순동법을 쓰면서도 타이밍이 늦는 것에 다급해졌다.

"크아아악!"

그래서 그녀는 뒤쪽에서 들려오는 비명에 얼어붙을 수밖에 없었다.

'어째서?'

아젤은 흑마법사를 공격하고 있는데 왜 키리온의 비명이 들려온단 말인가?

중상을 입은 키리온은 아젤이 움직이는 순간 다시 땅속으로 숨어들려 했다. 이성을 잃고 달려들기에는 상처가 너무 컸기 때문이다.

그때 아젤이 그의 목을 붙잡고 심장을 꿰뚫어 버렸다.

"컥, 커어억… 이럴 리가, 없는데……!"

키리온은 믿을 수 없다는 듯 눈을 부릅뜬 채 절명했다. 아젤은 그의 숨이 끊어진 것을 확인하고는 던져 버렸다.

"감각에 자신이 있는 것들은 이 수법에 잘 넘어오지."

본체의 기척을 흩어버리면서 분신을 만든 뒤, 그중 하나에 실체 같은 존재감을 발휘한다. 그러면 제대로 판단할 여유가 없는 적들은 그것을 진짜라고 착각하고 달려든다.

적들의 주의가 미끼에 쏠린 그 순간, 아젤의 실체는 유유히 허점을 찌른다. 그것으로 키리온이 죽었다.

"그리고 아직 끝난 것도 아니고."

"뭐라고?"

의미심장한 아젤의 말에 레지나는 자기도 모르게 뒤를 돌아보았다.

푸욱!

방심한 흑마법사가 땅 밑에서 솟아난 검에 관통당했다.

"커억, 도대체 어떻게……!"

흑마법사가 경악했다.

따악!

아젤이 손가락을 튕겼다. 그러자 흑마법사의 몸을 관통한 검으로부터 파괴적인 기운이 퍼져 나가면서 심장을 파괴했다. 흑마법사는 비명조차 지르지 못하고 절명해 버렸다.

아젤은 함정을 이중으로 깔아두었다. 실체를 착각하게 만든 뒤 뒤를 치는 것이 첫 번째, 그리고 함정이 끝났다고 여기고 방심하는 순간 두 번째 함정이 펼쳐졌다.

아젤이 어깨를 으쓱했다.

"똑같은 수법에 만날 당해주니 나로서는 고맙긴 한데."

두 번째 함정은 발란 숲에서 썼던 수법의 변형이었다. 아젤은 마물들을 쓰러뜨릴 때 그들의 검을 빼앗아두었다. 거기에 은닉술을 건 뒤 전혀 갖고 있다는 티가 안 나도록 행동하다가 이 기회에 던져두었던 것이다.

그때와의 차이점은 지금의 아젤은 자기가 던진 물체의 움직임을 훨씬 복잡하게 조종할 수 있다는 점이다. 적들이 분신에 의식을 빼앗기고, 다시 아젤에게 당했다는 사실에 경악할 때… 은닉된 채로 바닥을 저공으로 날아가던 검이 급가속하며 튀어 올라서 흑마법사를 꿰뚫었다.

"역시 저 용마족 여자만 빼면 다들 허당이군. 공부 좀 하고 덤비지 그래?"

레지나는 그 광경을 보며 전율했다. 억누를 수 없는 공포가 치밀어 오르고 있었다.

'이자는 도대체 정체가 뭐지?'

용 그림자의 일원으로 활동하면서 많은 인간과 싸워서 제거해왔다. 스피릿 오더 수련자와 싸워본 경험도 풍부했다.

하지만 그들 중 누구도 아젤처럼 싸우지 않았다.

그럴 수밖에 없다. 아젤이 구사하는 수법은 웬만한 스피릿 오더 수련자는 흉내 낼 엄두도 못 내는 것들이니까. 한때 궁극의 경지에 올랐던 아젤이기에 이런 말도 안 되는 기교를 부리는 것이다.

'이길 수 없어……'

패배의 확신이 그녀를 지배했다.

차라리 압도적인 힘을 과시했다면 받아들이기 쉬웠으리라. 그러나 아젤은 세련된 기술을 이용한 속임수로 현혹시키면서 허를 찔렀다. 막강한 힘을 가진 아군들이 어처구니없을 정도로 허무하게 쓰러져 가는 이해할 수 없는 상황이 공포감을 불러일으켰다.

'도망쳐야 하나?'

하지만 그건 레지나에게 허락된 일이 아니다. 니베리스가 용마공주를 사로잡을 때까지 아젤을 붙잡아놔야 하는데…….

주춤거리며 뒤로 물러나는 레지나 앞에 아젤이 불쑥 다가왔다. 그녀의 동요를 감지하는 순간, 곧바로 순동법으로 돌격해 온 것이다.

카앙!

검과 검이 맞부딪치면서 불꽃이 튀었다. 균형이 무너진 그녀에게 아젤이 결정타를 꽂으려다가 멈칫한다. 부정체가 득달같이 달려들었기 때문이다.

레지나가 아젤을 향해 검을 찌른 것은 거의 반사적인 행동이었다. 눈앞에서 공격해 오던 적이 멈칫하고, 아군이 그 뒤에서 덮쳐 오는 상황이 너무나도 좋은 기회로 보였던 것이다.

그러나 곧 레지나는 자신이 함정에 빠졌음을 깨달았다.

'이것까지도 이자의 계획이었나!'

아젤이 차가운 미소를 짓고 있었기 때문이다.

그녀의 공격이 시작되는 순간, 마치 기다렸다는 듯이 그 모습이 사라진다. 사전에 순동법을 준비하고 있다가 그녀가 공격을 되돌릴 수 없는 절묘한 타이밍에 발동한 것이다.

레지나의 시야가 부정체의 거구에 가려졌다. 그리고…….

콰아아아아!

부정체의 뒤로 돌아간 아젤이 날린 강맹한 일격이 작렬했다. 섬광이 부정체의 거구를 갈가리 찢고, 그 너머에 있던 레지나까지 휩쓸었다.

'처음부터 끝까지 저자의 손바닥 위였어. 이런 자를 상대로는 아무리 용마족이라도…….'

절망에 빠진 레지나의 사고는 더 이상 이어지지 못했다. 전신을 휘감는 격통이 그녀의 의식을 끊어버렸기 때문이다.

8

니베리스는 눈살을 찌푸렸다.

"정말로 끈질기군."

그녀 앞에는 아리에타가 흙투성이가 된 채 거친 숨을 내뱉고 있었다.

아직까지 아리에타는 니베리스의 털끝 하나 상하게 하지 못했다. 그저 방어에 급급할 뿐이다.

도망치는 것도 불가능하다. 니베리스는 절묘한 마법의 연계로 아리에타가 일정한 영역을 벗어날 수 없도록 움직임을 통제하고 있었다.

다만 겉으로 보이는 것과 달리 니베리스는 그리 여유를 부리고 있는 게 아니었다.

'이렇게나 귀찮은 임무일 줄이야.'

죽이고자 했으면 벌써 끝났을 것이다. 문제는 그녀의 임무 목표는 '용마공주 아리에타를 최대한 상처 없이 붙잡는 것'이라는 점이다.

치유할 수 없는 상처를 입히는 일 없이, 되도록 온전한 상태로 붙잡아야 한다는 것이 아주 까다로운 조건이었다. 편하게 저주나 결박의 마법으로 제압하기에는 아리에타의 실력이 출중한지라 아까부터 미지근한 공격을 퍼부어서 차근차근 체력을 깎아나갈 수밖에 없었던 것이다.

숨을 몰아쉬던 아리에타가 그녀를 보며 웃었다.

"벌써 끝인가……?"

누가 봐도 오기를 부리고 있다는 것을 알 수 있는 모습이었다.

니베리스는 발끈하지 않았다. 대신 한숨을 쉬었다.

"부하들이 조금만 더 쓸 만했어도 일이 편해졌을 것을."

"뭐……?"

아리에타가 의아해하는 순간이었다.

파지지지직!

니베리스의 눈앞에서 푸른 불꽃이 튀었다. 어느새 아젤이 그 앞까지 접근해서 검을 내려쳤다.

니베리스가 말했다.

"보고받은 것보다 더 골치 아픈 자로군."

그녀의 방어막을 누르면서 아젤이 휘파람을 불었다.

"역시 부하들처럼 바보는 아닌데?"

지금 니베리스의 방어는 그녀가 인식하고 한 것이 아니다. 기습을 받을 경우를 대비, 설정해 둔 조건에 따라서 발동되는 방어마법을 준비해 둔 것뿐이다.

그런데 니베리스는 방어막이 발동하는 그 순간부터 마력 패턴을 유동적으로 바꾸고 있었다. 마력 동조를 통해서 반발력을 무효화하는 수법을 사전에 차단하는 것이다.

니베리스가 말했다.

"죄 깊은 이름을 가진 자여……."

"그냥 아젤이라고 부르시지? 그렇게 부르는 거 길고 귀찮지 않나, 니베리스 아줌마?"

"뭣이?"

'아줌마' 라는 말을 들은 니베리스의 눈썹이 치켜떠졌다.

꽈광!

동시에 방어막 위로 뇌격이 폭발했다. 일순간 눈을 태워 버릴 듯한 섬광이 사방을 하얗게 밝히고, 뒤이어 천둥소리가 주변을 뒤흔들었다.

니베리스는 동시에 경악해야만 했다.

'멀쩡하다니?!'

산도 부술 뇌격에 직격당한 아젤이, 전혀 타격을 입지 않은 모습으로 그녀를 내려다보고 있는 게 아닌가? 차갑게 웃는 아젤을 보는 순간 니베리스는 심장이 내려앉는 것 같았다.

"설마 절연화(絶緣化)가 마법사만의 특기라고 착각했나? 뇌격이면 다 되는 줄 알다니, 고위 마법사 주제에 세상을 날로 먹으려고 해도 유분수지."

아젤은 마력에 절연체의 성질을 부여, 자신을 감싸서 뇌격을 흘려보낸 것이다. 마력을 모든 속성으로 변환할 수 있는 아젤은, 상대가 뇌격을 쓸 것을 뻔히 알고 있다면 너무나도 쉽게 방어할 수 있다.

그리고 아젤의 공격이 이어졌다.

'땅의 현인!'

검을 옆으로 슬쩍 트는 기묘한 움직임이었다. 그런데 방어막 안쪽에 있는 니베리스의 복부를 약한 충격이 치고 지나갔다.

타격이 될 만한 충격은 아니다. 다만 방어막을 뚫고 자신에게 영향을 끼쳤다는 사실이 니베리스를 동요시켰다.

'이건……?!'

놀라는 니베리스의 앞에서 아젤이 또 다른 기술을 발동했다.

'폭풍용의 발톱!'

아젤이 아주 살짝 검을 거두었다가 그대로 내려쳤다.

그 결과는 경이로웠다. 인체 구조상 도저히 힘을 실을 수 있는 동작이 아니었는데 일순간 소리보다도 빠르게 가속한 검날이 결계를 찢어버리면서 진공파가 작렬했다.

콰아아앙!

폭음이 울리며 니베리스가 튕겨 나갔다.

"큭……!"

지상에 충돌하기 직전, 가까스로 궤도를 바꿔서 날아오른 니베리스가 신음했다. 그녀의 옷 흉부가 약간 찢겨져 나가고 입가에서 피가 흐르고 있었다.

"과연. 죄 깊은 이름을 가진 것이 허세는 아니었……."

오기를 부리며 말하던 니베리스가 기겁했다. 그 순간 아젤이 그녀의 뒤에서 나타나서 검을 날렸기 때문이다.

파아아아아!

아슬아슬하게 미리 설정해 둔 방어막이 발동했다.

하지만 거기까지도 아젤의 노림수였다. 검격과 방어막이 충돌해서 반발력이 일어나는 순간, 거기에 저항하지 않고 튕겨 나가면서 몸을 회전시키는 게 아닌가?

그 직후 아젤의 모습이 사라졌다. 반발력을 이용, 발 디딜 곳도 없는 허공에서 순동법을 건 것이다!

니베리스의 본능이 죽음의 경고음을 발했다. 그녀가 다급하게 외쳤다.

"내 핏속의 용이여, 깨어나라!"

동시에 그녀를 중심으로 강맹한 충격파가 폭발했다.

콰아아아아아앙!

빛의 파문이 원형으로 퍼져 나가면서 반경 수십 미터가 뒤집어졌다.

"하아, 하아……."

니베리스가 식은땀을 흘렸다. 호흡이 거칠어진 것은 급격하게 마력을 쏟아낸 것보다는 목덜미까지 다가왔던 죽음의 공포 때문이었다. 비장의 한 수를 준비해 두지 않았다면 꼼짝없이 목이 날아갈 뻔했다.

"역시 네놈은… 잊힌 비술을 터득하고 있는 자로구나."

니베리스가 한 손으로 얼굴을 감싼 채로 말했다. 그냥 말을 거는 행위가 아니다. 그 자체가 상대방을 위압하는 마법이다.

흙먼지 너머에서 아젤의 목소리가 들려왔다.

"잊힌 비술?"

"그래, 그대와 같은 자들을 알지. 검을 든 무지렁이이면서도 위대한 지혜에 가닿는 법을 아는 자들. 그대가 한 일을 지켜보았다. 그것은 다른 자들에게는 불가능하지."

"그렇게 말하는 너는, 아니, 너희 조직은 그 지혜를 잊지 않고 간직해 왔다는 말로 들리는군."

둘의 대화는 그 자체로 전투의 일부였다. 서로 목소리를 통해 상대방을 위압하고, 감각을 혼란시키고자 한다. 동시에 치열하게 상대의 위치를 탐색한다.

"혹은……"

말을 잇는 아젤의 모습은 흙먼지에 가려져서 보이지 않는다. 희미하게 그의 실루엣이 비칠 뿐이다.

하지만 니베리스는 안다. 실루엣이 있는 곳에 아젤은 없다.

"…너희가 인간들에게서 그 지혜를 빼앗았나?"

목소리가 들려오는 곳이 계속 변한다.

실루엣이 비치는 위치도 실시간으로 달라진다.

탐지마법으로 기척을 쫓고 있지만 아젤은 호락호락한 상대가 아니다. 노골적으로 여기저기서 인간의 기척으로 오인할 만한 정보를 뿌려댐으로써 위치를 특정할 수 없게 만든다.

니베리스는 목소리의 반향까지도 탐지에 이용하고 있었다. 그러나 아젤은 그것까지도 현혹의 대상으로 삼는다.

'사실은 스피릿 오더 수련자가 아니라 고위 마법사라고 주장해도 믿어버릴 것 같군.'

니베리스는 고위 스피릿 오더 수련자들이 얼마나 터무니없는 존재인지 잘 안다. 그녀가 속한 조직에도 잊힌 지혜를 계승한 강대한 스피릿 오더 수련자들이 있기 때문이다.

그런 니베리스가 보기에도 아젤은 불가사의한 존재다.

"용살의 의식을 알고, 행한 자여."

니베리스가 조용히 묻는다.

"그대는 정말로 용살을 해냈는가?"

"…그렇다면?"

"이상하군. 그대는 분명히 뛰어난 기량을 가졌다. 그러
나……."

니베리스는 납득할 수 없는 의문을 입에 담았다.

"마력이 너무 약하다. 이런 힘으로는 고위 마법사를 죽일
수 있을지 모르나 용은 죽일 수 없을 터."

스피릿 오더 수련자의 경지는 어느 정도 마력과 비례한다.
스피릿 오더의 기술 수준이 높아진다는 것은 더 많은 마력을
효율적으로 다룰 수 있다는 의미이기 때문이다.

아젤이 보여주는 기량과 마력의 균형이 전혀 맞지 않는다.
실력에 비해 마력이 안 따라주는 것도 정도가 있지, 아젤 정
도의 마력으로는 절대 저런 경지에 오를 수가 없다.

"하지만 용살의 의식은 완성되었지. 무슨 수를 쓴 것인
가?"

"대답해 주면 우리를 살려주기라도 할 건가?"

"그럴 수도 있다."

"거짓말을 하려면 좀 그럴싸하게 하시지?"

아젤이 코웃음을 쳤다. 니베리스가 말했다.

"진심이다. 내 이름을 걸고 목숨은 보장하지."

"신병은 구속하겠다는 소리군."

"그렇다."

"교섭은 결렬이다."

"유감스럽구나."

니베리스는 진심으로 아쉬워했다. 호기심에 집착하다 인생 망치는 사람이 흔한데 마법사는 그 선두주자라고 할 수 있다. 니베리스도 그런 마법사의 성향에서 벗어나지 못했기에, 수수께끼 덩어리인 아젤을 죽여야만 하는 것을 안타까워했다.

서서히 흙먼지가 가라앉아 가는 가운데 니베리스는 행동을 결정했다.

후우우우우!

돌풍이 일어나서 흙먼지를 헤쳐 버렸다. 바로 그 순간, 아젤이 그녀의 앞뒤에 동시에 나타났다.

니베리스가 더 참지 못하고 흙먼지를 치워 버리는 것이야말로 아젤이 노리는 기회였다. 돌풍을 일으키느라 한순간 주의가 흩어지고, 그 속에서 아젤이 사전에 형성해 둔 분신을 발견한다면 거기에 주의가 쏠린다.

"역시."

다음 순간 섬뜩함을 느낀 것은 아젤이었다.

쉬쉬쉬쉬쉬!

니베리스의 발밑에서 어둠의 촉수가 뻗어 나왔다. 아젤은 아슬아슬하게 그것을 피해서 물러났다.

"큭… 한 수 뒤졌군. 너무 얕봤어."

아젤의 몸에서 피가 흘러내렸다. 가죽 갑옷이 종잇장처럼 찢어지고 가슴에 짐승이 할퀴고 지나간 것 같은 상처가 났다.

이번 수 싸움에서는 아젤이 졌다. 니베리스가 아젤의 꿍꿍이를 꿰뚫어 보고 역습을 가한 것이다.

니베리스의 주변에 어둠이 뭉쳐 이루어진, 빛을 반사하지 않아서 입체감이 전혀 없는 어둠의 촉수가 수십 개나 꿈틀거리고 있었다. 그 속에서 니베리스가 말했다.

"용마공주는 죽일 수 없지만… 그대는 얼마든지 죽일 수 있지."

"과연. 내가 손해 봤는데, 이거."

아젤도, 니베리스도 서로 맞붙기 전부터 다른 이들과 싸우는 서로를 살피고 있었다.

이 사전 탐색에서 이득을 본 쪽은 니베리스였다. 아젤은 속전속결을 위해 실력을 발휘해서 용 그림자의 일원들을 몰아쳤지만, 니베리스는 아리에타를 죽일 수 없다는 이유로 전혀 실력을 보이지 않았기 때문이다.

마법사의 실력은 표면만 보고는 알 수 없다. 니베리스가 용마족이고, 마력이 뛰어나며, 세련된 마력운용을 보이고 있다는 것은 진정한 전력을 추측하기에는 턱없이 부족한 정보다.

니베리스가 말했다.

"그대의 머릿속에 들어 있는 비밀은 귀중하나, 때로는 더 큰 것을 위해 작은 것을 버려야 하는 법. 이제부터는 거칠게 갈 것이다."

그 목소리는 아젤의 뒤쪽에 나타난 또 다른 니베리스에게서 들려왔다. 하지만 아젤은 뒤를 돌아보지 않았다.

그런 아젤의 옆에 또 다른 니베리스가 나타났다.

"후훗. 분신에 속아 넘어가진 않는다는 건가?"

"유감스럽게도……."

아젤이 씩 웃으면서 발을 한 번 굴렀다.

쿠웅!

아젤을 중심으로 진동이 퍼져 나간다. 상대가 환영마법으로 분신을 만들 때의 기본적인 대처. 진동에 반응하느냐 아니냐, 흙먼지가 닿았을 때 어떻게 변화하느냐로 본체와 분신을 구분할 수 있다.

니베리스의 분신 역시 허상이라는 약점을 어쩔 수는 없었다. 본체를 파악한 아젤이 지체 없이 돌진했다.

그러나 아젤의 검이 허공을 가른다.

"조금은 머리가 좋은 자라고 생각했건만."

경악하는 아젤의 뒤쪽에서 니베리스가 나타난다. 아젤이 정석적인 분간법으로 본체라고 판단한 것조차 니베리스가 던져 둔 미끼였다!

그리고 어둠의 촉수가 아젤을 향해 뻗어 나갔다. 아젤의 몸을 휘감았다.

"그러게."

갑자기 아젤이 표정을 싹 바꿔서 미소 지었다. 동시에 폭풍 같은 검놀림으로 어둠의 촉수들을 막아낸다.

이 상황은 아젤이 의도한 대로였다. '진실의 눈'을 가진 아젤은 처음부터 분신에 현혹되지 않았다. 그러면서도 니베리스를 속이기 위해 굳이 정석적인 대응책을 쓴 것이다.

"조금은 머리가 좋은 용마족이라고 생각했는데."

"뭐라고?"

니베리스가 놀라는 순간이었다.

스팟!

보이지 않는 뭔가가 그녀의 볼을 스치고 지나갔다. 볼에 날카로운 것에 베인 상처가 난 그녀가 얼어붙었다.

'무슨……?!'

이해할 수 없다. 도대체 뭐가 자신의 볼을 베고 지나간 것인가?

자칫하면 머리가 꿰뚫릴 뻔했던 것은 안다. 혹시나 싶어서 심력의 분산을 각오하고 중첩해서 깔아두었던 방어마법이 그녀의 목숨을 구했다.

니베리스가 자기도 모르게 뒤를 돌아보았다. 머리로는 그

러면 안 된다는 것을 알고 있었지만 반사적으로 고개가 돌아
가는 것을 막을 수가 없었다.

그곳에는 단검 한 자루가 날아가서 떨어지고 있었다.

'이런 게 내 방어막을 뚫었다고?

경악하던 그녀는, 곧바로 자신이 무슨 짓을 했는지 깨닫고
전율했다. 격전을 벌이던 상황에서 한눈을 팔다니!

다급하게 다시 고개를 돌렸을 때, 그 앞에서 아젤이 죽은
마물들에게서 은밀하게 끌어온 다섯 자루의 검을 허공에 띄
운 채로 빛을 발하고 있었다.

"용의 군세, 출진!"

외침과 함께 용의 형상을 한 푸른 섬광이 검들을 휘감았다.
그리고 아젤의 외침에 따라서 화살처럼 쏘아져 나갔다.

"큭!"

니베리스가 다급하게 방어 마법을 펼쳤다. 섬광의 용을 두
른 채 날아드는 검들을 모조리 막아낸다.

동시에 의아함이 들었다.

'위력이 고작 이 정도밖에 안 되다니?

한눈을 팔았으니 목숨이 위험한 공격이 올 거라고 생각했
다. 그런데 막상 막고 보니 하품이 날 정도로 약하다.

그 이유는 곧 밝혀졌다.

"공주님! 지금!"

아젤의 뒤쪽에서 아리에타가 달려 나왔다. 아젤의 지시에

따라서 체력을 회복하면서 이 순간을 기다리고 있었던 것이다!

새하얀 검에 실려 있던 용마력이 아리에타의 언령에 반응해서 폭발적으로 쏟아져 나왔다.

"사특한 어둠이여, 갈라져라!"

파아아아아!

홍수 같은 섬광이 니베리스를 강타했다. 동시에 니베리스는 아젤이 준비한 함정이 무엇인지 깨달았다.

'이런 악마 같은 기술이 있었다니!'

방어 마법 위에 꽂힌 다섯 자루의 검, 그것들이 각기 다른 패턴의 마력 파동을 발하면서 서로 연동되고 있었다. 그 위로 아리에타가 쏘아낸 섬광이 작렬하자 그것이 계속해서 마력 패턴을 변화시켜 가면서 날뛴다.

마법사에게는 그야말로 악몽 같은 기술이다. 초 단위로, 그리고 지점에 따라서 멋대로 마력 패턴이 변화하는 공격은 방어 마법을 무참하게 붕괴시킨다!

그리고 그 너머에서 아젤이 움직이고 있었다.

"용의 군세! 만개(滿開)하라!"

언령이 실린 외침과 함께, 시간을 두고 마력을 증폭한 아젤이 전력을 쏟아냈다.

검을 휘감은 빛의 용이 포효하며 니베리스를 덮쳤다.

"꺄아아아아아아!"

니베리스가 비명을 질렀다.

이대로는 죽는다! 날뛰는 빛의 용에게 뼛속까지 삼켜지고 말리라!

무너져 가는 방어를 유지하는 것만으로도 뇌가 타들어갈 것 같은 상황 속에서, 니베리스가 결사의 의지로 또 다른 마법을 발현시켰다. 인간의 마력과 달리 의지만으로도 현상을 강제하는 힘, 용마력이 집중되면서 정상적으로는 불가능한 마법이 발동했다!

"공허의… 거울……!"

쥐어짜는 듯한 외침과 함께, 해일처럼 밀려오던 섬광의 무리가 휘어져 버렸다!

콰아아아아아!

그녀를 덮치던 빛의 용이 구부러져서 하늘을 꿰뚫는다. 주변을 감쌌던 장대한 어둠의 장막이 찢어지면서 밤하늘이 모습을 드러냈다.

고오오오오……!

굉음이 빠르게 멀어져 가면서 공기가 변하기 시작했다.

9

완벽한 어둠이 지배하던 공간에 희미한 빛이 비추었다. 달조차 희미한 밤이지만, 어둠의 장막으로 인해 완전히 캄캄했던 상황에 비하면 참으로 밝게 느껴진다.

"하아, 하아, 하아……."

니베리스가 쓰러질 듯이 비틀거렸다:

하지만 아젤은 그녀를 공격하지 않았다. 힘이 다해서가 아니다. 그랬다면 돌진하려는 아리에타를 붙잡아 막지도 않았을 것이다.

아리에타가 의문을 담은 눈으로 아젤을 돌아보았다. 아젤이 이유를 말했다.

"지금 들어가면 다칩니다."

"…뭐라고?"

놀라는 아리에타에게 설명하는 대신 아젤이 손가락을 까딱거린다. 그러자 니베리스의 뒤쪽에 떨어져 있던, 아까 전에 그녀를 스친 검이 저절로 떠올라서 날아들었다.

그런데 그것은 니베리스의 근처에 가는 순간 기괴하게 비틀리면서 부러져 버린다. 그것을 본 아젤이 생각했다.

'일정 영역에서 마력 폭주를 일으킨 다음, 통제할 수 없이 날뛰면서 폭발하는 힘을 억지로 한 방향으로 몰아넣었군.'

원래 마력 폭주라는 것은 통제할 수 있는 게 아니다. 마법의 제어에 실패해서 마력 폭주가 일어나는 순간 마법사는 죽음을 각오해야 한다.

그러나 니베리스는 의도적으로 그걸 일으킨 다음, 오로지 용마족만이 할 수 있는 수단으로 통제했다.

'통제용 마법이 부실해도, 강한 의념만으로도 현상을 강제하는 용마력을 막대하게 퍼부으면 저런 게 된다 이거지. 하지만 이론상으로는 가능하다고 해도 실제로 해내다니… 얕볼 수 없는 아가씨로군.'

마력과 용마력의 차이는 간단하다.

기본적으로 마력은 의념으로 정제되어서 마법이나 스피릿 오더의 기술로 발현되어야만 자연계의 현상을 일으키는 게 가능하다.

그에 비해 용마력은 복잡한 과정 없이 소유자의 의념만으로도 자연에 어떤 현상을 강제할 수 있다. 그저 불이 일어나는 강한 이미지를 집중하면서 용마력을 운용하는 것만으로도 발화 현상이 일어난다는 의미다.

용마력의 특성이야말로 용마족과 용마인이 인간에 비해 마법사로서의 자질이 월등한 이유다. 고위 마법사가 되면 서로 간의 격차는 줄어들지만 그래도 분명히 용마력을 가진 자에게만 가능한 것들이 있었다.

니베리스가 방금 보여준 방어법이 그렇다. 그녀는 방어막을 구성하던 마력을 의도적으로 폭주, 용마력의 특성을 이용해서 그것을 한 방향으로 집중시켰다. 그것으로 방어막을 무너뜨리기 직전이었던 섬광의 용이 마력 폭주에 휘말려서 하늘로 날아가 버렸다.

니베리스가 음습하게 웃었다.

"후후. 마법사로서는 참으로 수치스럽군."

정교한 마법으로 상황을 통제하여 원하는 결과를 얻는 것이 마법사가 추구하는 길이다. 그런데 오히려 힘이 한참 부족한 적에게 기술전에서 밀려서 우격다짐으로 목숨이 위험한 도박을 하게 되다니, 마법사로서는 치욕스럽기 그지없었다.

쉬이이이이…….

일단 한 번 마력이 폭주하고 나면 그 자리에 여전히 요동치는 마력의 기류가 남는다. 아젤이 공격하지 않은 이유가 그것이었고, 니베리스도 가만히 있는 것처럼 보였지만 그 기류가 자신을 상하지 못하도록 방어하고 있었다.

호흡을 가다듬은 니베리스가 말했다.

"수 싸움에서는 내가 졌다. 인정하지."

자존심에 상처를 입은 그녀가 무시무시한 눈으로 아젤을 노려보았다.

"그러나, 묻겠다. 죄 깊은 이름을 가진 자여, 아직도 쓸 만한 수가 남았나?"

니베리스의 살기가 아젤과 아리에타의 감각을 짓눌렀다.

아젤은 딱딱하게 굳어진 얼굴로 니베리스를 바라보았다. 니베리스가 한 걸음 내디뎠다.

"그대의 기술은 내가 본 그 어떤 인간보다도 뛰어나다. 그러나… 유감스럽게도 그 기술을 받쳐 줄 힘이 없군."

아젤은 놀라운 기술과, 심리적인 함정을 이용해서 니베리스의 허를 찔렀다. 그렇지만 니베리스는 그 모든 것을 절대적인 힘의 격차로 눌러 버렸다.

아무리 기술이 뛰어나도 힘이 부족하다면 의미 없다. 다른 적들이라면 모를까, 니베리스는 기술만으로는 어쩔 수 없는 존재다.

문득 아젤이 말했다.

"뭐, 아주 예상 못한 상황은 아니었지만."

"…뭣이?"

표정을 푸는 아젤을 보며 니베리스가 눈썹을 치켜떴다.

아젤이 말했다.

"공격이야 막힐 수도 있는 거지."

아젤은 니베리스를 높이 평가했다. 용마전쟁 때 싸웠던 용마족들을 기준으로 생각해도 그녀는 강력한 편에 속한다.

그래서 아젤은 회심의 일격을 가하기 위해서 사전에 두 가지 함정을 깔아 두었다.

먼저 뚫을 수 없는 방어막을 뚫은 것처럼 속여 넘김으로써 동요를 유발했다.

아젤이 이때 쓴 기술 '땅의 현인'은, 니베리스의 방어막이 땅속까지 감싸는 구조가 아님을 이용한 기술이었다. 뭔가 의미가 있어 보이는 검놀림으로 마치 검으로 쓰는 기술인 것처럼 위장했지만, 실은 발을 통해 기운을 발해서 땅 밑으로 방어막을 우회한 것이다.

하지만 아무리 아젤이라도 이 기술에 위력을 실으려면 강한 발 구름 정도는 필요했고 그랬다가는 니베리스가 대응할 가능성이 있었다. 그래서 철저하게 심리적 동요를 일으키기 위한 목적만으로 정신파만을 우회시켜서 니베리스의 감각에 마치 가볍게 맞은 것 같은 자극만을 가했다.

그리고 그녀가 동요하는 바로 그 순간, 맞대고 있던 검으로 또 다른 기술을 발했다.

쉴 새 없이 마력 패턴을 바꾸는 니베리스의 방어막 일부에, 자신이 원하는 때 원하는 패턴으로 변화를 유도할 수 있는 기운을 섞어 넣은 것이다. 그 직후 강맹한 일격으로 결계를 찢어 놓았고 끊임없이 신경을 다른 데로 돌렸기에 니베리스는 그 사실을 눈치채지 못했다.

그것이 결정적인 허점을 만드는 공격으로 이어졌다. 은닉술로 모습을 감춘 채로 근처에 던져 둔 단검을 원격으로 조작, 결계에 틈을 만들고 비집어 넣었다.

허를 찔린 니베리스는 자기도 모르게 뒤를 돌아보면서 결정적인 빈틈을 만들었고, 거기에 아리에타까지 동원한 공격이 가해졌다. 그러면서도 아젤은 니베리스가 막아낼 경우의 수를 염두에 두고 있었다.

"우리를 가두는 장벽은 이제 사라졌지."

그 말에 니베리스가 눈을 부릅떴다. 미리 마법도구를 준비해 둠으로써 발동했던 어둠의 장막은 찢어져 사라졌다.

아젤이 말을 이었다.

"우리가 도망치는 걸 막기 위해서만 준비한 건 아니겠지. 정확한 의도는 모르겠지만, 지금까지 기다렸다가 공격해 온 이유가 있을 테니."

"큭……!"

니베리스가 입술을 깨물었다.

아젤의 말은 핵심을 짚고 있었다. 어둠의 장막은 단순히 아리에타의 도주를 막기 위해서 준비한 것이 아니다. 그 안에서 무슨 일이 일어났는지 외부에서 알지 못하도록 하기 위해서 공을 들인 것이다.

아젤이 히죽 웃었다.

"역시 그랬나?"

니베리스의 반응으로 아젤은 자신의 추측이 들어맞았음을 확신했다. 무슨 이유인지는 모르지만 니베리스는 어둠의 장막 같은 거창한 마법을 써서라도 아리에타 납치를 비밀리에 진행할 이유가 있었다.

니베리스는 곧 표정을 가라앉혔다. 그녀가 차가운 분노를 담아서 아젤을 쏘아보았다.

"그대의 손바닥 위에서 놀았군. 그러나… 모든 게 다 뜻대로 될 거라고 생각하지는 마라."

현명하게 생각하면 니베리스는 여기서 물러나야 한다. 하지만 그것은 그녀의 자존심이 용납하지 않았다.

'내가 고작 이런 일을 실패한다고? 있을 수 없는 일이다.'

그녀는 실력을 인정받고 임무에 나선 이후 단 한 번도 실패해 본 적이 없었다. 고작 이런 일로 완전무결한 경력에 흠집이 난다? 있어서는 안 되는 일이다.

"용의 분노를 일으킨 자에게는 죽음이 기다릴 뿐."

니베리스가 짙은 어둠의 파동을 뿜어냈다. 그 앞에서 아젤이 사라졌다.

파지지지직!

순동법으로 덮쳐 온 아젤이 니베리스의 방어막 위로 검을 내려친다

…고 생각한 것은 1초도 안 되는 순간이었다.

'분신?'

니베리스가 경악했다. 그녀를 공격한 것은 아젤의 분신이었다.

'분신이 실체처럼 공격을 가해?'

마법이라면 이해할 수 있다. 분신이 있는 위치에서 마법이 구현되도록 하면 그만이니까.

하지만 지금의 공격은 그게 아니다. 분명히 마력이 실린 검으로 내려치는 충격이 느껴졌다.

'말도 안 돼.'

그녀의 지식으로 이해할 수 없는 상황에 잠시 동안 사고가 멈췄다. 그리고 그동안 아젤은 아리에타의 손을 붙잡고 그 자

리를 벗어나고 있었다.

—모두 달려! 내가 옆에서 칠 테니까 맞춰서 탈출해!

아젤이 위스퍼링으로 외쳤다. 고군분투한 끝에 마물들을 거의 다 쓰러뜨렸던 자일과 보어가 놀랐다. 그리고 아젤이 그들 사이로 뛰어들면서 마물들을 닥치는 대로 베어 넘겼다.

한 박자 먼저 지시를 들은 자일과 보어는 놀랍도록 기민하게 반응했다. 아젤의 기습으로 얼어붙은 마물들을 쓰러뜨린 다음, 보어가 에노라를 들쳐 업고 달리기 시작했다.

"꺄악!"

"에노라 양! 실례를 무릅쓰겠소!"

에노라가 비명을 질렀지만 보어도 배려해 줄 여유가 없었다.

"이런!"

한 박자 늦게 정신을 차린 니베리스가 당황했다. 이런 식으로 도망칠 줄이야?

"놓치지 않는다!"

니베리스의 발밑에서 어둠이 일어났다. 어둠이 뭉쳐 이루어진 촉수들이 꿈틀거리고, 그 아래쪽에서 촉수의 본체라고 할 수 있는 거체가 모습을 드러낸다.

그것이 부정체처럼 땅을 미끄러지면서 고속으로 일행들을 뒤쫓았다.

아젤 일행은 도주를 시작하자마자 흩어져서 달리기 시작
했다.

아젤의 판단이었다. 아젤은 처음 도주를 시작하자마자 뭉
쳐서 도망치다가는 다 죽을 거라고 여기고 흩어질 것을 지시
했다.

그러나 모두가 그 지시를 이행하기도 전에, 아젤조차도 상
상하지 못한 문제가 발생했다.

우우우우우우!

눈앞에서 섬광이 번뜩였다. 아젤은 급하게 검을 들어 그것
을 막았다.

콰앙!

폭음이 울리며 아젤이 튕겨 나갔다.

"커억!"

전신을 관통하는 충격에 잠시 몸이 마비되었다.

그 앞에서 무시무시한 존재감을 발하는 존재가 헛기침을
하며 입을 열었다.

"흠흠. 혹시나 해서 대기하고 있었는데… 제가 도움이 될
것 같군요, 아가씨."

온통 검은 갑옷으로 몸을 감싼 검사였다. 목소리는 중후한
남성의 그것이었지만 얼굴이 보이지 않으니 연령을 알 수 없

었다. 그저 2미터를 넘는 거구라는 것만 알 수 있을 뿐이다.

그의 손에 들린 것은 마치 갑옷과 색을 세트로 맞추기라도 한 것 같은 새카만 색의 검이었다. 2미터를 넘는 거구답게 손에 들린 검도 일반적으로 쓰이는 것보다 두 배는 더 크고 육중해 보였다.

"듀랑? 그대가 어째서 여기에……."

뒤쪽에서 추적해 오던 니베리스가 당혹감을 드러냈다. 그녀조차도 흑검사의 존재를 모르고 있었던 것 같았다.

"아아, 저도 다른 일로 이 나라에 와 있던 참이었습니다."

"장로님들이 보낸 것인가?"

"아닙니다. 장로님들은 딱히 명령하시진 않았습니다. 다만……."

"다만?"

"이 늙은이가 노파심에 왔을 뿐입니다. 심기가 상하셨다면 사과드리겠습니다."

"고작 이런 일을 맡기면서 나를 믿지 못한단……!"

잠시 자존심이 상해서 욱했던 니베리스는, 곧 냉정을 되찾았다.

"…아니다. 신세를 졌군."

"현명한 판단, 감사드립니다."

듀랑이라 불린 거구의 흑검사는 아젤을 바라보았다.

아젤이 이를 악물었다.

'큭, 이놈… 강하다.'

전신에서 풍기는 압박감이 보통이 아니다. 게다가 기습을 당했다고는 하나 아젤이 내상을 입을 정도의 충격을 받았다. 이 시대에 깨어나서 본 그 누구보다도 강력한 스피릿 오더 수련자였다.

'저 용마족 여자뿐이면 어떻게든 할 수 있었는데 이래서는……'

아젤은 원래 일행을 뿔뿔이 흩어져서 달아나게 한 뒤, 자신이 아리에타와 함께 달아나서 니베리스를 유도할 생각이었다. 그렇게 적의 다른 전력과 충분히 떨어진 후에 위험을 무릅쓰고 혼자서 니베리스를 막으면서 아리에타를 보내고, 시간을 끌다가 몸을 빼는 것이 최선의 시나리오였다.

하지만 듀랑의 등장으로 그 시나리오는 폐기되었다.

'절망적이군. 젠장.'

아젤도 전지전능하지는 않았다. 언제나 자신만만한 모습을 보인 것은 반 이상이 적에게 심리적인 우위를 쥐기 위한 허세다. 속으로는 필사적으로 상황을 타파할 방법을 궁리하며, 실낱같은 희망에 걸고 행동했을 뿐이다.

앞에는 듀랑, 뒤에는 니베리스.

이 상황을 타파할 수 있을까?

'흩어져서 달아난다면……'

"후후. 머리 굴리는 소리가 들린다, 애송이."

그때 듀랑이 차갑게 웃었다. 동시에 살기가 아젤을 엄습했다.

곧바로 공격해 오지는 않는다. 듀랑이 니베리스에게 말했다.

"아가씨, 계속 말씀드리자면… 제가 온 것은 아가씨가 임무에 실패할까 걱정해서는 아닙니다."

"무슨 말인가?"

"설령 작전이 성공적으로 진행 중이었다고 하더라도, 제가 한손 보태서 최대한 빨리 끝내거나 아니면 물러나실 것을 부탁드리기 위함이었습니다."

"…그 말은 지금 다 잡은 물고기들을 포기하고 물러나라는 것인가?"

니베리스가 날이 선 목소리로 물었다. 듀랑이 부드럽게 대답했다.

"저는 그랬으면 좋겠습니다. 그 편이 안전하니까요."

"이유는 모르겠지만, 그럴 수는 없다."

"그렇다면 일단은 아가씨의 의사를 존중하고 최선을 다해 돕겠습니다. 하지만 제가 걱정하는 사태가 생길 경우, 제 부탁을 들어주셨으면 합니다."

듀랑은 상황이 여의치 않음을 경고하면서도 니베리스의 자존심을 배려했다. 그만큼 니베리스가 조직 내에서 중요한 신분의 소유자이며, 듀랑 개인적으로도 그녀를 소중히 여기기 때문이다.

행동을 결정한 듀랑이 물었다.

"용마공주를 제외한 나머지는 어떻게 할지 정하셨습니까, 아가씨?"

"전부 이 자리에서 처리한다."

"용마공주의 성격이 보고받은 대로라면 인질로서의 가치가 있지 않겠습니까?"

"그럴지도 모르지. 하나, 별로 신뢰가 가지 않는군. 그녀가 아무리 고결한 성품을 가졌다 한들 스스로의 입장을 자각하고 있다면 죄악감을 각오하지 않겠는가?"

"알겠습니다. 그럼……."

그리고 듀랑의 모습이 사라졌다.

쉬쉬쉬쉬!

눈 한 번 깜짝하는 순간, 일행 앞에 듀랑이 나타났다. 그것도 하나가 아니라 일행들 개개인 앞에 하나씩.

다들 깜짝 놀라서 반사적으로 공격을 날렸다. 그러나 헛되어 허공을 가르고 만다.

투학!

오직 하나, 에노라 앞에 나타난 듀랑만이 실체였다. 그가 내려친 공격이 가로막히면서 불꽃이 튄다.

"호오."

듀랑의 투구 안쪽에서 감탄성이 흘러나온다.

"내 실체를 파악하다니, 애송이가 제법 하는군."

아젤이 자기 앞에 나타난 분신을 무시하고 에노라 앞으로 달려왔던 것이다.

검을 맞댄 채로 아젤이 듀랑을 노려보았다.

"연약한 아이를 먼저 노리다니… 누가 음습한 사교도들 아니랄까 봐 하는 짓이 더럽군."

"나는 자비를 베풀려고 한 것이다만."

"뭐라고?"

"어차피 너희는 여기서 다 죽는다. 그렇다면 더러운 꼴 보면서 괴로워하게 만들기보다는 먼저 보내주는 게 자비 아니겠나?"

듀랑은 비아냥거리는 게 아니라 진심으로 말하고 있었다.

니베리스가 이들을 모두 죽이기로 결정한 이상 그는 따를 뿐이다. 에노라도 어차피 죽여야 할 대상이니 질질 끌기보다는 자기가 죽은지도 모르는 동안에 죽여 버리는 게 자비라고 여긴 것이다.

"어쨌든 네놈 실력을 보니 아가씨가 애를 먹은 이유를 알겠다. 그러나……."

듀랑의 모습이 사라졌다. 아젤이 급히 순동법을 써서 그를 쫓는다.

채채채채챙!

둘의 모습이 사라지나 싶더니 사방에서 쇳소리가 울리며

불꽃이 튀었다.

다른 사람들은 따라갈 수도 없는 초고속 공방이었다. 보어와 자일은 아예 두 사람의 움직임을 파악하지 못했고 아리에타도 눈으로 쫓는 게 고작이다.

어느 순간, 듀랑이 한자리에 멈춰 섰다. 그 앞에 아젤이 나타나면서 검을 내려친다.

"흡!"

투학!

바위처럼 굳건하게 선 듀랑이 아젤의 검격을 받아친다. 발밑의 지면이 깨져 나가면서 아젤이 튕겨 나갔다.

듀랑이 말했다.

"힘이 부족하다."

아젤의 기술에는 듀랑도 놀랐다. 이미 위대한 비술이 잊힌 시대이거늘, 젊은 나이에 이런 실력을 가졌다니.

다만 기술에 비해 힘이 너무 떨어진다. 기술적으로 압도할 수 있는 상대라면 모를까, 듀랑은 조직이 간직하고 있던 잊힌 비술들을 터득해 온 몸이다.

"그리고 아가씨와 상대하느라 지쳤지."

듀랑이 허공에다 대고 검을 내려쳤다. 그러자 검을 휘두르는 궤적을 따라서 투명한 힘의 파랑이 발생했다.

콰콰콰콰!

반월형으로 확산되는 힘의 파랑이 일행들을 엄습했다. 고작 검을 휘두른 것뿐이었는데 그 앞쪽의 대지가 갈라지면서 일행을 통째로 삼켜 버릴 것 같은 충격파가 발생한다.

동시에 니베리스도 마법을 발현했다.

꽈과광! 꽈광!

아리에타를 제외한 전원에게 뇌격이 쏟아져 내렸다. 듀랑이 검으로 발한 힘의 파랑이 뇌격과 절묘한 시간 차를 두고 작렬했다.

콰아아아아앙!

폭음이 울리며 대지가 뒤흔들렸다.

사방으로 날리는 토사를 보면서 듀랑이 말했다.

"이거 정말 놀라운 애송이로군요. 용마공주 따위에게 아가씨가 애를 먹을 리가 없어서 이상하다 여겼는데… 저놈 때문이었습니까?"

"불쾌하지만, 저자의 기량은 인정한다."

그리고 가라앉는 흙먼지 속에서 아젤이 모습을 드러냈다.

"크……"

아젤이 얼굴에서 피가 흐르고 있었다.

방금 전의 공격이 너무 절묘해서 아젤도 상처 없이 막지는 못했다. 혼자서 피하려면 얼마든지 가능했겠지만 일행 모두를 지켜내야 한다는 조건이 붙었으니 어쩔 수 없다.

'어떻게 한다?'

활로가 안 보인다.

듀랑의 존재가 너무 크다. 그는 기술도 얕볼 수 없는 수준이며 마력은 지금의 아젤을 압도한다.

게다가 장비 차이도 너무 크다. 듀랑은 갑옷도, 검도 강력한 마법이 깃든 장비를 쓰고 있었다.

'최악의 경우를 생각해야겠군.'

아젤은 여기서 뼈를 묻을 각오를 했다. 모든 것을 다 가져갈 수는 없다. 그렇다면 우선순위를 정하는 수밖에.

그때였다.

"아―리―에―타―!"

먼 곳에서 울려 퍼진 천둥소리 같은 외침이 일대를 쩌렁쩌렁 뒤흔들었다.

CHAPTER **10**

용검공작

龍魔
劍展

1

한순간 모두가 놀라서 움직임을 멈췄다. 그만큼 목소리가 울려 퍼지는 타이밍이 갑작스러웠고, 음량이 무시무시했기 때문이었다.

사방에서 놀란 새들이 날아오르고, 짐승들이 달아나는 소리가 요란했다. 그 와중에 목소리가 이어졌다.

"어― 디― 있― 느― 냐―!"

고막이 터져 버릴 것 같은 소리에 에노라는 귀를 막으면서 주저앉았다. 자일과 보어도 스피릿 오더를 이용, 고막을 보호했지만 그래도 고막이 아팠다.

가장 먼저 움직인 것은 아젤이었다.

카앙!

아젤과 듀랑의 검이 맞물리며 불꽃이 튀었다. 아젤이 잠시의 틈을 노리고 듀랑을 공격한 것이다.

"공주님!"

아리에타를 부르면서 아젤이 가속한다. 심장이 고동칠 때마다 폭발적인 마력이 발생하면서 그 움직임이 점입가경으로 빨라져 갔다.

'여기가 승부처다!'

그릇에 넘치는 마력을 발생시켜서 다루는 기술은 사용자에게 심하게 부담을 주는 행위다. 이미 아까 전에 한 번 쓴 걸로 아젤의 육체와 영맥에 아릿한 통증이 남아 있었다.

하지만 여기서는 승부를 걸 때다. 이기기 위해서가 아니라 살기 위해서! 뒷일을 생각하다 죽는 어리석음 따윈 아젤은 모른다.

채채채채채챙!

"큭, 건방진 애송이가……!"

기선을 제압당한 듀랑이 정신없이 밀렸다. 그가 뭔가를 할 정신이 없을 정도로 아젤의 움직임이 정신없이 가속한다. 게다가…….

'뒤!'

그러다가 어느 순간 순동법으로 사라지면서 위치를 바꾼다. 단거리를 순동법으로 이동하면서 공격의 리듬을 바꿔 버리는데 이럴 때마다 간담이 서늘해지는 공격이 들어왔다.

'어디서 이런 애송이가 튀어나왔는가?'

정신과 감각을 다루는 것이야말로 스피릿 오더의 진수다. 아젤은 그 진가를 유감없이 보여주고 있었다. 정신파로 듀랑을 위협하는 것은 물론, 변화무쌍한 움직임을 통해서 감각을 교란시키는데 한 번 허를 찔려서 수세에 몰리니 도저히 공세로 전환할 틈을 찾을 수 없다.

그동안 아리에타가 움직였다.

"사특한 어둠을 가르는 빛이여!"

우우우우우!

그녀가 하늘로 세운 새하얀 검이 눈부신 섬광을 토해냈다. 일직선으로 뻗어 나간 빛이 밤의 어둠을 하얗게 사르면서 일행의 위치를 드러낸다.

동시에 아젤이 듀랑 앞에서 사라져서 니베리스 앞에 나타났다.

니베리스의 방어막이 자동으로 발동, 아젤의 검격을 막아낸다. 동시에 니베리스는 거의 반사적으로 섬광파를 쏘아내 아젤을 공격했다.

"컥!"

그리고 폭음이 울리며 듀랑의 비명이 들려왔다. 니베리스가 쏜 섬광이 그에게 맞은 것이다!

니베리스가 경악했다. 분명히 듀랑이 있는 곳과는 다른 방향으로 쏘았고, 또 쏜 방향에 있었다 한들 듀랑이라면 충분히 대응할 수 있었을 것이다. 그런데 제대로 방어 못하고 맞아버렸다.

'무슨 짓을 한 거지?'

놀라는 그녀 앞에서 아젤이 몸을 회전시키면서 순동법을 발동, 뒤쪽에서 강맹한 일격을 내리치고 있었다.

파지지지직!

니베리스는 이번에는 공격을 아예 포기하고 마력을 집중해서 검격을 막아냈다. 아젤이 혀를 찬다.

"당신이라도 처리해 두고 싶었는데… 욕심이 과했군."

그러더니 미련 없이 뒤로 물러난다.

니베리스는 그때까지도 충격에서 헤어 나오지 못하고 있었다.

'도대체 무슨 속임수를 쓰는 것인가?'

놀라는 그녀에게 아젤이 물었다.

"더 해볼 참인가? 보아하니 당신들은 시간제한이 다 된 것 같은데."

"……."

니베리스가 아젤을 노려보았다. 아젤은 뻔뻔하게 웃으며 그 시선을 받아넘긴다.

방금 전에 아젤이 쓴 수법은 간단하다.

먼저 듀랑 앞에서 순동법으로 사라지면서 니베리스를 급

습, 동시에 듀랑의 뒤에 분신을 뿌려놓았다. 듀랑은 코웃음을 치며 분신을 무시하려고 했지만 이 분신은 그냥 허상이 아니다. 아까 전에 니베리스를 놀라게 했던 '마치 실체처럼 공격을 하는' 분신이었다.

듀랑은 기겁하며 뒤돌아서 그것을 막았고, 바로 이 순간 니베리스가 섬광파를 쏘았다.

그것을 본 아젤은 속으로 쾌재를 불렀다. 그가 상정해 둔 경우의 수 중에 가장 좋은 것이 걸려들었기 때문이다.

마법사가 물리적인 파괴력을 빠르게 일으켜야 할 때 즐겨 택하는 수단은 섬광파와 뇌격이다. 니베리스가 그중 뇌격을 택했다면 아젤의 작전은 성립하지 않았으리라. 하지만 아까 전, 아젤이 절연화로 뇌격을 피했던 것 때문에 니베리스는 무의식중에 섬광파를 선택해 버리고 말았다.

그리고 거기에 아젤이 깔아둔 두 번째 함정이 기다리고 있었다.

'미리 수를 읽고 있으면 방향을 틀어주는 것 정도야 식은 죽 먹기지.'

보통 상대방과 격투를 벌일 때, 기량이 뛰어난 자라면 다음에 올 공격의 종류를 예측하고 살짝 흘려버리는 재주를 보이고는 한다.

고위 스피릿 오더 수련자라면 상대방의 마력 파동을 보고 마법의 종류를 예측, 거기에 맞는 대응책을 쓸 수 있다. 아젤은 니베리스가 섬광파를 쓸 것을 확신한 시점에서 그 궤도를 휘어버리는 방어기를 쓴 것이다.

이 타이밍은 실로 절묘했다. 듀랑이 등 뒤에 나타난 아젤의 분신을 막기 위해 몸을 튼 순간, 즉 그가 심리적으로 공격을 받을 거라고는 전혀 생각 못할 때를 찔렀다.

아젤이 어깨를 으쓱했다.

"기왕이면 좀 더 강하게 한 방 쳐줬으면 저 양반도 한 방에 보낼 수 있었을 텐데 아쉬운 일이야."

"큭……."

듀랑이 이를 갈았다. 아젤의 계략 때문에 한 방 먹기는 했지만 그가 고위 스피릿 오더 수련자인 데다가 갑옷의 탁월한 방어력이 더해져서 별로 큰 타격을 받지 않았다.

"무— 도— 한— 것— 들—!"

그때 조금 전보다 훨씬 가까이서 천둥소리 같은 목소리가 울려 퍼졌다.

듀랑이 말했다.

"아가씨, 이제 물러나야 합니다."

"저자 때문이었나?"

"예."

"용검공작이라니… 장로님들의 잔소리도 괜한 노파심이 아니었다는 것인가?"

니베리스가 입술을 깨물었다. 저 천둥소리 같은 목소리의

주인은 바로 용검공작이라 불리는 루레인 왕국 공인 최강의
검객, 카이렌 타란토스였다.

니베리스가 물었다.

"저자가 어떻게 이 일을 안 거지?"

"루레인 왕실에도 바보만 있는 건 아니었다는 거지요. 아
가씨, 이제 시간이 없습니다."

"큭… 알겠다."

그런데 그때였다.

"감히 내 귀여운 공주님께 손을 대다니! 거기서 기다려라!
목을 떨어뜨려 줄 테니!"

조금 전보다 훨씬 가까운 곳에서 목소리가 들려왔다. 어느
새 500미터 저편에서 섬광이 치솟고 있었다. 동시에 압도적
인 마력 파동이 퍼져 나갔다.

"용검이여, 사특한 어둠을 불태우라!"

그렇게 외치는 동안 다시 100미터가 줄어들었다. 그리고
검을 허공에다 처내는 순간에는 또다시 100미터가 줄어들어
있었다.

"이 거리에서……?!"

니베리스가 경악했다. 한순간에 가까워지긴 했지만 서로
간의 거리는 300미터. 마법사도 아니고 검객으로 알려진 용
검공작이 이 거리에서 공격을 가한단 말인가?

경악하는 그녀 앞을 듀랑이 가로막았다. 그의 몸에서 검은

마력 파동이 뿜어져 나오면서 혼신의 일격이 작렬했다.

동시에 수백 미터를 격하고 빛의 해일이 날아들었다.

콰콰콰콰콰콰!

'이 정도 위력이라니……!'

니베리스가 헛숨을 삼켰다.

이것은 분명히 아리에타가 언령으로 발하는 것과 동류의 기술이다.

그런데 그 위력이 비교가 안 된다. 마치 화살과 발리스타의 차이라고나 할까?

숲의 일부가 통째로 깎여 나가면서, 언령의 외침 그대로 어둠이 불타올랐다.

"으아아……."

그 광경을 보며 보어가 몸을 떨었다. 끔찍한 위력이다. 저런 게 자기 머리 위를 스쳐 갔다고 생각하니 오싹한 두려움이 일었다.

쿠구구구구구…….

빛이 흩어지면서 자욱하게 일어났던 흙먼지가 가라앉았다. 넋 나간 일행들이 콜록거리는 가운데 혼자서 태연한 아젤이 혀를 찼다.

"쯧. 도망쳤군."

그 말에 보어가 놀라서 물었다.

"죽은 게 아니라?"

"저 정도로 죽을 놈들이었으면 내가 벌써 다 죽였지. 저 먼 거리에서 치겠다고 다 알려주고 쳤는데 그걸 못 피하겠어?"

"아니, 보통은 못 피하지……."

"저놈들 정도면 피할 수 있어. 위력은 크지만 동작은 크고 느려서 훤히 다 보이는 펀치를 사전에 경고까지 한 후에 날린 격이니까."

보어의 반박에 아젤이 고개를 저었다. 보어는 전혀 납득할 수 없었지만, 따질 기력이 없어서 그냥 넘어가기로 했다.

그때 두 사람 사이에 한 사람이 나타났다. 순동법으로 갑자기 출현하더니 흙먼지 속을 주르륵 미끄러져 간다.

촤아아아아!

어찌나 급하게 왔는지 감속이 제대로 안 됐다.

아직도 흙먼지가 모락모락 피어오르는 땅거죽을 한바탕 다 뒤집어놓으면서 20미터 이상이나 나아간 후에야 멈췄다.

"큭, 그럭저럭… 늦지는… 않았나……."

흙먼지 속에서 헉헉거리는 목소리가 들려왔다.

다들 멍청하니 바라보는 가운데 아젤이 고개를 숙이며 말했다.

"절묘한 타이밍이었습니다. 도움에 감사드립니다."

"후후… 헉헉… 그런 것치고는… 헉헉, 조금 전에… 허억,

헉… 건방진 말을… 헉헉헉… 늘어놓는 것… 헉… 같던데…
헉헉헉."

그의 말을 들은 모두가 생각했다.

'숨을 고르든가 여유 부리면서 말을 하든가 둘 중 하나만
하시죠?'

당장에라도 숨넘어갈 것처럼 헉헉거리면서 할 말은 다 하
고 있다. 심지어 아무렇지도 않다는 듯 허세를 부리려고 하는
데 그게 너무 뻔히 보여서 안타깝다.

아젤이 말했다.

"그건 그거고 이건 이거죠. 뭐, 워낙 멀리서부터 뛰어오셨
으니 그 이상 여유가 없으신 것도 당연하겠습니다만."

"…후우."

겨우 숨을 고른 그가 흙먼지 속에서 몸을 일으켰다.

"지도상으로는 그렇게까지 멀진 않아서 금방 가겠지 했는
데 산 넘고 강 건너서 달리자니 힘들긴 하더군. 아주 죽겠어.
간만에 체력 단련 제대로 한 기분이다."

다가온 그를 본 일행은, 아젤과 아리에타를 빼고 다들 흠칫
했다.

왜냐하면 그가 인간이 아니었기 때문이다. 그는 긴 검은 머
리칼을 가진 용마족 청년이었다.

아젤이 그에게 예를 표했다.

"뵙게 되어 영광입니다, 용검공작님."

2

용검공작이라 불리는 남자 카이렌 타란토스.

루레인 왕국의 살아 있는 전설이라 불리는 그는 전장에 나설 일이 없을 때는 공식 석상에는 좀처럼 모습을 드러내지 않는지라 그 모습을 아는 자가 드물었다.

특히 최근에 들어서는 반쯤 은거한 상태라서 젊은 층일수록 그의 모습을 모른다. 그렇기에 자일과 보어는 그를 보고 충격을 받았다.

100년 이상을 살아왔다고 알려진 카이렌은 겉보기로는 20대 중후반 정도, 즉 아젤이나 보어와 비슷한 나이로밖에 보이지 않았다. 다만 용마족답게 인간과 뚜렷하게 구분되는 외모상의 특징이 존재할 뿐이다.

카이렌은 긴 검은 머리칼을 가진 수려한 용모의 청년이었다. 검푸른색 눈동자는 깊고 서늘한 인상을 주었으며 귀는 아리에타의 것보다 눈에 띄게 길다. 그 위로 두 개의 검은 뿔이 나 있었는데 그것은 수소의 뿔을 닮은 굴강하고 위압적인 형상이었다.

한숨 돌린 그에게 아리에타가 인사했다.

"스승님!"

"오, 아리에타. 무사해서 다행이……."

반색하던 카이렌은 아리에타의 몰골을 보고는 분노했다. 깊은 상처는 없었지만 아리에타는 니베리스를 상대하는 동안 만신창이가 되었던 것이다.

"이놈들이 감히 내가 금이야 옥이야 키운 아리에타의 고귀한 몸에 이런 상처를 내다니!"

"……아니, 솔직히 금이야 옥이야 키우시지는 않았지요."

아리에타가 한숨을 쉬며 대꾸했다. 지금은 마치 딸 가진 팔불출 아빠처럼 굴고 있지만 카이렌은 아리에타를 가르칠 때는 악귀처럼 몰아붙였다.

카이렌이 투덜거렸다.

"그거야 다 너 잘되라고 한 짓이고. 원래 아무리 귀한 아이라도 무예를 가르칠 때는 사적인 정을 끊고 무인으로서 대해야 하는 법이다. 어쨌거나……."

카이렌이 주변을 휘둘러보았다. 그리고 조금 전, 자신이 날린 일격이 작렬한 지점을 보면서 중얼거렸다.

"호흡이 한 줌만 여유 있었어도 제대로 타격을 줄 수 있었을 것을. 아쉬운 일이군."

카이렌이 바보라서 적이 미리 알고 대응할 수 있는 공격을 날린 게 아니다. 말하지는 않았지만 그는 아리에타 일행이 니베리스가 친 어둠의 장막에 갇히는 순간부터 50킬로미터가 넘는 거리를 산 넘고 강 건너가면서 일직선으로 전력 질주해 왔다. 숨이 턱까지 찬 데다 아리에타를 걱정하는 마음에 신중하게 상황을 계산할 만한 여유가 없었다.

아젤은 거기까지는 알 수 없었지만, 어쨌든 카이렌에게 감탄했다.

'헉헉거리면서도 이런 공격을 해낸 건 대단하지.'

카이렌은 멀리서 천둥소리 같은 외침으로 자신의 존재를 알렸다. 아리에타도 찾고 적에게 경각심도 심어주기 위해서 한 행동이었다.

그리고 거리가 좁혀지자 일부러 막강하지만 대응할 여유가 충분한 공격을 날렸다. 자신이 지친 것을 티내는 대신 수백 미터 저편부터 작렬하는 강맹한 일격으로 기선을 제압, 딴 생각 못하고 물러나도록 유도한 것이다.

그 과정에서 그가 보여준 기술 역시 감탄할 만했다.

300미터 저편에서 공격을 날릴 때, 그냥 대책 없이 힘을 발한 게 아니다. 처음 공격을 발했을 때는 마치 가느다란 실선 같았다. 마력이 초고밀도로 응축된 채로 무시무시하게 가속하면서 날아들다가 적의 코앞에서 전개, 빛의 해일이 되어 작렬했다.

장거리에서 적을 치기 위해서 작렬하기 직전까지는 거의 마력 소모가 없도록 정밀하게 제어한 것이다. 게다가 펼쳐지는 타이밍이 어찌나 절묘했던지 폭발의 범위가 니베리스와 듀랑에게 정확히 집중되었다.

'이 정도면 용마전쟁 때에 태어났어도 이름을 떨쳤겠어.'

그 정도로 카이렌이 보여준 한 수가 인상적이었다.

'게다가 저 검……'

아젤이 카이렌이 허리에 찬 검을 보았다. 검은 두 자루였으며 둘 다 아리에타의 그것처럼 완만하게 휘어 있는 형태였다.

'용마력을 발하고 있어.'

그게 아젤이 관심을 가진 이유였다. 아젤이 아는 한 마력을 발하는 무기는 많지만 용마력을 발하는 무기는 용마기뿐이다. 그런데 카이렌의 검은 용마기가 아니면서도 용마력을 발하고 있었다.

카이렌이 혀를 찼다.

"쯧. 일행에 치유술사 하나 정도는 데리고 다녔으면 좋았을 것을. 일단 급한 대로 이거라도 발라두거라. 그럼 흉터는 안 생길 게다."

그가 품에서 나무 병 하나를 꺼내서 건네주었다. 연금술사들이 만든 치료용 물약이었다.

그것을 받아 든 아리에타가 물었다.

"그런데 스승님."

"음?"

"시기적절한 도움에 정말 감사드리는 바이긴 합니다만… 여기는 어떻게 알고 오셨습니까?"

모두가 궁금해하는 바였는지라 시선이 집중되었다. 카이렌이 대답했다.

"용마왕비께서 부탁하셨다."

"어머님께서?"

"서부 국경수비대 쪽으로 갔다가 불온한 무리의 공격을 받았지 않느냐?"

"예."

"네가 최소한의 수행원들만을 데리고 왕도로 향했다는 것을 안 용마왕비께서 내게 한번 가봐 달라고 부탁하셨느니라."

"그것뿐이었습니까?"

아리에타가 납득하지 못하겠다는 듯 물었다.

용마왕비가 딸을 걱정해서 부탁했다. 얼핏 들으면 그럴듯하지만 아리에타는 그게 말도 안 되는 일임을 알고 있었다.

용마왕비가 그런 부탁을 할 수는 있다. 그러나 카이렌은 아무리 용마왕비가 부탁했다고 해도 그런 일로 영지를 떠날 이가 아니다. 그가 그저 제자가 걱정된다는 이유로 먼 길을 달려올 정도였다면 아마 왕실은 이런저런 요청을 해서 신 나게 부려먹었을 것이다.

카이렌이 미소 지었다.

"역시 내 제자는 바보가 아니로구나."

"바보라도 스승님을 안다면 그 정도는 추측하겠지요."

"그래, 네 생각대로 특별한 이유가 없었다면 내가 움직이지 않았을 것이다. 이번 일에는 용마왕 숭배자들이 개입했지.

그것도 아주 강력한."

카이렌은 용 그림자라는 조직명은 몰랐다. 그렇기는 해도 그들이 용마왕 숭배자이며, 흔히 볼 수 있는 놈들과는 달리 아리에타를 위협할 정도로 강력한 전투원들을 가졌음에 주목했다.

"거기에 어떤 의미가 있는 겁니까?"

"유감스럽게도 그건 지금은 말해줄 수 없는 사항이구나. 하나, 용마왕 숭배자가 내가 움직일 동기가 된다는 것만은 말해두마."

"하지만……."

더 캐물으려던 아리에타는 카이렌의 눈을 보고 말을 삼켰다. 거기에는 더 이상의 질문을 허락하지 않는 엄격한 스승의 표정이 있었다.

대신 그녀는 다른 것을 물었다.

"제가 위기에 처한 것은 어떻게 아셨는지요?"

"신호가 끊겼기 때문이다."

왕실이 용마공주를 귀중한 자원 취급하기에, 왕궁에는 용마공주의 생사 여부와 위치를 알 수 있는 마법 장치가 존재했다. 카이렌은 왕실에서 그 역할을 수행하는 도구를 빌려서 이곳으로 왔다.

그러다가 갑자기 아리에타의 위치를 알려주는 신호가 끊기는 일이 발생했다. 그래서 카이렌은 아리에타의 신변에 위험이 닥쳤다고 판단하고 전력으로 달려온 것이다.

아리에타가 말했다.

"아, 그때……."

아무래도 니베리스가 어둠의 장막을 친 게 원인이었던 것 같았다. 니베리스는 일을 철저하게 은닉하기 위해 어둠의 장막을 친 것인데, 그것이 카이렌을 불러들이는 결과를 낳았을 줄은 상상도 못했으리라.

카이렌이 말했다.

"의문이 풀렸다면 일단 이 자리를 떠나도록 하자꾸나. 야숙하기에는 적절한 환경이 아닌 것 같으니."

일행은 그 말에 따랐다.

3

일행은 원래 있던 곳에서 좀 떨어진 곳에서 야숙했다. 밤이라서 먼 길을 갈 만한 상황이 아니었기 때문이다.

"다음 마을에서 구할 게 한둘이 아니군."

모닥불을 살피면서 아젤이 중얼거렸다. 난리통에 일행의 말들이 다 죽어버렸다. 여기저기 마법이 작렬하고 혼전이 벌어지는 통에 짐도 상당히 유실되었다. 그래도 남은 짐을 그러모으니 어떻게 하루 야숙하는 정도는 문제가 없었다.

원래 아젤은 힘든 시간의 불침번을 자처했으나 모두들 그에게 제일 편한 첫 번째를 내주었다. 그리고 다들 금세 잠이 들었다. 죽을 고비를 넘겼다는 안도감 때문일까, 긴장이 풀리고 나자 몰려오는 피로를 견디기 어려웠다.

'뭐 나도 오기 부릴 만한 상태는 아니지.'

아젤도 당장에라도 눈을 붙이고 싶을 정도로 피로했다. 스피릿 오더로 억지로 정신을 일깨워 두고 있을 뿐이다.

'이놈의 몸을 빨리 단련해야 하는데……'

아젤은 자신의 팔뚝을 보면서 한숨을 쉬었다.

사실 단순히 육체가 지친 것으로만 따지면 그가 자일이나 보어보다 훨씬 심했다. 워낙 육체가 약하기 때문이다. 비범한 마력 운용으로 때우고는 있었지만, 육체의 약함이 마력 부족보다도 더 크게 다가온다.

"왜 한숨을 쉬나?"

그때 사람들 사이에서 느긋한 목소리가 들려왔다. 아젤은 놀라는 기색 없이 대꾸했다.

"번거로운 방법을 쓰시는군요."

말을 걸어온 것은 카이렌이었다.

카이렌은 잠든 것 같았지만 모두의 이목을 속이고 깨어 있었다. 하지만 그는 아젤만은 속이지 못했다.

"자네는 감이 좋군."

"그런 편입니다."

아젤은 어깨를 으쓱했다.

기이한 광경이었다. 둘 다 목소리를 전혀 낮추지 않는데도 아무도 깨지 않는다. 에노라를 제외한 일행이 모두 초감각의 소유자라는 것을 감안하면 말도 안 되는 일이다.

그것은 아젤도, 카이렌도 특수한 기술을 쓰고 있기 때문이다. 오로지 원하는 상대에게만 자신의 목소리가 전달되도록 제한을 거는 기술을.

카이렌이 몸을 일으켜서 걸어왔다. 갑옷을 입고 있는데도 고양이가 걷는 것처럼 아무런 소리가 나지 않았다.

모닥불 앞에 앉은 카이렌에게 아젤이 물었다.

"왜 이렇게 번거로운 방법을 쓰신 겁니까?"

아젤은 카이렌이 자신과 이야기를 나누고 싶어 함을 알았다. 그렇기는 해도 굳이 잠든 척하면서 모두가 잠들기를 기다린 이유는 모르겠다.

카이렌이 말했다.

"전혀 당황하지 않는군."

"뭐 일단 일어난 일은 그런가 보다 하고 받아들이는 편이라서요."

"좋은 자세야. 저 아이도 그렇게 가르쳤지."

"공주님 말입니까?"

"그래, 조금 전의 물음에 답하자면… 저 아이가 듣지 않는 상황에서 이야기를 나눠보고 싶었기 때문이다."

"흠."

다른 사람보다는 아리에타의 이목을 피하고 싶었다는 의미다. 그것도 아예 대화를 나누었다는 사실 자체를 알리고 싶지 않은 것 같은데…….

'어째서이지?'

아리에타가 몰라야만 하는 이유가 있는 것일까? 왕가의 속사정을 모르는 아젤로서는 그의 태도를 이해하기 어려웠다.

카이렌이 물었다.

"자네가 보기에 아리에타는 어떤가?"

"어떤 의미에서 물으시는 겁니까?"

"내가 설마 이 상황에서 외모를 품평하라고 할 것 같은가? 그거야 대답을 들을 것도 없이 경국지색이지. 왕국 제일, 아니, 대륙 제일이다."

"……."

"설마 아니라고 부정할 셈인가?"

"아니, 뭐… 공주님이 아름다우시긴 하지요."

"그렇지? 그러니 그건 질문할 가치가 없다. 어디까지나 전사로서의 저 아이에 대해서 묻는 것이야. 그동안 같이 실전을 겪은 횟수가 제법 되는 모양이던데, 솔직하게 말해보게."

"솔직하게 말입니까?"

"그래, 사탕발림은 섞지 말고. 뭐, 아부하고 싶으면 하게. 별로 좋은 결과를 얻지는 못하겠지만."

"잠재 능력이 탁월하고, 나이에 비해 상당한 기량을 가졌다고 봅니다."

솔직한 평가였다. 어린 나이를 고려하면 정신적으로도, 육체적으로도 아리에타는 놀라운 수준의 성취를 보여주고 있었다.

"마치……."

카이렌이 씩 웃었다.

"높은 곳에서 내려다보는 것 같은 평가로군. 아리에타를 그렇게 평가할 정도의 실력이 있다는 말인가, 자네에게는?"

아젤은 한 방 먹었다는 사실을 인정해야 했다. 카이렌은 아리에타를 화제로 삼아서 아젤의 안목을 떠본 것이다.

아무리 실력을 감추려고 해도 남에 대해서 이야기할 때는 자연스럽게 내면의 평가 기준이 드러나게 마련이다. 물론 강한 척하면서 남을 깎아내리는 이가 흔하지만, 아리에타에 대해서 이야기하는 아젤의 태도는 전혀 그런 기색이 없이 자연스러웠다.

아젤이 물었다.

"저에 대해서는 이미 공주님께 들으시지 않았습니까?"

"들었지. 그 아이가 그렇게 수다스러워지는 건 처음 봤어. 자네가 그만큼 인상적이었다는 의미겠지."

카이렌이 기억하는 아리에타는 말수가 적은 소녀였다. 그리고 가족을 제외하면 어떤 특정 인물에게 많은 관심을 보이는 경우가 없었다.

그런 아리에타가 아젤에 대해서는 놀랄 정도로 많은 관심을 보이고 있었다. 정말로 그 나이 또래 소녀처럼 흥분해서 아젤에 대해 이야기하는 걸 들으니 카이렌 입장에서는 참으로 묘한 기분이다.

카이렌이 말했다.

"아리에타는 상대를 공정하게 볼 줄 아는 아이다. 자신이 본 것에 대해서 감정을 배제하고 평가할 수 있도록 가르쳤지. 그런데 자네에 대해서는 들으면 들을수록 믿기 어려운 이야기를 하더군."

"어떤 의미에서 말입니까?"

"예를 들면… 자네가 부분적인 기억상실증이라는 부분?"

갑자기 카이렌에게서 강한 위압감이 느껴졌다. 평범한 사람이라면 숨이 멎을 것 같고, 그러다가 까무러쳐도 이상하지 않을 위압감이다.

무서운 것은 그러한 위압감이 오로지 아젤에게만 집중되고 있다는 점이다. 주변에는 조금도 영향을 끼치지 않는 것을 보면서 아젤은 감탄했다.

'상당하군.'

아젤은 이 시대에 깨어난 후로 많이 실망하고 있었다. 기술의 실전(失傳)으로 인해서 제대로 된 기량의 소유자가 없었기 때문이다.

예외는 적인 니베리스와 듀랑 정도였다. 니베리스는 고위 마법사라고 자처할 만한 실력자였고 듀랑은 제대로 된 고위 스피릿 오더 수련자였으니까.

카이렌 역시 그들과 비견할 만한 자극을 아젤에게 선사하고 있었다. 강대한 용마력을 가졌을 뿐만 아니라 아무렇지도 않게 고도의 기술을 보여주고 있지 않은가?

카이렌은 아젤보다 더 놀라고 있었다.

'이 녀석, 도대체 어떻게 생겨 먹은 놈이지?'

인간을 압박감으로 죽여 버릴 수도 있을 정도의 기세를 쏟아내고 있는데 아젤은 전혀 반응하지 않는다.

기세에 맞서서 이겨내는 게 아니다. 그 기세 자체가 존재하지 않는 것처럼 흘려버리고 있었다.

100년을 넘게 살아온 카이렌이었지만 자신의 기세에 이런 식으로 대응하는 상대는 처음 보았다. 이 한 수만으로도 아젤이 그가 관심을 기울일 만한 기량의 소유자임을 알 수 있었다.

아젤이 대답했다.

"그 부분도 충분히 설명을 들으시지 않았습니까?"

"들었다."

"그런데 왜 의심하는지요?"

"아무리 봐도 자네가 감추고 있는 게 너무 많다고 보기 때문이다."

카이렌은 아리에타뿐만이 아니라 자일과 보어, 에노라에

게도 아젤에 대해서 들었다. 처음 발란 숲에서 발견되었을 때부터 지금에 이르기까지.

이야기를 들으면 들을수록 그에 대해서 알 수 없어졌다.

적이 아닐까 의심하는 게 아니다. 그러기에는 아젤이 그동안 보인 태도가 명확했다. 그저 도무지 그 정체를 파악할 수 없다는 점이 불안을 야기하는 것이다.

아젤이 물었다.

"제가 뭘 감추고 있다고 생각하십니까?"

"많지. 일단은 용마력."

아리에타는 아젤을 처음 봤을 때, 인간이면서도 용마력의 향취를 지닌 것에 의아해했다. 그때와 비교할 때 아젤에게서 풍기는 용마력의 향취는 훨씬 강해졌고 카이렌은 그것을 민감하게 감지해 냈다.

"그리고… 용살의 의식이라는 것에 대해서 이야기했다고 들었다."

"네."

"단도직입적으로 묻지. 자네는 용을 쓰러뜨렸나?"

"……"

아젤은 그 질문에는 곧바로 대답하지 않고 침묵했다.

4

잠시 아젤을 노려보던 카이렌이 말을 이었다.

"나는 용과 싸워 죽인 적이 있다. 지금까지 세 번."

용이 인간의 영역에 모습을 드러내는 일은 거의 없다. 그리고 일단 모습을 드러내게 되면 재앙으로 이어지는 경우가 대부분이었다.

인간과 용의 싸움은 언제나 인간의 승리로 끝났다. 하지만 그것은 많은 전력이 투입되어 막대한 희생을 치른 후의, 상처투성이의 공허한 승리였다.

카이렌은 그런 사태를 최소화할 수 있는 능력의 소유자다. 용이 재앙으로 출현했을 때, 카이렌은 피해를 최소한으로 줄이기 위해 기꺼이 나섰다.

"그런 내 경험에 비추어 볼 때… 자네가 용을 죽였다고는 생각하기 힘들어."

아젤이 스피릿 오더 수련자로서 탁월한 기량의 소유자임은 인정한다.

그러나 기술만으로는 용을 죽일 수 없다. 힘없는 노인이 달인의 기술로 강건한 젊은이를 쓰러뜨릴 수는 있어도 성벽을 부술 수는 없지 않은가?

아젤이 물었다.

"제가 그 일에 대해서 뭐라고 설명했는지도 듣지 않으셨습니까?"

"다른 용이 나타나 그 용을 죽였다. 그렇게 말했다지?"

"그렇습니다."

"용이 죽은 이상, 그게 가장 설득력 있는 대답이겠지. 자네가 용을 죽이는 것은 말도 안 되니까. 용의 주의를 끌고 필사적으로 도망 다니다 보니 다른 용의 영역을 침범했고, 그래서 용들끼리 싸움이 붙었다……."

아젤도 그렇게 생각했기에 그런 핑계를 댔다. 어떻게 그럴 수 있을까 의심스럽기야 하겠지만, 이미 일어난 결과를 두고 그 자리에 없었던 자들이 뭐라고 할 수 있겠는가? 아젤이 전공을 꾸며냈다면 모를까, 용이 다른 용을 죽였다는 이야기인데?

카이렌이 말했다.

"난 용살의 의식이라는 것에 대해서 들어본 적이 있다."

"그렇습니까?"

"다만 그게 무엇인지는 몰라. 내가 아는 한 아무도 그 진정한 의미를 모르고, 제대로 된 기록도 남아 있지 않더군. 내가 본 기록이라고 해봤자 '누구누구가 용살의 의식을 행했다' 그 정도가 고작이었다. 그래서 그 이름을 통해서 용을 죽이는 의식이라는 것을 추정할 뿐이지."

아젤은 카이렌의 말에 귀를 기울였다. 아주 귀중한 정보였다.

'용을 죽인 적은 있지만 용살의 의식은 모른다? 인간도 아니고 100년 이상을 살아온 용마족인데도… 흠. 어느 시점에서 지식의 단절이 일어난 거지?"

이제 아젤은 지식의 단절이 단순히 역사적인 사건들로 인한 것이 아니라고 추측하고 있었다. 니베리스와 나눈 대화만으로도 그것이 용마왕 숭배자들에 의해 인위적으로 조작된 결과임을 의심해 보기에는 충분하다.

카이렌이 말을 이었다.

"그런데 자네는 알고 있더군."

"네."

"그리고… 용 그림자의 니베리스라는 용마족 여자 마법사는, 자네가 그 사실을 알고 있다는 사실을 의미심장하게 언급했지."

"그랬지요."

"그래서 나는 한 가지 가능성을 의심하게 되었다."

"어떤 가능성입니까?"

"자네에게 암중의 협력자가 있을 가능성을."

"협력자요?"

이건 아젤도 생각 못한 지적이라 조금 당혹스러웠다.

카이렌이 말했다.

"용을 쓰러뜨릴 정도로 강대한 힘을 가진 암중의 협력자가 있다면? 그리고 그가 이 모든 것을 계획하고 자네를 아리에타에게 보냈다면?"

"…음모론을 좋아하십니까?"

"좋아하진 않아. 하지만 용마왕 숭배자들이 그렇듯이, 세상에 드러나지 않고 어둠 속에 음흉하게 숨어서 영향력을 행세하는 것들이 있다는 사실을 알지."

카이렌은 아젤이 용 그림자의 끄나풀일 거라고 의심하지는 않았다. 그는 용 그림자가 아리에타를 납치하려 시도한 이유를 짐작하고 있었기 때문이다.

그가 생각하는 이유가 맞는다면 아젤이 그녀를 지켜 줄 이유가 없다. 일찌감치 아리에타의 뒤통수를 쳤어야 정상이다.

"그렇다고 자네가 위험한 꿍꿍이를 갖지 않았다는 보장이 있는 것은 아니지. 용 그림자라는 자들과는 대립하는 다른 용마왕 숭배자 조직 소속일 수도 있고."

"음. 뭐랄까……."

아젤이 머리를 긁적였다.

"그런 식으로 따지면 세상 모든 사람을 의심해 봐야 할 것 같은데요."

"자네를 다른 사람들과 같은 범주에 둘 수 있다고 생각하나?"

"세상 전체를 보이지 않는 손들이 움직이고 있다는 그런 음모론을 적용시킨다면, 제가 좀 더 의심스러운 입장이 되긴 하겠군요. 그리고 아무리 노력해도 혐의를 벗지 못할 것이고. 어쩌면 제가 공주님을 지켜내고 죽어도 혐의를 벗기는커녕 음모를 꾸미다가 실수로 죽어버린 놈 취급을 받을지도 모르는 일이죠."

"내 앞에서 그런 식으로 비아냥거릴 정도로 배짱 좋은 녀석은 오랜만이군."

"머리를 비우고 공작님 말씀이면 태양이 서쪽에서 뜬다고 해도 다 옳다고 찬양해 주는 골빈 녀석들이 취향이신가 봅니다."

둘 다 웃고 있었지만 분위기가 흉흉해졌다. 카이렌이 발하는 압박감이 거세졌고, 아젤은 그것을 태연하게 받아넘기면서 어디 성질나면 한번 쳐보라는 듯이 도발적인 기세를 보이기 시작했다.

먼저 물러난 것은 카이렌이었다. 그가 압박감을 거두고 표정을 풀었다.

"…뭐, 좋아. 내 말이 좀 심했군. 인정하지."

"의외군요."

"음?"

"한 대 정도는 시험 삼아서라도 치실 줄 알았습니다만."

"그리고 자네는 '걸렸다, 요놈!' 하면서 카운터를 날리고? 노골적으로 허점을 위장해 두고는 그런 말을 하다니, 자네 꽤나 꼬인 성격이군."

"그거, 공작님께 듣고 싶은 말은 아닌데요. 공주님께 듣자 하니 꼬인 성격의 대명사이신 것 같던데."

"건방지다. 세상 무서운 줄 모르는 애송이로군."

카이렌이 코웃음을 쳤다. 청년의 외모를 가진 그였지만 나이 든 이처럼 행동하는 게 무척 자연스러운 것은 그가 100년을 넘게 살아왔을 뿐만 아니라 만인의 공경을 받는 지위를 가졌기 때문이리라.

문득 카이렌이 표정을 진지하게 바꾸며 말했다.

"하지만 알아둬라. 나는 지금 자네가 비아냥거린 어처구니없는 음모론조차 현실에서 일어날 수 있는 가능성으로 여겨야 하는 입장에 있다는 것을. 용마왕 숭배자들의 행동은 상식으로 이해할 수 없는 광기에 기반하고 있으니."

아젤은 카이렌이 왜 굳이 아리에타의 이목을 속이고 대화하길 원했는지 알 수 있었다. 그는 자신의 그런 생각을 아리에타에게는 보이고 싶지 않은 것이다.

잠시 침묵하던 카이렌이 말했다.

"하나 말해줬으면 좋겠군. 용살의 의식이라는 것에 대해서."

"이미 공주님께 들으시지 않았습니까?"

"인간과 용이 일대일로 사투를 벌인다. 그리고 이긴 쪽이 진 쪽이 가진 것을 취한다. 인간은 용의 힘을, 용은 인간의 지혜를."

"맞습니다."

"그게 말이 되는가?"

카이렌은 납득할 수 없었다.

어느 지역에나 영적인 의미를 가진 의식이 존재한다. 그것은 그 지역의 환경과 역사가 만들어낸 문화다.

그런데 문화란 사회를 이룬 지성체들 사이에서나 의미를 가진다. 인간과 용 사이에 그런 의식이 존재한다는 게 말이나 되는 일인가? 차라리 마법사가 특정한 용과 계약을 맺고 의식을 치른다면 몰라도, 불특정 다수의 인간과 불특정 다수의 용이 무조건 공유하는 그런 약속이 존재한다니?

아젤이 턱을 쓰다듬었다.

"흠. 제가 거기에 대해서 설명해 드리면 뭘 대가로 주시겠습니까?"

"감히 내 질문에 답하는 것에 대가를 요구하는 것인가?"

"공주님의 스승이신 공작님은 공정하신 분이라 믿겠습니다. 지식에는 가치가 있습니다. 그렇지 않습니까?"

그 말에 카이렌이 끄응하고 눈살을 찌푸렸다.

"제자에게 내린 가르침이 내 발목을 잡는군. 좋다. 그 지식의 대가로 무엇을 원하지? 별로 재물을 탐하는 성격은 아닌 것 같던데."

"그 검에 대해서 말해주시지요."

아젤이 카이렌이 허리에 찬 두 자루의 검을 가리키며 말했다.

카이렌의 표정이 묘해졌다.

"그걸로 괜찮은가?"

"네."

"손해 보는 장사일 텐데. 어쨌든 받아들이지. 무르기는 없다."

"어째서입니까?"

"조금만 조사해 보면 금방 알 수 있는 정보니까. 자네가 내게 말해줄 것에 비하면 값싸군."

카이렌에게 용검공작이라는 별명이 붙은 이유가 바로 그가 즐겨 쓰는 쌍검이었다. 이 검들에 대해서는 워낙 널리 알려져 있어서 비밀이라고 할 만한 게 없었다.

아젤이 쓴웃음을 지었다.

"상관없습니다."

"그럼 이야기해 주지. 이 검들은 용검(龍劍)이다."

"용검?"

"하나부터 열까지 오로지 용의 시체로부터 추출한 재료들과, 그리고 나의 피로 벼려낸 마법의 검들이지."

"그래서 용마력이 느껴졌군요."

"그래, 그것 때문에 관심을 둔 건가?"

"네, 용마력이 깃든 검은 처음 봤습니다."

"그렇겠지. 세상에 몇 개 없으니까. 나도 옛 기록을 보고 복원한 것이다."

"옛 기록?"

"용마전쟁의 기록이다."

"네?"

아젤이 의아해했다. 그의 시대에는 용검 같은 무기는 존재하지 않았다.

카이렌이 말했다.

"구체적으로 서술되어 있지는 않았지만, 당시의 영웅들이 용마왕의 군세와 맞서기 위해 용마력을 발하는 무기를 사용했다는 부분을 찾을 수 있었다. 하지만 그게 무엇인지, 어떻게 만들어지는지는 알 수가 없었어. 긴 세월 동안 훼손된 기록들을 수집해서 연구한 끝에 그 무기들을 만들기 위해 용을 죽여야 했다는 이야기를 찾아냈지. 용살의 의식이 바로 그걸 위한 과정이라고 추측하고 있었다."

그래서 카이렌은 용을 죽이고, 협력자들과 함께 그 사체를 이용해서 용마력이 깃든 무기를 만들어낼 방법을 연구했다. 30년 이상의 연구 끝에 탄생한 것이 바로 두 자루의 용검이었다.

"……."

아젤은 할 말을 잃었다.

'용살의 의식에 대한 것뿐만 아니라 용마기에 대한 것도 철저하게 잊혔다 이건데…….'

용마전쟁 당시, 용마기의 사용자는 아젤 혼자만이 아니었다. 전사자를 포함하면 스무 명은 되었을 것이다. 그런데 그들에 대한 기록에서 모조리 용마기에 대한 부분이 사라졌다고?

아무리 나딕 제국 말기의 혼란과 대암흑이 있었다고 해도 부자연스럽다. 용마왕 숭배자들이 역사의 이면에서 암약해서 지식을 단절시켰다는 의심이 더욱 깊어졌다.

'그나저나 용마기를 이런 식으로 재현하려고 하다니, 대단하군.'

칼로스가 살아 있었다면 꼭 감상을 듣고 싶을 정도였다. 당시의 칼로스조차 크고 아름다운 마법기를 양산할 생각은 했어도 용마기의 열화 복제품을 만들 생각은 못했다. 용마기에 대한 지식이 단절된 시대이기에 나온 시도이리라.

카이렌이 말했다.

"자, 그럼 이제 자네 차례군."

"마법사들이 궁극적으로 추구하는 비원이 무엇인지 아십니까?"

"알고 있다. 위대한 비의로 세계를 할퀴어 영원히 남을 흉터를 남기는 것이지."

모든 마법사가 원한다. 자신의 마법으로 세계를 바꾸는 것을.

비유적인 의미가 아니다. 마법사들은 진실로 마법이 세계를 바꿀 수 있다고 믿었다. 마법의 결과로 사람들의 의식이나 행동이 바뀌는 것이 아니라, 정말로 세계의 법칙 그 자체를 바꿔 버릴 수 있다는 것이다.

아젤이 말했다.

"시적인 표현을 좋아하시는군요."

"내 마법사 친구들의 허세는 거의 병적이거든. 뛰어난 마법사라면 응당 그럴싸한 허풍으로 대중의 기대를 만족시켜 줘야 한다는 게 대마법사 칼로스 때부터의 전통이라고… 음? 자네, 표정이 왜 그러나?"

"…아니, 아무것도 아닙니다."

아젤은 순간 사레가 들릴 뻔했다. 카이렌의 말은 칼로스가 종종 잘난 척을 할 때 떠들어 댔던 것이기 때문이다.

'아니, 용살의 의식이나 용마기에 대한 건 잊혔는데 저런 말이 이제까지 남아 있는 건 물론이고 마법사들에게는 전통이 되기까지 했단 말이야?'

실로 끔찍한 일이다. 아젤은 몸을 부르르 떨고는 말했다.

"마법사들은 그 일이 가능하다고 진지하게 믿고 있죠. 그리고 용살의 의식은 그 증거입니다."

"음?"

"태곳적에 위대한 마법사가 인간과 용 사이에 서로에게 이득이 되는 거래를 성사시켰습니다. 힘을 갈구하는 인간과 지혜를 갈구하는 용, 양자가 상대가 원하는 것을 걸고 의식을 행할 것을."

그것은 두 종족 간에 맺어진 약속이었으며, 동시에 세계에 각인된 법칙이었다.

인간과 달리 용은 지식을 전승하지 않는다. 그러나 모든 용이, 심지어 갓 태어난 용이라고 할지라도 용살의 의식을 안다.

카이렌이 믿을 수 없다는 듯 눈을 크게 떴다.

"그런 말도 안 되는 이야기가 어디 있나?"

"어쨌든 그게 공작님이 제기하신 의문에 대해서 제가 드릴 수 있는 유일한 답입니다."

"으음……."

카이렌은 눈살을 찌푸렸다. 허황된 망상으로밖에 들리지 않았지만, 문제는 반박할 근거가 없다는 점이다. 아젤은 실제로 지룡을 상대로 용살의 의식을 언급하여 주의를 끌었으며, 용마왕 숭배자들은 그 사실에 집착했다.

카이렌이 물었다.

"그렇다면 누구나 용에게 찾아가서 용살의 의식을 행하자고 하면, 그리고 일대일로 사투를 벌여서 이긴다면 용의 힘을 손에 넣을 수 있단 말인가?"

"누구나는 아닙니다. 인간일 경우에만 가능하지요. 아, 용마인도 가능합니다. 아슬아슬하게 계약의 대상으로 인지하는 모양이더군요."

"즉 내가 실험해 보는 건 불가능하다는 소리군?"

"네."

"흠… 믿기 어려운 이야기군."

카이렌은 투덜거리면서도 더 캐묻지는 않았다. 잠시 생각에 잠겼던 그가 몸을 일으켰다.

"오늘은 이쯤 해두지."

"오늘은, 입니까?"

"그래."

카이렌은 더 말하지 않고 자기 자리로 돌아가서 누웠다. 그리고 곧바로 잠에 빠져들었다.

잠시 그를 바라보던 아젤은 다시 모닥불에 시선을 주면서 생각했다.

'용살의 의식이라…….'

문득 예전에 나눴던 대화가 떠오른다.

5

꿈을 꾸었다.

세상에서는 먼 옛날이라 인식하는 시절의 추억을.

'아, 딱 이때였군.'

고위 스피릿 오더 수련자는 자각몽을 의도하는 것은 물론, 꿈의 내용조차도 원하는 대로 조작할 수 있다. 정신을 다루는 과정에서 원하는 지점의 기억을 꿈으로 구성하는 기술을 연마하기 때문이다.

아젤은 그 기술을 통해서 과거의 한순간을 꿈으로 재현했다.

"난 언젠가 세계를 바꿀 거야."

입버릇처럼 그렇게 말하던 친구가 있었다.

다른 사람이 말했다면 '애가 좀 아직 철이 덜 들었구나' 하고 웃었을 것이다. 그러나 그가 칼로스이기에 아젤은 그것이 현실을 모르는 철없는 놈의 망상이 아닌, 능력 있는 자의 꿈임을 인정했다.

그래서 아젤은 물었다.

"어떻게 바꾸고 싶은데?"

"음. 아직 구체적으로 생각해 보지는 않았어. 아직 내가 하고 싶은 일과 할 수 있는 일이 일치하지 않으니까."

"더 이상 용마족이 태어나지 않게 하면 어때?"

"그럴 수 있으면 이 빌어먹을 전쟁도 끝나겠군. 하지만 용마족의 탄생 자체가 마법으로 세계를 바꾼 결과인데 그걸 다시 뒤집는 게 가능할지 모르겠어. 탐구해 볼 만한 주제야."

마법사들은 용마족의 탄생 자체를 위대한 마법의 결과물로 여긴다. 그것이 이 세계에 각인된 최초의 마법이었으며, 그리하여 어쩌면 최초의 용마족인 용마왕 아테인이야말로 모든 마법사의 시조이리라 추정되었다.

아젤이 피식 웃었다.

"진지하게 듣지 마. 한 종족을 통째로 고자로 바꾼다니, 그런 일이 가능하겠냐?"

"…그게 그런 식으로도 해석되나? 칼잡이가 무식하다는 편견도 버려야겠군. 아주 비범한데?"

칼로스가 혀를 내둘렀다. 그러다가 문득 생각났다는 듯 말했다.

"그래도 다른 방식으로는 가능할지도 모르지. 예를 들면 용살의 의식처럼, 인간과 용마족 사이에 새로운 관계 조건을 설정할 수 있다면⋯⋯."

"용살의 의식이라. 난 종종 그걸 만든 마법사가 무슨 생각으로 그랬는지 잘 모르겠던데."

"누구보다도 용살의 의식의 수혜를 많이 입은 네가 그런 소리를 하면 어떡해?"

"내가 이익을 취한 것과 그건 별개지. 아무리 그래도 그렇지 어떻게 인간과 용을 일대일로 목숨 걸고 싸움 붙일 생각을 하냐? 그게 공정하다고 생각했나?"

"난 아마 그 마법사는 터무니없이 낭만적이고, 세상 모든 것에 선의가 통한다고 믿은 것 같은데."

"뭐?"

아젤이 퍽 해괴한 소리를 들었다는 표정으로 칼로스를 바라보았다. 칼로스가 쓴웃음을 지었다.

"이상하게 들린다는 건 알겠는데⋯ 난 정말 그럴 거라고 생각해. 그 마법사는 낭만에 눈이 멀었던 거야."

"도대체 어디가?"

"아마 용살의 의식이 만들어졌던 시기는, 지금보다도 훨씬 야만적이고⋯ 그리고 인간과 용의 관계가 지금과는 완전히 달랐으니까."

용들은 인간의 발길이 닿지 않는 곳에서 살며 좀처럼 세상에 모습을 드러내지 않는다. 하지만 칼로스가 옛 기록들을 연구해 본 결과, 용살의 의식이 생기기 전의 용들은 전혀 달랐다.

"예전에 용들은 천적이 없는 자연계의 폭군이었어. 거침없이 영역을 넓히고, 인간과 마주치면 닥치는 대로 죽였지."

그리고 당시의 인간은 도저히 그런 용들을 막을 수 없었다.

"그런 용들이 용살의 의식을 통해서 비로소 인간을 존중해야 할 대상으로 여기게 된 거야. 그리고 당시에는 어떤 문제가 있으면 지금처럼 이성적으로 이것저것 고려하지 않았어. 저놈이 네 가족을 죽였다고? 그럼 돌로 쳐죽일 권리를 부여하마. 문제가 생겼어? 그럼 목숨 걸고 결투해서 이긴 놈이 옳은 걸로 하자. 이런 식이었지."

"지금도 별로 다르진 않은데?"

아젤의 시대도 영주들끼리 내가 옳다, 너는 틀리다 하면서 아웅다웅 전쟁을 일으키고, 기사들끼리는 시비를 가리겠다고 결투를 벌였다.

칼로스가 쓴웃음을 지었다.

"뭐 지금보다 정도가 훨씬 심했다 이거지. 적어도 이긴 놈들이 진 쪽의 여자를 끌고 가서 어린애든 어른이든 가리지 않고 강간하는 걸 도덕적으로도 정당한 권리라고 하진 않잖아?"

"세상 어느 곳에서는 지금도 그러고 있겠지."

"어디에서든 그러던 시절이 있었던 거야. 그런 시대에 서로 대화할 공통의 언어조차 갖추지 못한 두 종족이 서로에게 갈망하는 것을 일대일 사투로 얻게 함으로써 관계를 극적으로 변화시킨 것은… 양쪽 모두에게 선의를 품지 않고서는 도저히 불가능한 일이었으리라고 봐."

"아주 야만적인 시대에, 그때의 상식에 맞춘 선의였다, 이거야?"

"응. 우리 시대와는 사고방식이 달랐을 테니까."

"난 그 해석이야말로 심하게 낭만적이라고 본다만… 뭐, 됐다."

아젤은 용마전쟁에서 적에게 이기기 위해서 더 큰 힘을 필요로 했고, 그래서 용에게 용살의 의식으로 도전해서 그들의 힘을 취해왔다. 피로 피를 씻으면서 용의 힘을 강탈해 온 입장이다 보니 도저히 칼로스의 견해에 동감할 수 없었다.

"내가 언젠가 세상을 바꾸게 된다면……."

칼로스가 먼 곳을 응시하며 말했다.

"악의가 아니라 선의로 바꾸고 싶어. 이 빌어먹을 전쟁이 끝나고 나면, 그러면… 누군가를 위하는 마음으로 세상을 바꿀 수도 있겠지."

"그런 대사는 네 애인에게 그윽한 눈길을 보내면서나 해라."

아젤이 투덜거렸다.

CHAPTER **11**

수호그림자

魔展
龍劍

1

니베리스는 어둠 속에서 굴욕감에 잠겨 있었다.

―일이 이렇게 될 줄은 몰랐군.

먼 곳에서 목소리들이 날아들었다.

―손실이 크지만⋯ 이리된 이상 용마공주는 포기할 수밖에 없겠어.

―용검공작이 나타난 이상 그럴 수밖에 없겠지. '수호그림자'인 그가 움직인 이상, 더 이상 저들을 자극해서는 안 된다.

―이렇게 되기 전에 용마공주만 얼른 납치했어야 하는데⋯ 그나마 니베리스를 잃지 않은 게 다행이군.

―듀랑 경, 당신의 현명한 결단에 경의를 표하오.

"별말씀을."

같은 방에 있던 듀랑이 겸양했다.

원래 루레인 왕국에서 다른 임무를 수행 중이었던 듀랑은 용검공작이 영지에서 나와서 용마공주가 있는 곳으로 향한다는 정보를 입수하자마자 급하게 이동했다. 조금이라도 출발이 늦었다면 시간을 맞추지 못했을지도 모른다.

—니베리스.

"예."

—상심하지 말거라. 어느 정도는 예상했던 일이고, 수확이 없진 않았다.

"뭐라고요?"

니베리스가 눈살을 치켜떴다. 윗선에서는 자신을 보내면서도 실패를 예상하고 있었단 말인가?

—루레인 왕국은 우리의 기반이 특히 부실한 곳이다. 그만큼 정보가 적지. 그래서 저들이 용마공주를 지키기 위해 어떤 장치를 해두었는지 알 수가 없었다.

—너는 애당초 승산이 낮은 도박에 뛰어든 셈이지. 다치지 않고 빠져나온 것만으로도 네가 뛰어남을 증명한 것이다.

니베리스는 자존심이 강하고 자기 능력을 확신하기에 용마공주를 납치하는 일 따위는 별로 어렵지 않으리라 여겼다. 그러나 조직에서는 어린 축에 속하는 그녀와 달리 오랫동안 웅크리고 있던 원로들은 세상이 무서움을 알고 있었다.

이번 건은 결코 세상에 드러나지 않고 어둠 속에 숨어 있어야 하는 비밀결사가 한 나라의 왕족을 납치하는 작전이었다. 사전에 완벽한 준비를 갖춰도 성공을 확신할 수 없는데, 정보가 빈약한 상태에서 나섰으니 이런 결과가 나온 것은 오히려 당연하다.

─일단 너와 듀랑은 루레인 왕국에서 철수하도록 해라.

"하지만……."

─용검공작에게 노출된 이상, 루레인 왕국의 수호그림자들이 움직일 것이다. 너는 아직 그들의 무서움을 모른다.

이번 일은 단순히 용마공주를 납치하는 데 실패한 걸로 끝이 아니다. 조직이 필사적으로 감춰 왔던 정보, 니베리스와 듀랑이라는 강대한 전력에 대한 것이 적들에게 알려지고 말았다.

─추후에 이번 일을 만회할 기회를 주마. 이번에는 물러나도록 해라.

"으음……."

니베리스는 불만스러웠지만 원로들의 태도가 워낙 단호해서 고집을 피울 수가 없었다. 그녀는 입술을 깨물었다.

'용검공작 따위가 뭐라고.'

지금은 용검공작이 나타났다고 놀라서 곧바로 달아난 것도 후회스러웠다. 듀랑과 힘을 합쳤다면 충분히 그를 제압할 수 있었을 것 같은데…….

―그럼 뒷일을 부탁하네, 듀랑 경.

"알겠습니다."

듀랑의 대답을 들은 원로들의 목소리가 멀어져 갔다. 정적이 내려앉은 어둠 속에서 듀랑이 니베리스에게 말했다.

"아가씨, 기분은 이해합니다."

"…뭘 이해한다는 것이지?"

"우리가 왜 이렇게까지 몸을 사려야 하는지 납득할 수 없겠지요."

"……."

"하지만 우리가 두려워하는 데는 이유가 있다는 것을 알아주시기 바랍니다. 수호그림자는 진정 무서운 존재입니다. 두려워할 이유가 없었다면, 우리는 이미 세상을 지배하고 있었을 겁니다."

실제로 거의 그러기 직전까지 갔던 적도 있었다. 대륙 전역에 활발하게 영향력을 행사하면서 역사를 조작하고, 목표로 한 지식의 계승을 말살해 가던 시절.

"언젠가 모든 준비를 마치고 왕께서 돌아오시는 그날까지… 우리는 세상을 두려워해야 합니다."

듀랑은 예전의 일을 떠올리며 얼굴을 쓰다듬었다. 어둠 속에서 손이 닿은 그의 주름진 얼굴에는 평생 지워지지 않는 흉터들이 낙인처럼 새겨져 있었다.

2

카이렌이 합류하여 숲 속에서 하룻밤을 보낸 후, 일행은 느긋하게 움직였다. 이제는 더 이상 적의 습격을 걱정할 필요가 없다고 여겼기 때문이다.

산을 넘어서 도착한 시골 마을에서 하룻밤 묵은 다음, 그곳에서 비실비실한 말과 허름한 마차 하나를 구했다. 이걸 마차라고 할 수 있을지 의문인 물건이었지만 덕분에 다음 날에는 부근에서 가장 번화한 도시에 도착할 수 있었다.

"이 마차와도 이제 안녕이구나."

마차 옆에서 걷던 아젤이 말했다. 일행이 마차를 구한 것은 에노라를 위해서였다. 그러지 않고 에노라의 걸음에 맞춰서 도보 여행을 했다면 여기까지 이틀이나 사흘은 더 소요되었을 것이다.

오는 동안 카이렌이 보인 태도가 아젤은 좀 의외였다.

'공작씩이나 되면서 굉장히 소탈하군.'

여기까지 오는 동안 그는 어떤 불만도 보이지 않았다. 다들 그를 어려워했고 눈치를 보았지만, 허름한 마차에도, 그리고 느릿느릿한 이동 속도나 야숙하는 상황에도 전혀 불쾌해하는 기색이 없었다.

그 점을 이야기하자 아리에타가 웃었다.

"스승님은 요즘도 가끔 기분 내키면 산중에 들어가셔서 마치 야만인처럼 생활하시는 분이다. 이런 정도로 불만을 표하실 분이 아니지."

"공작님이신데도 말입니까?"

"본격적으로 힘을 발휘하면 주변을 다 뒤집어놓기 때문이라고 하시더군. 내가 저분께 배울 때도 종종 산중 생활을 해야 했고 그때는 상당히 생활이 빈곤했었다."

"그랬군요."

하긴 아리에타에게 그런 교육을 시킨 장본인이다. 공작이라는 신분에 맞지 않는 소탈함도 당연했다.

귀족들을 대상으로 하는 고급스러운 숙소를 잡고 식사를 한 뒤, 아젤이 아리에타에게 물었다.

"영주한테는 안 들러보실 겁니까?"

"여기는 영주가 없다."

"네?"

"래닝 백작은 왕궁에서 일하고 있어서 그의 가족이 대리인 노릇을 하고 있지. 가면 잘 대접받기야 하겠지만 귀찮기도 하고 일정도 밀릴 테니 안 들를 거다."

아젤은 카이렌을 바라보았지만 그도 역시 같은 생각인 것 같았다. 스승이나 제자나 신분은 높은 주제에 요란하게 대접받고 귀찮은 자리에 나서는 걸 굉장히 싫어하는 점이 쏙 빼닮았다.

에노라가 아젤에게 말했다.

"아젤 경. 저랑 같이 좀 나가요."

"응? 어딜?"

"물건 사고, 치유술사를 좀 모셔보려고요."

"아아. 짐꾼 노릇 하라 이거군."

"호위라고 생각하시는 편이 기분 좋지 않아요?"

"그리고 결국은 짐을 들게 되겠지. 그런데 나만 데리고 가려고?"

"네."

"왜? 보어 경이나 자일 경은?"

"음, 그게……."

에노라는 난처한 듯이 웃었다.

"둘 다 세상물정을 잘 모르실 것 같아서요. 공주님과 공작님에 대해서 드러내면 안 되는데 괜히 문제가 생길 수도 있으니……."

"……."

실로 냉혹한 평가였다. 하지만 아젤도 공감할 수밖에 없었다.

확실히 보어도, 자일도 귀족 도련님 티가 물씬 난다. 보어야 말할 것도 없고 자일도 별로 세상 물정을 잘 알 것 같지는 않다. 일반인들 상대하다가 말실수를 하거나 사고라도 치면 좋을 게 없다.

'음?'

에노라와 함께 숙소를 나서던 아젤은 문득 자신을 바라보는 시선을 느꼈다. 슬쩍 고개를 돌려보니 아무것도 보이지 않는다.

'몸을 숨기는 재주가 탁월한 놈들이군. 혹시 용마왕 숭배자인가?'

아무것도 없다고 해서 아젤은 자신이 착각했다고 여기지는 않았다. 분명히 자신을 주시하는 누군가가 있다. 하나도 아니고 여럿이다. 그런데 언뜻 봐서는 실체를 파악할 수 없을 정도로 스스로를 감추는 능력이 뛰어났다.

'흠. 설령 그놈들이라고 해도 용검공작이 있으니 별문제 없겠지.'

이 경우는 오히려 자신들이 문제다. 문제가 생겼을 때 에노라가 다치는 일이 없도록 해야 했다.

그런 생각을 하며 거리를 걷던 아젤에게 에노라가 물었다.

"무슨 생각을 하세요?"

"음? 별 생각 안 하고 있는데, 왜?"

"사람들을 굉장히 신기한 눈으로 바라보고 있어서요."

"내가 그랬나?"

아젤은 어리둥절했다. 자기가 그런 눈을 하고 있었던가?

하긴 그럴 만도 하다. 자신의 시대에서 200년이 지난 도시의 풍경은 그에게는 신기하기 그지없었으니까. 그 시대와 비슷하면서도 낯선 것들로 가득한 모습이다.

그동안 많은 일이 있었지만, 아직 아젤은 이 시대에 내던져진 지 채 한 달도 되지 않았다. 어떤 상황이든 유연하게 받아들이면서 적응력을 발휘하는 그였지만 때때로 감상에 젖게 되는 것만은 어쩔 수 없는 노릇이다.

에노라가 말했다.

"아 참. 아젤 경, 실은 말하고 싶은 게 있었어요."

"뭔데?"

"고마워요."

"……."

"저랑 공주님을 지켜준 거, 그리고… 밤마다 신경 써주신 거요."

"뭘 말하는 건지 모르겠는데?"

아젤이 시치미를 뗐다. 그러자 에노라가 뾰로통해졌다.

"다 알거든요?"

"그러니까 뭘 아는데?"

"꿈 내용이 그렇게 노골적으로 바뀌는데 모를 줄 알았어요? 아젤 경이 한 거잖아요."

니베리스에게 습격받은 후, 에노라는 악몽에 시달렸다. 아무리 당찬 성격이라고 해도 어린 소녀일 뿐이니 그런 경험을 하고도 태연할 수는 없었다.

하지만 악몽에 괴로워하는 것은 잠시뿐, 어느 시점부터 악몽은 거짓말처럼 편안한 옛 기억으로 바뀐다. 에노라가 좋아했던 고향의 들판, 그곳을 뛰어놀던 즐거웠던 시절로.

아무리 봐도 인위적인 조작이 가해진 티가 난다. 스피릿 오더나 마법에 대해서 잘 모르는 에노라도 확신할 수 있을 정도로.

아젤이 말했다.

"남의 꿈을 조작한다니, 내가 마법사도 아닌데 어떻게 그런 일을 하겠어?"

"할 수 있잖아요."

"에이, 못해."

"할 수 있는 거 다 알아요. 아젤 경이 느껴졌는걸."

"음? 내가 느껴지다니?"

"사람마다 느낌이 다르잖아요. 아젤 경의 느낌이 났어요."

"……"

아젤은 좀 놀라서 에노라를 바라보았다.

그녀의 꿈을 조작한 건 아젤이 맞다. 일반인의 정신에 개입하는 일이라 별로 주의를 기울이지는 않았다. 꿈의 내용도 정성들여서 자연스러운 흐름을 만드는 대신 억지로 편안한 기억으로 인도했고, 잠재의식 속에 남을 기운의 잔향을 지우지도 않았다.

그렇다고 해도 일반인인 에노라가 그 느낌을 근거로 내세우는 것은 놀랍다.

에노라가 말했다.

"어쨌든 고마워요. 아젤 경은 정말 다른 사람을 잘 챙기네요. 혹시 동생이 많았어요?"

"아니, 동생들은 없었고… 자식들은 있었지."

"그렇군요… 에엑?"

자연스럽게 고개를 끄덕이던 에노라가 깜짝 놀랐다. 자식이 있다니 유부남이었단 말인가?

"세상에. 결혼했었어요?"

"그렇게 보여?"

"상상도 못했어요. 그야 결혼했어도 이상하지 않은 나이지만……"

아젤의 시대에도 그랬지만 지금도 여전히 열다섯 살에 성인식을 치르기만 하면 스무 살도 되기 전에 결혼하는 경우가 흔한 세상이었다. 귀족이라면 아젤의 나이가 되도록 미혼으로 남아 있는 경우가 오히려 드물다.

아젤이 말했다.

"미혼이야."

"그런데 자식들이 있어요?"

아젤을 바라보는 에노라의 눈빛이 묘해졌다. 아젤이 피식 웃었다.

"그런 눈으로 보지 마. 양자들이었어."

"양자요?"

"이런저런 일로 고아가 된 애들을 데려다가 양자로 삼았지. 실제로 부모 역할을 한 사람은 따로 있었고……."

그래도 그 아이들과 눈부신 추억이 있었다.

용마전쟁 당시, 아젤은 많은 비극을 보았다. 그리고 그중에서 인연이 닿는 아이들은 양자로 삼아서 카르자크 후작령으로 보냈다.

아테인을 죽여 용마전쟁을 끝내고 나서 2년간, 저주로 인해 서서히 죽어가던 시절에 아젤은 주로 자신의 영지에 머물렀다. 그 기간 동안 정말 가족처럼 양자들을 대하면서 많은 추억을 만들었다.

함께 말을 타고, 들판을 달리고, 다른 사람들은 가볼 엄두도 내지 못하는 비밀 장소들을 찾아내고, 무예를 가르치던… 그런 시절이 있었다.

가만히 이야기를 듣던 에노라가 말했다.

"아젤 경은 분명히 귀족이었을 거예요."

"그래?"

"귀족이 아니고서야 지금 말한 일들은 할 수 없으니까요. 그것도 꽤 성세가 있는 가문이었을 것 같은데, 정말 기억 안 나요?"

"응. 나도 기억해 내고 싶다."

"그랬으면 좋겠네요."

"만약 내가 영주님이었으면 에노라 양 나한테 잘해야 된다?"

"음. 아저씨라고 안 부르면 되는 거지요?"

"아주 잘 아는군."

귀엽게 자신을 올려다보는 에노라의 말에 아젤은 실소하고 말았다.

3

물건을 사고, 치료원에 들러서 치유술사를 데리고 숙소로 돌아왔을 때는 해가 저물어 있었다.

에노라가 신이 나서 말했다.

"와, 언제나 아젤 경 같은 사람이랑 장 보러 다니면 좋겠어요."

"힘 좋은 머슴이 필요하다 이거지?"

아젤이 투덜거렸다.

돌아다니면서 필요한 여행물품들과 식료품을 사고 나니 양이 장난이 아니었다. 여행 중에는 일행의 말에다가 나누어 싣고 또 다들 나눠서 지고 다녀야 하는 걸 혼자서 다 옮겼으니 그럴 수밖에. 아젤은 자기 몸보다도 큰 짐들을 등에 지고, 양손에 들고 돌아다니는 묘기를 부려서 사람들의 구경거리가 되었다.

아젤이 들고 온 짐들을 본 자일이 놀랐다.

"이걸 혼자서 다 들고 오다니… 우리도 데려가지 그랬나?"

"이렇게 많이 살 줄 몰랐어."

에노라의 냉혹한 평가를 전해줄 수는 없는 노릇이라 그렇게 얼버무리고 말았다.

에노라는 치유술사와 함께 아리에타를 보러 갔고, 아젤은 숙소의 뒤쪽 정원으로 나왔다. 귀족을 대상으로 하는 곳이라 그런지 건물도 고급스럽고 정원도 제법 넓게 꾸며놓았다.

"흠."

그곳에는 갑옷을 벗고, 뿔과 귀, 그리고 용마석을 감추고 인간처럼 위장한 카이렌이 나와서 야외 테이블에 앉은 채 술잔을 기울이고 있었다. 아젤이 말했다.

"감쪽같군요."

"아무래도 이렇게 사람 눈길이 많은 곳에서 본모습을 드러내 놓고 활동하다 보면 귀찮아서 말이지."

왕가의 선전도구나 마찬가지인 아리에타와 달리 카이렌은 스스로를 드러내지 않고 활동하는 경우도 많았다. 그런 때를 위해 비싼 돈을 주고 모습을 위장하는 전용 마법 도구를 만들어놨던 것이다.

카이렌이 물었다.

"치유술사를 데려왔나?"

"네, 에노라 양이 성화를 부려서 여성분으로 모시느라 좀 시간이 걸렸지요."

"나이는 어려도 일을 똑 부러지게 잘하는군. 한잔하겠나?"

"사양하지 않겠습니다만… 그전에 하나 여쭤봐도 되겠습

니까?"

"말하는 투를 보니 술맛 떨어지는 이야기를 할 것 같은데… 안 된다고 한다면?"

"그럼 그만두지요."

"순순히 물러나는 걸 보니 별일 아니었나 보군."

"아뇨. 그냥 공작님께 술잔을 받는 걸 포기하고 쫓아가 보면 되니까요. 숨는 재주가 특출한 것 같지만 직접 쫓아가서 잡아 보면야……."

"……."

순간 분위기가 얼어붙었다.

빙긋 웃으면서 자신을 바라보는 아젤을 카이렌이 굳은 표정으로 노려본다. 그 위압감이 어마어마해서 실제로 공기가 조금씩 진동하기까지 한다.

하지만 아젤은 태연히 그것을 받아넘겼다. 카이렌이 말했다.

"…기세를 받아넘기는 게 아주 능숙하군. 허깨비 같아서 기분 나쁠 정도야."

"워낙 이런 기세 받아야 할 일이 많았거든요. 이런 거에 짓눌릴 정도였으면 벌써 죽었죠."

"자네는 정말 건방져. 보통은 그랬다가는 죽을 거라고 겁먹을 텐데."

"공손하게만 나가도 되는 상대에게라면야 이럴 일도 없겠습니다만. 솔직히……."

아젤이 허락도 없이 카이렌이 맞은편에 앉으며 말했다.

"의심스럽지 않겠습니까? 보이지 않는 자들이 주변을 맴돌고 있다가 남들 모르게, 우리 일행조차 모르게 공작님을 만나고 사라졌다면?"

"……"

"그리고 우리는 지금까지 용마왕 숭배자라는 것들에게 감시당하고 쫓기고 있었죠. 이 정도면 제가 굳이 술맛 떨어지는 이야기를 꺼낸 이유가 될 거라고 생각합니다만."

"후……"

카이렌이 짜증난다는 듯 술잔에 남은 술을 입에 털어 넣었다. 그리고 아젤을 노려보았다.

그때였다.

「용마력……」

아젤은 흠칫했다. 정원의 나무들 사이에서 아이들이 속삭이는 것 같은 목소리가 들려왔기 때문이다.

'이렇게 가까이?'

목소리가 들려오는 곳은 고작해야 20미터 정도밖에 떨어져 있지 않았다. 거기까지 다가오도록 자신이 몰랐단 말인가?

「인간이면서… 용마력의 그릇……」

분명히 혼자서 말하는데 여럿이서 동시에 속삭이는 것처럼 들리는 기묘한 목소리였다. 일반인이 들었다면 괴담의 소재가 되기에 딱 좋을 것 같다.

아젤은 날카로운 눈으로 그곳을 바라보았다.

"망령인가?"

상대는 인간이 아니다. 그것만은 확실했다.

그것은 용 그림자와 비슷한 복장을 하고 있었다. 새하얀 로브에 후드를 푹 눌러썼는데 그 아래로는 짙은 어둠이 드리워져서 얼굴이 보이지 않는다.

그뿐만이 아니다. 로브 아래로 발이 보이지 않고, 소맷자락 밖으로 손이 나와 있지 않았다.

'기이하군. 저 로브는 실체가 있는 것 같은데?'

아젤은 눈살을 찌푸리며 마력을 일깨웠다. 서서히, 상대방이 그 움직임을 눈치채지 못할 정도로 은밀하게…….

'그런데 어딘가… 낯설지 않은 느낌도 들어. 뭐지, 이건?'

그 모습을 드러낸 정체불명의 망령은 어딘가 아젤의 기억을 자극하는 존재감을 발하고 있었다. 분명히 처음 보는 존재인데도 어디선가 본 듯한 기시감(旣視感)이 느껴진다.

그때 카이렌이 말했다.

"그만두게. 적이 아니니."

"…제가 그 말을 믿을 수 있을 것 같습니까?"

어느새 아젤의 감각에 또 다른 존재들이 감지되고 있었다. 정말로 유령처럼 나타난 그들은 하나같이 처음 등장한 존재와 똑같은 차림새였다. 다만 체구의 차이가 있어서 어떤 놈은 어린애처럼 작고 어떤 놈은 2미터도 넘는 거구다.

그들이 바닥을 미끄러지듯이 다가오면서 속삭인다.

「예언지킴이가… 아니야…….」

「그런데도 갖고 있어, 용마력을…….」

「이상해…….」

「아주 이상해…….」

「오랫동안 없었어, 이런 인간…….」

얼굴은 보이지 않지만 그들이 아젤을 두고 말한다는 것을 알 수 있었다. 그들의 시선이 느껴진다. 아젤을 꿰뚫어 보듯이 빤히 바라보는 눈길이…….

카이렌이 말했다.

"거기까지. 더 이상 다가오면… 아마 이 친구가 공격할 거다."

「우리는 쉽게 죽지 않아…….」

"그렇지만 안 죽는 건 아니지. 할 일이 있지 않나? 괜히 전력을 잃어버리는 짓은 안 하는 편이 나을 텐데."

「그는… 우리를 해칠 정도로 강하지 않아…….」

「하지만… 용마력을 가졌어.」

「감추고 있어…….」

「우리가 읽지 못하는 걸지도 몰라…….」

「그런 인간도… 예전에는 있었어…….」

「정말……?」

「오래전에는…….」

그들은 제정신이 아닌 것처럼 떠들어 댄다. 그러나 아젤에게서 10미터쯤 떨어진 지점을 빙빙 돌 뿐, 더 이상 다가오지 않았다.

카이렌이 말했다.

"놀랍군. 저들이 저 정도로 한 사람에게 관심을 보이는 것은 처음 봤어."

"이건 뭡니까?"

아젤이 태연한 기색으로 물었다. 물론 속으로는 언제든지 공격을 가할 수 있도록 마력을 활성화시켜 둔 상태였다.

카이렌이 말했다.

"수호그림자."

"…그 이름만으로는 전혀 뭔지 모르겠습니다만."

"그 이상은 말해주기 어려운데. 사실 이들의 존재를 알게 된 것만으로도… 자네를 어떻게 해야 할지 고민하게 되니까."

그때 처음 등장 이후로 침묵하고 있던 이가 말했다.

「말해줘도 돼…….」

"뭐라고?"

카이렌이 깜짝 놀랐다. 그만큼 망령의 말이 의외였던 모양이다.

「우리와 연결되지 않은 그는… 어쩌면 예언된…….」

"예언이라고? 그게 뭐지?"

카이렌이 눈살을 찌푸리며 물었지만 망령은 더 이상 입을 열지 않는다. 그뿐만이 아니라 모든 망령이 재잘대길 멈추고 침묵하면서 기분 나쁜 침묵이 내려앉았다.

"음······."

카이렌은 마음에 들지 않는 듯 그들을 쏘아보았지만 의미 없는 일이었다. 애당초 상식이 통용되지 않는 존재들이었으니까.

결국 카이렌은 포기하고 아젤에게 설명했다.

"용마왕 숭배자들이 자신들을 드러내 놓고 활동하지 못하게 하는 억제장치… 라고 할 수 있지."

"용마왕 숭배자들이 이것들 때문에 자기들을 드러내지 못한다고요?"

"자네는 이번 일을 겪으면서 이상하다고 생각하지 않았나?"

카이렌이 질문에 질문으로 답했다. 아젤이 물었다.

"뭐가 말입니까?"

"이번에 습격해 온 자들은 아주 강력했지. 조직 구성원 개개인이 보기 드물 정도로 막강한 힘을 가졌고 마물들을 쉽게 길들여 소모품 병사로 써먹기까지 한다. 그런 힘을 가진 놈들이 왜 철저하게 사람들 눈을 피해서 활동할까?"

"글쎄요? 그래 봤자 소수정예의 비밀결사이기 때문 아닙니까?"

솔직히 아젤은 아직 이 시대에 대해서 완전히 파악하지 못하고 있었기 때문에 카이렌의 질문이 의미하는 핵심을 알 수가 없었다. 강력한 힘을 가진 소수가 세상을 어지럽힐 수야 있다. 그런데 그들이 몸을 사리는 게 뭐가 이상하단 말인가?

카이렌이 어이없다는 표정을 지었다.

"생각보다 멍청한 건가, 아니면 기억을 잃었다는 말이 사실이라 그런가?"

"후자입니다."

"말이나 못하면. 잘 생각해 봐라. 그놈들이 사람들이 그리 많지 않은 시골에서 사고를 치고 다닌다면 막을 수 있을 것 같은가?"

"음… 아마 막대한 희생이 발생하겠지요. 그리고 한참 진척된 후에나 그들을 막을 수 있는 힘을 가진 사람들이 그 사실을 알고 뒤를 쫓게 될 겁니다."

아젤은 슬슬 카이렌이 무슨 말을 하고 싶어 하는지 알 것 같았다.

지금 말한 이유만으로 납득하기에는, 용마왕 숭배자라는 것들의 전력이 좀 심하게 강력하다.

니베리스나 듀랑쯤 되면 일인군단이라고 하기에도 부족함이 없을 정도고, 처음 습격해 왔던 용 그림자의 일원들만 해도 제대로 된 병력도 없는 시골 마을 하나 정도 몰살시키는 것쯤은 쉽게 해낼 것이다.

'게다가 용도 동원했지.'

단독으로도 그런 일을 할 수 있는 놈들이다. 그런데 무슨 수를 쓰는지 부근의 마물들을 사냥개처럼 잘 길들여서 소모품으로 써먹고, 심지어 용을 움직이기까지 했다.

"말씀을 듣고 보니… 확실히 지나치게 조심스럽군요. 하지만 그건 뒷일을 걱정해서 아닙니까?"

"그것만으로 납득할 수 있겠나? 예를 들면 그 니베리스라는 자가 습격해 왔을 때, 왜 굳이 번거로운 술책을 쓰면서까지 인적이 없는 곳에 무대를 만들었을까? 솔직히 그 정도 힘이 있다면 시골마을 하나쯤은 지도 위에서 지워 버리면서 일을 진행할 수도 있었지 않았겠나?"

"음……."

확실히 그렇다. 니베리스가 습격해 왔을 때의 정황은 아무리 봐도 이해할 수 없을 정도로 번거로운 과정을 감수하고 있었다.

카이렌이 말했다.

"그건 그놈들이 인간의 눈에 띄는 것 자체를 주의하기 때문이다. 용마왕 숭배자가 아닌 인간이 그들을 목격하고 용마왕 숭배자라는 것을 인식할 경우, 수호그림자가 그들의 존재를 눈치채고 추적한다."

"네?"

"아, 물론 이 시스템이 절대적인 것은 아니야. 예를 들면

수호그림자의 일원인 내가 용마왕 숭배자들을 목격한다면,
내가 목격한 것이 곧 수호그림자 전체가 목격한 것과 같다.
하지만 일반인이 목격할 경우에는 그냥 지나칠 확률이 높아.
다만, 목격자가 많으면 많을수록 수호그림자가 인지할 가능
성은 높아지지."

"아니, 잠깐. 제가 묻고 싶은 건 그게 아닙니다."

"그럼 뭔가?"

"그러니까 공작님 말씀대로라면……."

아젤은 카이렌의 말이 의미하는 바를 깨닫고 전율했다.

"아무것도 모르는 일반인이… 용마왕 숭배자만 아니라면
누구나 저 수호그림자를 위한 감시망으로 작용한단 말씀입니
까?"

"그렇다."

아젤은 아연해지고 말았다.

4

어지간해서는 동요하지 않는 아젤이었지만, 이번에는 멍
청한 얼굴로 카이렌을 바라볼 수밖에 없었다.

도대체 누가 그런 일을 할 수 있단 말인가? 모든 사람을 대
상으로, 용마왕 숭배자가 아닌 자만을 지정해서 그들의 이목
을 용마왕 숭배자들을 감시하는 도구로 쓴다고? 그리고 그렇

게 해서 얻은 정보를 바탕으로 저 유령 같은 존재들이 움직여서 용마왕 숭배자들을 처단한다고?

그런 일이 가능한 자라면 스스로를 신이라고 주장해도 믿어야 할 판이다.

잠시 후 아젤이 물었다.

"그게 말이 된다고 생각하십니까?"

"나도 헛소리로 들릴 거라는 것쯤은 안다."

"그런데요?"

"문제는 사실이라는 거지. 믿기 어렵다는 걸 안다. 나도 그랬으니까."

"……."

"수호그림자는 용마왕 숭배자들이 이야기하는 예언을 막기 위해 존재한다."

"예언?"

"언젠가 용마왕 아테인이 죽음을 극복하고 이 땅에 돌아와서 올바른 세상을 만들 거라는 예언."

"정말 딱 사교가 하나쯤 가질 법한 예언이군요."

"그렇지? 하지만 그놈들은 그걸 절대적인 진실로 받아들이고 있고 그날을 위해 힘을 기르면서 암약하지. 유감스럽게도 다른 사교들과는 달리 굉장히 힘이 있고… 실체를 다 파악할 수 없을 정도로 조직이 많아."

"조직이 많아요?"

아젤이 의아해하며 물었다. 조직원이 많은 게 아니라 조직이 많다?

카이렌이 말했다.

"그래, 예를 들면 이번에 너희를 습격했다는 '용 그림자'라는 조직은 난 들어본 적이 없다. 그런 주제에 제정신 박혔고 야망도 좀 있다면 어딜 가나 한자리 차지할 수 있을 것 같은 고급 인력들로만 이루어져 있었지."

아젤은 쉽게 상대했지만 용 그림자의 일원들 중에 자일이나 보어를 압도하지 못할 놈들은 하나도 없었다. 쿼드로플 마스터가 강력한 전투인력인 거야 사실이지만, 그들은 그 수준을 초월했다. 하나하나가 아리에타도 가볍게 볼 수 없는 실력자였던 것이다.

"이놈들의 본거지가 어둠의 설원이라는 거야 널리 알려져 있지만… 그 구성원들은 무수히 많은 조직을 만들고, 철저하게 점조직 형태로 굴리고 있어. 그리고 그 수는 엄청나게 많아서 도저히 실체를 다 알고 대응할 수가 없지."

"흠……."

"수호그림자가 아니었다면 아마 세상은 지금보다 훨씬 안 좋은 상태가 되어 있었을 것이고 용마왕 숭배자들은 당당하게 판치고 있었을 거다."

"음. 그런데 좀 납득이 안 가는 부분이 있습니다."

"뭐지?"

"용 그림자가 공주님을 습격했을 때, 우리는 도중부터 그들이 용마왕 숭배자라는 것을 인지했습니다. 하지만 수호그림자는 나타나지 않았죠."

"그 사실이 밝혀졌을 때, 서부 국경수비대원들이 같이 있었나?"

"그렇지는 않습니다. 공주님과 저를 포함해서 넷뿐이었죠."

"그래서였을 거다. 처음에 말했지? 이 시스템이 절대적이지는 않다고. 많은 사람이 목격할수록 수호그림자에게 전달될 확률이 높아진다. 그리고 사람이 많은 곳일수록 감시의 정밀도가 높아지지. 시골보다는 대도시에서 감시망이 더 강하다는 거다. 발란 숲 정도 되면 감시하는 힘이 훨씬 약화될 수밖에 없지."

"흐음. 그렇군요."

그 말을 듣고 보니 용마왕 숭배자들의 움직임이 이해가 갔다. 발란 숲에서 습격해 왔던 것도, 그리고 인적이 없는 산길에서 결계로 이목을 완전히 차단해 왔던 것도 수호그림자를 두려워해서였다면…….

아젤이 물었다.

"도대체 누가 그런 어마어마한 걸 만들었습니까? 마법의 신이라고 해도 믿겠는데요?"

"모른다."

"네?"

"수호그림자가 어째서 탄생했는지, 도대체 어떤 원리로 움직이고 있는 건지는 아무도 몰라. 누군가는 알고 있을지도 모르지. 하지만 그 누군가는 적어도 내가 아는 사람은 아니야."

"무슨 뜻입니까?"

"수호그림자는 살아 있는 자들 중에 자신들의 일원이 될 자를 선택한다. 그런데 우리 조직원들끼리도 서로를 다 아는 게 아니기 때문에……."

"한마디로 조직이라고 할 수도 없을 정도로 엉망진창이라 이거군요."

"부정 못하겠군. 어쨌든 그렇다. 국내에서 서로를 알고 있는 건 다섯 정도지."

"공작님도 포함해서입니까?"

"그렇다."

"고작 다섯 명이라니……."

"다들 일당백의 실력자이고 세상에 영향력이 큰 이들이긴 하지만, 용마왕 숭배자들을 막기에는 손이 부족하지. 그래도 우리에게는 저들이, 수호그림자들이 있는 거다."

"수호그림자가 조직명이면서 동시에 저들을 가리키는 겁니까?"

"그렇다."

"흠……."

아젤은 눈살을 찌푸리며 수호그림자들을 바라보았다. 아무리 봐도 실체를 파악할 수 없다. 그가 이런 기분을 느끼는 것도 참 오랜만의 일이다.

카이렌이 수호그림자들에게 물었다.

"이 친구를 수호그림자의 일원으로 들일 생각인가?"

그러지 않고서야 굳이 정체를 밝히고 설명해 주라고 할 이유가 없었다. 수호그림자들은 사람이 알아듣도록 명확하게 설명을 해 줄 말주변이 없는 존재들이라서, 카이렌도 그 일원이 될 때는 다른 동료에 의해 설명을 들었다.

'난 거부할 경우에는 결코 그 사실을 발설하지 않겠다는 묵언의 맹약까지 맺고 설명을 들었건만.'

묵언의 맹약은 마법의 의식으로, 일단 그것으로 묶이면 아무리 카이렌이라고 하더라도 어길 수 없었다.

그런데 아젤에게는 아무런 제약도 없이 정체를 밝히다니 솔직히 짜증이 치민다. 이들의 행동양식은 아무리 봐도 이해할 수 없는 구석이 너무 많았다.

「아니…….」

"뭐?"

「지금은 아니야… 아직은…….」

「지켜볼 거야…….」

수호그림자들은 그렇게 말하고는 연기처럼 사라져 버렸다.

정적 속에서 아젤이 말했다.

"신출귀몰하군요. 심지어 사람들이 다가오지 못하도록 암시를 걸고 움직이다니."

"최대한 사람들의 이목에서 자신들을 감춘다는 점에서는 저들도 용마왕 숭배자들과 같지."

수호그림자가 나타나는 순간부터 그 누구도 이 정원에 들어오지 않았다. 그뿐만 아니라 건물에서 창문 밖을 내다보는 자들은 아마 현실의 풍경이 아닌 교묘하게 위장된 환영을 보았을 것이다. 수호그림자가 주변에 결계를 쳐 두었기 때문이다.

카이렌이 말을 이었다.

"어쨌든… 저들은 자기들을 아는 조직의 일원들 앞에서만 모습을 드러내지. 이번에는 단순히 사람들의 이목이 아니라 직접 그들을 접한 나를 통해서 정보를 얻으러 온 거였다."

"제대로 된 대화가 성립하긴 합니까?"

"저쪽의 말을 알아듣긴 어렵지만, 내가 하는 말은 알아듣는 것 같더군. 이것도 확신은 못하겠지만."

"흠."

"나로서는 저들이 자네를 신뢰하고 정체를 드러낸 이유가 짐작도 가지 않는군."

"어쨌든 이로써 저는 공작님이 용마왕 숭배자 건에 대해서는 신뢰해도 되는 대상이라고 할 수 있겠지요?"

"음……."

그 말에 카이렌이 못마땅한 표정을 지었다. 그가 잠시 아젤을 바라보다가 말했다.

"유감스럽게도 그렇군."

"거기서 '유감스럽게도'가 따라붙는 게 참 그렇군요."

"시끄럽다. 술이나 받도록."

카이렌은 투덜거리면서 아젤에게 술을 따라주었다.

5

말을 구비하고 여행 물품을 다 갖추게 되자 일행의 행보는 다시 빨라졌다. 벌써 서부 국경수비대의 영역에서 벗어난 지는 좀 되었기 때문에 일행이 갈 길을 결정하는 것은 보어의 역할이었다.

"단순히 일정만으로 치면 이틀 정도 지체되긴 하겠지만 벤타르 후작령에 들러서 식료품을 보급하고 움직이면 좋을 것 같습니다."

"그렇게 하지."

아리에타는 순순히 받아들였다. 이전이었다면 하루라도 빨리 가는 쪽을 택했겠지만 지금은 카이렌이 합류해 있어서 여유가 있었다.

그렇게 며칠을 가게 되자 슬슬 보어도, 자일도 몸이 근질근

질해졌다. 격렬한 전투의 피로가 남아 있어서 며칠 동안은 몸을 사렸지만 둘 다 한창 혈기왕성한 무인이다. 몸을 단련하는 것이 생활이다 보니 말을 타고 여행하는 것만으로는 힘이 남아돌았다.

결국 사흘이 지나 벤타르 후작령에 도착했을 때쯤, 아젤은 다시 자일과 보어와 대련을 벌이게 되어 있었다.

"요즘 귀찮게 안 해서 좋았는데."

"너무 야박하게 구는군. 하긴 아젤 경이 비싸게 굴 만한 실력자이긴 하지."

보어가 투덜거렸다. 그도 이제 좀 다른 사람들을 편하게 대하고 있었다.

자일이 피식 웃으면서 끼어들었다.

"아젤 경이 우리를 귀찮아하니 우리끼리 노는 건 어떻겠나?"

"그것도 좋지. 아젤 경은 공주님과 놀아드리라고 하고."

"어이어이."

어느새 죽이 맞은 자일과 보어를 보면서 아젤이 어이없어했다. 여행을 떠날 때만 해도 사이가 험악하더니 같이 사선을 한 번 넘더니 꽤 친해져 있었다.

그때였다.

"대련이라… 나도 끼워 주겠나?"

"어, 고, 공작님?"

보어가 깜짝 놀랐다. 어느새 카이렌이 나타났던 것이다. 보어가 황송해하며 말했다.

"저희가 어찌 감히……."

"아리에타에게 듣자 하니 그 아이하고도 놀아준 모양인데, 나라고 안 될 것 있겠나?"

카이렌이 빙긋 웃었다. 용검공작이라 불리는 그는 영지에 있을 때는 휘하의 기사들과 자주 대련을 벌였다. 스스로를 단련하기 위한 목적일 뿐만 아니라 기사들을 지도하기 위해서이기도 했다.

"대련에는 익숙하니 걱정 말게. 힘을 과하게 써서 다치게 하진 않을 테니."

"하나……."

"우리 영지에서는 내가 대련하자고 하면 다들 열정적으로 줄을 서는 인기를 누렸건만, 밖으로 나오니까 찬밥 신세군."

"그럴 리가요. 공작님이 대련해 주신다니, 말씀만으로도 영광입니다."

보어뿐만 아니라 자일도 황송해하는 기색이었다. 카이렌은 루레인 왕국에서는 살아 있는 전설이며 젊은 기사들에게는 우상인 것이다.

카이렌이 두 자루의 검 중 하나만 빼 들었다. 처음부터 대련에 낄 생각이었는지 갑옷도 갖춰 입고 있었다.

용검을 보는 순간, 아젤은 아리에타의 검을 떠올렸다.

'공주님의 검은 저걸 모방해서 만든 것 같은데.'

용검은 아리에타의 검과 닮았다. 검신과 검 자루는, 소재는 다르지만 둘 다 새하얀 빛을 띠고 있었다. 칼날은 아리에타의 검과는 달리 휘어 있지 않고 양쪽에 다 날이 있는 장검이었다. 검 자루에는 용의 모습과, 날개 장식이 들어가서 실전용 이라기보다는 의례용으로 만든 것 같은 느낌을 준다.

'검날은 용의 뼈겠지.'

카이렌은 용검이 하나부터 열까지 용의 시체로부터 추출 한 재료들로만 만들었다고 했다. 그렇다면 저 검은 용의 뼈를 마법적으로 가공해서 만든 게 틀림없다.

카이렌이 말했다.

"그럼 한번 놀아보지. 솔직히 나도 영 심심했거든. 누구 먼 저 하겠나?"

"제가 먼저 하겠습니다."

자일이 먼저 나섰다. 순간 보어의 표정이 구겨졌다. 선수 를 뺏겼다는 표정인지라 아젤은 웃음이 나왔다.

'용검이라.'

아젤은 카이렌의 검을 눈여겨보았다. 두 자루의 검을 들고 다니는 것에서 짐작한 것처럼 카이렌은 쌍검을 썼다. 지금은 한 자루만 빼 들었지만 그건 실력 차가 많이 나는 상대와 대 련을 즐기기 위해서지, 진짜 실력을 보일 때는 쌍검술을 쓰는 게 분명하다.

'손이 저러니.'

카이렌의 손은 양쪽 모두 거칠었다. 검을 쥐고 휘두르다가 굳은살이 수도 없이 박히고 터져 나가기를 반복한 사람의 손이다.

'뭐 용마족이야 쌍검을 들어도 한 손만으로 뼈를 끊는 정도는 아무것도 아니지.'

쌍검술은 기사들 사이에서는 굉장히 드문 스타일이다. 사실 용병들까지 합쳐도 별로 쓰는 이가 많지는 않다. 아무래도 기술을 터득하는 난이도 자체가 높은 데다가 갑옷을 입은 상대나, 혹은 터프한 마물들을 상대할 때 불리하기 때문이다.

하지만 아젤은 여러 검술을 섭렵하는 과정에서 익혔고, 실전에서 써먹기도 했다. 당장 용 그림자를 상대할 때도 은닉술로 감춘 검을 이용해서 쌍검술을 펼친 적도 있는 것이다.

잠시 카이렌과 대치하던 자일이 의욕적으로 나섰다.

"하앗!"

"좋군!"

카이렌은 신이 나서 자일의 공격을 받고 반격했다.

별로 길지는 않았다. 스무 합쯤 겨룬 후에 카이렌의 검이 자일의 목을 겨누고 있었다.

"윽. 졌습니다."

"기본은 탄탄하게 닦았군. 앞뒤 이동은 좋은데 좌우로 대응하는 게 서툴러. 염두에 두게."

"감사합니다!"

대련은 물론이고 조언까지 들은 자일이 감격했다.

아젤이 피식 웃었다.

'간결하면서도 핵심을 꿰뚫는 지적을 보니 남을 가르치는 재주가 있군.'

자일과 스무 합이나 겨뤄준 것도 그랬다. 그가 진심으로 실력을 발휘했다면 아마 단번에 승부가 갈렸을 것이다. 그러나 카이렌은 대련이라는 상황에 맞춰서 자일의 실력을 끌어내고 장단을 파악했다.

다음에는 보어였다. 그 역시 스무 합쯤 겨룬 후에 패배, 카이렌의 조언을 들을 수 있었다. 방패를 쓰기 때문에 방어 측면에서는 자일보다 앞서는 그였지만 카이렌에게는 아무런 문제가 되지 않았다.

카이렌이 아젤을 보며 물었다.

"자네는 안 하겠나?"

"원하신다면야, 할까요?"

"비싸게 구는군. 이 젊은이들을 좀 본받지 그러나?"

"하하하. 공작님에 대해서 안 지도 얼마 안 되는 몸이라서요."

아젤은 그렇게 말하면서 검을 뽑아 들었다. 카이렌과 한번쯤 겨뤄보고 싶었던 것도 사실이었다. 바로 어제 세 번째 생명의 고리를 듀얼 밴딩까지 완료한 상황이라 전력이 얼마나 상향되었는지 감각을 점검해 볼 필요도 있었다.

카이렌이 말했다.

"어디 한번 와보게."

"그럼… 사양하지 않고."

아젤은 예를 표하고는 곧바로 카이렌의 공격권으로 다가갔다.

6

'정말 지기 싫어하는군.'

카이렌은 눈살을 찌푸렸다. 선공을 양보할 생각이었으나 아젤이 그를 도발하듯이 느릿느릿하게 접근해 왔기 때문이다. 누가 먼저 공격하는지 두고 보자는 그 태도가 심기에 거슬린 카이렌은 결국 선공을 가하고 말았다.

챙!

첫 일격이 맞물린 다음 두 사람 다 급가속하면서 검격을 쏟아 냈다.

카이렌도 빨랐지만 아젤도 지지 않았다. 보어와 자일을 상대할 때와 비슷한 속도로 움직이던 카이렌은 흥이 오른 듯 점점 속도를 높여갔다.

채채채채챙!

그것을 보는 자일과 보어의 눈이 크게 떠졌다. 자신들이라면 도저히 따라갈 수 없을 것 같은 속도로 공방이 이루어지고 있었다.

팽팽하다. 놀랍게도 아젤은 살아 있는 전설이라고 불리는 카이렌과 검투를 벌이면서도 전혀 밀리지 않았다.

오히려 시간이 지날수록 카이렌이 밀리기 시작했다. 카이렌이 경악했다.

'내가 수 싸움에서 밀리다니?'

눈으로 따라가는 것조차 버거울 정도로 빠른 공방이다. 그런데 아젤은 그 속에서 카이렌보다 반보쯤 앞서가면서 수를 읽고 판을 짜고 있었다.

시간이 지날수록 그 차이가 누적되면서 유리한 쪽과 불리한 쪽이 명확해진다. 분명히 일격, 일격은 카이렌이 더 빠르다. 아니, 동작과 동작의 연계나 반응 속도도 마찬가지다. 그리고 기술 하나하나의 예리함도 역시 그렇다.

그런데도 아젤이 그를 밀어붙이고 있었다.

기세가 감당할 수 없을 정도로 올라서 그런 게 아니다. 둘 다 육체와 감각을 강화하는 것을 제외하면 스피릿 오더도, 용령기도 쓰지 않고 순수하게 검투만으로 겨루고 있는데… 무섭도록 치밀하게 상황을 통제하는 아젤에게 밀린다.

마치 답이 정해진, 아니, 상대가 자신에게 유리한 답을 정해둔 문제를 푸는 기분이다. 이렇게 찌르면 저렇게 막고, 저렇게 찌르면 이렇게 막아야 한다. 그런데 그때는 자신에게 유리한 답이라고 생각했던 한 수, 한 수가 쌓이다 보니 패배가 코앞에 있었다.

'허! 대체 어디서 이런 놈이 튀어나왔나?'

젊고 미숙한 시절 이후, 카이렌은 누구에게 기술로 져본 적이 없었다. 그는 인간의 일생보다도 긴 시간 동안 검술을 고련한 검호였으며, 인간과 달리 그러한 세월을 보내고도 늙거나 쇠하지 않고 전성기의 육체를 갖고 있었다.

그런데 아젤은 수십 년 만에 처음으로 그를 기술적으로 능가하는 상대였다.

'아니, 이건 기술이라기보다는……'

카이렌은 보다 적절한 표현을 찾았다.

'감각.'

그래. 감각이다.

그렇다고 해서 아젤이 이성을 도외시하고 본능에 의존해서 움직인다는 소리가 아니다. 감각이라는 말에는 여러 가지 의미가 있지 않은가?

아젤의 검술은 기술 하나하나의 완성도는 그렇게 높지 않다. 육체가 빈약하고, 예리함이 부족하다.

그런데 상대를 파악하고 맥을 짚는 감각, 그리고 자신이 가진 무기들을 하나로 엮어서 원한 대로 상황을 짜는 전투 감각이 기적적인 경지를 보여주고 있었다.

"음."

어느 순간, 아젤이 공세를 거두고 물러났다. 완전히 수세에 몰린 채 차츰차츰 궁지에 몰리고 있던 카이렌이 눈살을 찌푸렸다.

"내 체면을 생각해 주는 건가?"

"아닌데요?"

"응?"

"슬슬 검 두 자루 다 쓰고 싶어 하실 것 같아서요."

"……."

카이렌의 표정이 팍 구겨졌다. 그가 심호흡을 한 번 하면서 마음을 다스리고는 말했다.

"내 기분을 아주 잘 아는군."

스르릉.

카이렌이 두 자루의 용검을 모두 뽑아 들었다. 쌍검을 든 그의 기세가 일변했다.

당연하지만 카이렌은 검을 한 자루만 써도 충분히 강하다. 살면서 굳이 쌍검을 펼쳐야만 당해낼 수 있는 상대를 만나본 적이 별로 없는, 진정한 달인이다.

하지만 아젤은… 적어도 살의를 배제하고 검투만으로 겨룬다는 조건하에서는 쌍검술 없이는 대적할 수 없는 상대였다.

'이렇게 젊은 인간이 이런 실력이라니.'

물론 무예의 경지라는 게 꼭 나이 먹었다고, 더 경험 많고 많이 수련했다고 뛰어나지는 게 아니다. 그러면 오래 산 용마인이나 용마족들은 무조건 인간이 따라올 수 없는 달인이어야 하지 않겠는가? 현실은 그렇지가 않다.

인간은 시간 속에서 격하게 변화하는 존재고 어떤 경험을 하느냐, 어떤 식으로 생각하고 움직이느냐에 따라서 더 강해질 수도 약해질 수도 있다. 카이렌은 잘나가던 재능의 소유자가 한 번의 패배 이후, 필사적으로 노력했는데도 오히려 더 약해지는 경우를 수도 없이 봐왔다.

자신이 나아갈 길을 알아야 한다. 게으르게 반복하는 게 아니라, 올바른 방식으로 스스로를 자극하며 노력해야 한다.

아젤은 분명히 그러한 길을 걸어왔을 것이다. 많은 천재를 보아 온 카이렌이었지만, 아젤은 그의 이해를 뛰어넘는 괴물이었다.

그러나 카이렌이 아젤의 정체를 알았다면, 그의 삶이 어땠는지를 알았다면 납득했으리라.

용마전쟁은 거기에 뛰어든 자들을 가혹하게 가려내는 지옥도였다. 강한 자가 살아남는 게 아니다. 강한 것은 필수 요소고 행운을 가진 자만이 살아남는다.

아젤은 뛰어난 재능을 가졌으며, 그것을 길러줄 좋은 스승들을 만났다. 그리고 잠재력이 만개할 기회를 만나 살아남았다.

그 과정은 합리적이고 이성적으로 평가할 수 있는 게 아니다. 광기가 지배하던 세상에서, 남들은 결코 재현할 수 없는 기적이 겹친 끝에 용마왕 아테인을 죽일 수 있는 괴물이 탄생한 것이다.

문득 카이렌이 물었다.

"자네에게 있어서 검이란 무엇인가?"

"음? 갑자기 무슨 말씀이십니까?"

"대답해 보게."

"철학적인 화두를 좋아하시는 걸 보니 구도자시군요. 검은 그냥 적을 제압하기 위한 흉기죠."

"별로 멋스러운 대답은 아니군."

"전 살면서 한 번도 검을 구도를 위한 소재로 생각해 본 적 없습니다. 그저 목적을 이루기 위한 도구일 뿐."

그렇기에 아젤은 검이 부러져도 동요하지 않는다. 도구야 쓰다 보면 망가질 수도 있는 것이다. 그럴 때는 망가진 도구에 집착하는 대신 목적을 이룰 다른 방법을 강구한다.

카이렌이 물었다.

"그렇다면 검술도 살인술일 뿐인가?"

"어떤 대답을 원하십니까?"

"솔직한 대답을 원하네."

"검술은 살인술이 아닙니다."

"음?"

예상 밖의 대답에 카이렌이 의아해했다. 아젤이 말을 이었다.

"검술은 검이라는 도구를 잘 쓰기 위한 기술이죠. 반드시 무언가를 '죽이는' 목적으로만 쓰이는 건 아니지 않습니까? 그건 순수할지는 모르겠지만 그만큼 편협해요."

"허허. 이걸 단순하다고 해야 하나?"

"단순한 게 제일입니다. 그리고 뭔가 의미 있어 보이는 대답을 원하신다면… 그건 놀이입니다."

"놀이라고?"

"네, 목숨을 건 놀이."

아젤이 검사가 된 것은 검이 가장 강하고 효율적인 무기였기 때문이 아니다. 검이, 그리고 검술이 모든 무예 중에서 가장 좋았기 때문이다.

남들은 할 수 없는 무언가를 해낸다. 남들과 겨룰 때만 할 수 있는 무언가를 해낸다. 그 상황에서만 이룰 수 있는 무언가에 도전한다…….

"제게 있어 검술은 그런 겁니다."

"그저 좋아서인가. 그런 말이 있지. 재능 있는 자는 노력하는 자를 당하지 못하고, 노력하는 자는 즐기는 자를 당하지 못한다."

"전 별로 공감하지 못하는 말이기는 합니다만."

아젤이 피식 웃었다.

카이렌은 강하다. 인간보다 훨씬 긴 세월을 살아가는 용마족이면서도 열정적으로 검술에 탐닉하여 기술을 놀라운 수준으로 연마했다.

'기술 각각의 완성도로만 놓고 보면 내 전성기 때 이상.'

아젤은 용마전쟁 당시, 가장 다양한 기술을 터득한 이 중
하나였다. 어떤 스피릿 오더 수련자도 그만큼 다양한 일들을
능숙하게 해내지 못했다.

그렇기에 죽자고 기술 하나하나의 완성도를 높이고자 노
력한 이들보다는 그런 면에서 좀 떨어지는 구석이 있었다. 하
지만 익힌 기술들을 하나로 엮어 내어 활용하는 종합적인 기
량 면에서는 그 누구도 따라오지 못할 경지다.

'자, 어디… 진면목을 경험해 볼까?'

분명 쌍검술을 쓰는 카이렌은 조금 전까지와는 전혀 다른
사람이나 마찬가지이리라. 아젤이 가슴이 그의 진정한 실력
을 맛볼 기대에 두근거렸다.

7

카이렌이 말했다.

"그럼… 조금 전에는 내가 손해를 봤으니 먼저 공격하지."

"이제는 연장자 된 도리로 선수를 양보하겠다고 안 하십니
까?"

"아까 그랬더니 자네가 걷어차 버렸지 않나?"

카이렌이 코웃음을 치며 우검(右劍)으로 공격해 들어갔다.

첫 일격부터 탐색이나 견제의 의도가 완전히 배제된, 예리하기 그지없는 일격이었다. 그러나 아젤은 사전에 궤도는 물론이고 도달점까지 모두 읽고 아슬아슬하게 피했다.

그리고 카이렌이 검을 거두는 동작과 함께 공격해 들어간다. 완벽한 대응이었지만 문제는 카이렌이 쌍검을 쓴다는 점이다.

'걸렸다.'

마치 기다렸다는 듯 좌검(左劍)으로 반격한다. 완벽하게 함정에 걸려든 상황이었다. 적어도 자일과 보어에게는 그렇게 보였다.

아젤은 카이렌이 쌍검을 쓴다는 걸 잊지 않았다. 쌍검술은 여러 타입이 있는데 그중에는 왼손과 오른손이 마치 다른 사람인 것처럼 변화무쌍하게 독립된 움직임을 보여주는 경우도 있었다.

카이렌은 바로 그런 타입이다. 사전에 이런 공격을 예측한 아젤은, 카이렌의 좌검이 날아드는 순간 한 템포 빠르게 가속했다.

챙!

검과 검이 부딪치는 소리가 울리면서, 놀랍게도 카이렌이 뒤로 물러났다.

"…한 방 먹었군."

아젤은 일부러 속도를 늦춰서 달려들다가 카이렌이 좌검

으로 반격을 가하는 순간 가속, 타점을 비껴가면서 안쪽으로 파고든 것이다.

카이렌이 예비한 반격을 기다렸다가 반격으로 되돌려준 셈이다. 카이렌은 가까스로 자세를 흐트러뜨리지 않고 막을 수 있었다.

심기가 상한 카이렌이 재차 공격에 들어갔다.

쌍검이 시계 장치의 태엽처럼 정밀하게 맞물려 돌아가는 공세를 펼쳤다. 빠르고, 정확하고, 그러면서도 현란하다. 별 변화 없이 몰아치지만 충분한 힘이 실린 두 개의 검이 완벽하게 연계되어 몰아치는 것만으로도 대부분의 상대는 따라가지 못하고 움직임이 꼬이게 된다.

그런데 아젤은 그러한 공격에도 놀랍도록 자연스럽게 대응했다. 검의 움직임을 최소화해서 카이렌의 검격을 받아내고 흘리는 한편, 앞뒤 움직임으로 미묘하게 거리를 조절해서 쌍검이 휘둘러지는 맥을 차단한다.

채앵!

서로 어우러져서 춤을 추듯이 현란한 검투를 벌이던 두 사람이 한 걸음씩 물러났다. 카이렌이 웃었다.

"대응이 아주 자연스럽군. 쌍검술을 겪어본 적이 있나?"

"제법 있지요."

아젤은 아주 다양한 쌍검술을 경험해 보았다.

지역에 따라서, 어떤 무기를 쓰느냐에 따라서, 그리고 본인의 능력에 따라서 쌍검술은 하나의 검을 쓰는 검술만큼이나 다양한 얼굴을 갖게 된다. 카이렌처럼 좌우가 다른 사람인 것처럼 자유자재로 움직이는 타입은 가장 상대하기 까다로운 경우에 속한다.

카이렌이 말했다.

"자네에게 다섯 명의 스승이 있었다고 들었다."

"공주님이 그런 것까지 고자질했군요. 실망입니다."

"대신 자네도 나에 대해서 온갖 험담을 들었을 텐데? 그걸로 퉁치게."

"뭐, 쩨쩨한 남자 취급 받고 싶진 않으니까 그렇게 하겠습니다."

"어허. 온 백성이 알고 싶어 할 용마공주의 비화를 들어놓고도 그렇게 비싸게 굴다니. 지나가는 사람 백 명을 붙잡고 물어봐라. 자네 이야기랑 아리에타 이야기랑 어느 쪽이 가치있는지."

'아마 나일걸?'

순간 아젤은 속으로 그렇게 생각하고 말았다. 이래 봬도 용마왕을 쓰러뜨린 전설의 영웅이다. 정체를 드러내면 그에게 이야기를 듣고 싶어서 침을 흘릴 사람들로 군단을 꾸릴 수 있지 않을까?

'하지만 시커먼 남자보다는 아리따운 소녀의 이야기가… 으음. 내게 묻는다면 확실히 고민하겠군.'

진지함이 결여된 생각을 하고 있는데 카이렌이 말했다.

"혹시 스승 중에 쌍검술을 쓰는 이도 있었나?"

"있었죠."

"호오."

"다만 공작님과는 좀 다른 타입이었지만."

아젤의 세 번째 스승이 쌍검술의 달인이었다. 사막 출신인 그는 완만하게 휘어진 두 자루의 검을 썼고, 둘을 합쳐 하나인 것처럼 움직였다. 변칙적인 묘리는 카이렌보다 떨어지지만 동시적으로 다중 공격을 펼침으로써 이득을 보는 스타일이었다.

카이렌이 물었다.

"그럼 자네도 쌍검술을 쓰나?"

"씁니다. 물론 주력은 아니죠. 공작님과는 반대로."

"아쉽군."

"뭐, 원하신다면 쌍검술로 상대해 드릴 수도 있습니다. 대련이니까요."

"아니, 그게 아니라… 자네와 진지하게 겨뤄볼 수 없다는 게 아쉬워."

"전 멀쩡히 운영되고 있는 숙박시설을 말아먹고 거액의 피해보상을 해주는 취미는 없는데요."

지금 둘은 어디까지나 순수한 검투로만 대련에 임하고 있다. 하지만 아젤의 진가는 스피릿 오더의 기술을 쓸 때만 발휘되고, 카이렌도 용령기를 써야만 진짜 실력이 나온다. 그게 더해지는 순간, 두 사람의 검술은 지금과는 전혀 다른 기예로 변모하는 것이다.

다만, 그랬다가는 숙소를 통째로 말아먹게 될 것이다. 아무리 뛰어난 기술을 가진 이들이라도 초인적인 힘을 갖고 싸우게 되면 주변에 민폐를 끼치게 되는 것이 숙명이었다.

카이렌이 피식 웃었다.

"뭐, 지금은 자네의 기술을 보고 싶군. 쌍검술을 써보지 않겠나? 같은 쌍검술사와 겨뤄볼 기회가 별로 없어서 말이지."

"원하시는 대로 해드리려면… 검을 하나 빌려야 할 것 같군요."

검사에게 검을 빌려 달라고 하는 것은 쉽게 할 만한 부탁이 아니다. 그래서 아젤도 망설였다.

그때 보어가 말했다.

"내 검을 써라."

"음? 괜찮겠나?"

"이런 대련의 관람료라고 생각하면 이 정도쯤이야. 그리고 어차피 자일 경의 검보다는 내 검이 더 적합하지 않겠나?"

"고맙게 쓰지."

자일의 검이 양손으로 쓰는 타입이라 묵직한데 비해, 방패를 들고 쓰는 보어의 검은 무게와 길이 등이 한 손으로 쓰는 데 맞춰져 있었다. 보어는 그 점을 생각해서 자신의 검이 쌍검술에 더 적합하다고 본 것이다.

'딱히 상관은 없지만.'

당장 아젤이 쓰는 검도 자일의 검과 같은 타입이다. 양손으로 쓸 수밖에 없는 대형검이라면 모를까, 아젤은 쌍검술을 쓸 때 이 정도의 차이에 구애받지 않았다.

카이렌이 즐거운 기색으로 말했다.

"왕도까지 가는 길이 좀 즐거워질 것 같군."

"흠. 저를 귀찮게 하시겠다는 속내가 팍팍 드러나는군요."

"원래 젊은이를 귀찮게 하는 것이 늙은이의 낙이라네."

"그래서 젊은이들이 노인들 상대하기 싫어하는 겁니다."

아젤이 투덜거리면서 카이렌과 쌍검술 대련을 펼쳤다. 지금까지 그랬듯이 격렬하고 팽팽한 대련이었으며 지칠 때까지 치고받았는데도 결국 승패는 갈리지 않았다.

8

"그는 괴물이다."

아젤과 한바탕 대련을 벌인 후, 카이렌은 아리에타에게 말했다. 아리에타가 물었다.

"스승님께서 그렇게 평가하실 정도입니까?"

아리에타가 아는 한, 카이렌은 최강이었다. 왕국의 그 누구도 카이렌에게 대적하지 못한다. 카이렌이 누군가의 재능을 높이 산 적은 있어도 자신과 동격으로 인정한 적은 없었다.

"그래, 끝이 안 보이는 녀석이야. 그런 놈은 처음이다."

아리에타가 아젤에 대해서 설명했을 때는 과장이 섞였다고 생각했다. 그렇다고 아리에타가 거짓말을 했다고 생각했던 것은 아니다. 그저 아젤이 싸움에 임할 때 적이 스스로를 크게 보도록 하는 능력이 뛰어난 자일 거라고 여겼을 뿐이다.

그런데 직접 상대해 보니 이건 보통이 아니었다.

'검술.'

놀랍게도 아젤은 종합적인 검술 활용 능력에서 카이렌을 능가한다. 육체적으로야 카이렌 쪽이 압도적이니 진심으로 겨루면 결국 쓰러뜨릴 수는 있을 것이다. 그러나 서로 기술만을 겨루었을 때는 쌍검술로 겨뤘을 때조차 아젤에게 우위를 점하지 못했다.

'스피릿 오더.'

이건 아직 다 보지 못한 부분이다. 하지만 여행하는 동안 언뜻 보여준 것만으로도, 그리고 거기에 아리에타에게 들은 이야기를 종합해 보면 아젤은 카이렌이 아는 그 어떤 스피릿 오더 수련자보다도 높은 경지에 이르러 있다.

'그런데도 마력이 저렇게 형편없을 수가 있나?'

이 부분만은 도저히 납득이 안 간다. 그 점에서는 카이렌도 니베리스와 똑같이 혼란스러워하고 있었다.

그가 최초에 발견되었을 당시에 어떤 상태였는지는 들었

다. 하나, 마력이라는 것은 몸이 쇠약해지는 것을 따라서 고갈되어 버리는 에너지가 아니다. 일시적으로는 그럴 수 있겠지만 생명의 고리가 마력을 재생산해서 영맥을 채운다.

그리고 스피릿 오더 수련자의 경지는, 적어도 어느 정도 수준까지는 마력과 동일한 상승곡선을 그린다. 아젤처럼 극단적으로 불균형한 경우는 듣도 보도 못했다.

'흑마법사들에게 실험을 당했다고 하더라도… 흠. 이건 나중에 다른 녀석들에게 좀 물어봐야겠군.'

카이렌은 스피릿 오더에도, 마법에도 박식하지만 그 분야의 종사자들 정도는 아니다. 카이렌은 이 문제를 물어볼 이들을 떠올리고는 그 의문을 접어두었다.

'그렇기는 해도 몸이 다 만들어지고 마력이 충분한 수준에 오른다면 정말 무서워지겠군. 좀 건방지기는 해도 사악하지는 않다는 점이 위안이 된다.'

수호그림자들이 인정한 것도 있지만, 그동안 보아온 아젤의 성품은 나쁘지 않았다. 카이렌을 앞에 두고도 거침없이 신경 거슬리는 말을 던져 대는 건방진 태도도 오히려 마음에 든다.

아리에타가 중얼거렸다.

"도대체 어디서 무얼 했기에 저 정도의 인물이 갑자기 튀어나온 걸까요?"

"글쎄. 그 부분은 정말 의문스럽군. 그의 말이 사실이라고

쳐서 흑마법사들에게 몇 년간 붙잡혀 있었다고 치더라도 저 정도라면 이름을 떨치고도 남았을 텐데… 하지만 다른 나라 사람이라면 우리가 모를 수도 있겠지."

카이렌은 이미 영지에 전갈을 보내서 부하들에게 아젤의 뒷조사를 시켰다. 정보가 적긴 해도 조사 못할 정도는 아니다.

아젤 제스트링어, 타는 듯한 붉은 머리칼, 고위 스피릿 오더 수련자, 아마도 귀족으로 추정.

이 중에 그의 이름이 거짓이라면 허탕을 치는 셈이 되겠지만, 그렇지 않다면 어떻게든 정보를 구할 수 있으리라. 저런 인물이 전혀 알려지지 않았을 리는 없었을 테니……

물론 아젤이 그의 생각을 알았다면 헛수고라며 웃었겠지만, 지금 시점에서 아젤의 정체를 짐작하는 자는 아무도 없었다.

아리에타가 물었다.

"다른 나라 사람일 가능성이 높겠지요?"

"그럴 게다."

마법으로 소식을 주고받는 경우가 있지만, 아직 정보 전달 속도가 느린 세상이다. 한 나라 안에서도 일개 지역에서 소문난 자를 다른 곳에서는 모르는 경우가 허다하다. 다른 나라 사람이라면 어느 정도 명성이 있다고 해도 좀처럼 알기 힘들었다.

카이렌이 말했다.

"그의 스승이라는 자들을 만나보고 싶군."

아리에타에게 이야기해 준 두 명의 스승은 이미 죽었다고 했지만, 나머지 세 명도 그렇다는 보장은 없었다. 그들이 살아 있다면 도대체 어떻게 저런 인물을 키워 냈는지 꼭 듣고 싶었다.

9

"검이란 무엇인가, 라……."

아젤은 창가에 기대어서 밤하늘을 올려다보며 중얼거렸다.

먼 옛날에 몇 번이나 들었던 질문이다. 용마전쟁이 끝난 지 220년도 넘은 지금, 예전의 스승들과 나누었던 문답을 되풀이하게 될 줄이야.

아젤이 스승으로 여겼던 다섯 명은 이 화두에 대해서 자신만의 답을 가진 인물이었다.

첫 번째 스승은 말했다.

"검은 아주 근사한 흉기다. 너처럼 작고 비쩍 마른 어린 녀석도 어른을 죽일 수 있게 만들어주는 사악한 발명품이지."

"그런 걸 저 같은 어린애한테 쥐어줘도 되는 건가요?"

"그야 그러라고 쥐어주는 건데 당연하지 않느냐?"

"……."

아젤이 무기를 철저하게 도구로 보는 시각에 가장 큰 영향을 끼쳤던 것은 그였다. 아무래도 첫 번째 스승이었기 때문이었을 것이다. 아젤은 그가 사실은 귀족이었으리라 추측하지만 검을 대하는 태도는 용병도 이 정도는 아니겠다 싶을 정도로 자유로웠다.

두 번째 스승은 말했다.

"사람은 자신의 몸을 완벽하게 다루는 것만으로도 버거워하는 참 성능 나쁜 생명체다. 그런데 자기 몸도 아닌 검이라는 도구를 완벽하게 다룰 수 있다면 얼마나 대단한 위업이겠느냐?"

그는 검, 아니, 정확히는 무기라는 것을 절대감각에 도달하기 위한 도구로 보았다. 한쪽 눈과 팔을 잃으면서 인간이 타고난 것이 얼마나 결함투성이인 깨달았고 절대감각을 갈구했던 그는 아젤의 스승들 중 진정한 구도자라 할 수 있는 인물이었는지도 모른다.

세 번째 스승은 말했다.

"검은 길을 잃어버린 내게 남은 유일한 이정표지. 넌 나처럼 되지 마라, 아젤."

　멸망한 왕국의 계승자였던 그는 용마왕군에 의해서 모든 것을 잃었다. 하지만 직접적인 원한의 대상을 스스로의 손으로 처치한 그는 언제나 허무감에 시달리고 있었다. 암흑의 시대에 사람들에게 드리운 한줄기 희망의 불빛 같은 영웅이었지만 정작 그 자신의 영혼은 모든 것을 상실한 아픔으로 괴로워했다.

　그에게 있어서 검이란, 그리고 검술이란 자신이 파괴당한 과거의 추억과 이어지는 연결고리였다. 용마왕군을 벌벌 떨게 만들었던 경이로운 검술은 그에게는 싸우기 위한 힘도, 구도의 대상도 아니라 그저 광기의 시간 속에서 점점 흐릿해져가는 과거로 이어지는 소중한 자들의 유품이었던 것이다.

　네 번째 스승은 검사가 아니었다. 아니, 그는 애당초 무기를 쓰지 않았으며 아젤을 만나기 전에는 무예조차도 연마하지 않은 천연의 마수 같은 인물이었다. 하지만 그는 검에 대해서, 아니, 정확히는 무기에 대해서 흥미로운 견해를 갖고 있었다.

　"인간의 살의가 얼마나 큰지 알 수 있는 물건이지."

　"뭐?"

　"인간은 약해. 하지만 무서워하는 상대, 두려워하는 상대를 죽이고자 하는 마음만은 믿을 수 없을 정도로 커. 그러니까 그런 물건을 만든 거 아니겠어?"

"…그게 그런 식으로도 해석이 되나?"

"약자가 강자를 죽인다. 자연에서도 많이 벌어지는 일이지. 하지만 인간만큼 그게 당연한 녀석들은 없어. 무기도, 무예도 인간이 지닌 불합리로부터 태어난 창조의 극치다."

다섯 번째 스승은 아젤이 아는 한 가장 뛰어난 기술의 검객이었다. 항상 능글맞으면서도 그 누구보다도 진지하게 검을 대했다.

"검은 내 목숨이고 영혼이다."

"고리타분해요, 영감님."

"새로운 것은 낡은 것보다 옳다고 말하고 싶은가? 하여튼 젊은이들이란 경박하기 짝이 없어. 인생을 다 바친 검인데 그 정도 무게도 없다면 우습군."

"……."

"솜털도 안 난 꼬맹이였을 때부터 이렇게 늙어서 머리가 새하얗게 될 때까지 검에 몰두해 왔다. 그러니 당연히 내 목숨이고 영혼인 게지."

…검을 쥐고 거기에 오늘의 목숨과 내일의 이상을 걸었던 사람들은 모두가 자신만의 대답을 갖고 있었다. 아젤은 그 시절을 생각하며 조용히 미소 지었다.

누군가에게 쫓긴다.

그건 니베리스에게 별로 익숙한 상황이 아니었다. 용마왕 숭배자가 쫓겨본 적이 없다는 게 이상하지만, 실제로 그녀는 늘 잘 짜인 계획 속에서 움직였다. 부하들이 고생해서 정보를 수집하고, 무대를 만들어주면 그 속에서 자기 할 일을 하고 유유히 빠져나가는 게 지금까지 그녀가 해온 일이었다.

즉 그녀는 온실 속의 화초나 다름없었다. 특출한 재능으로 젊은 나이에 뛰어난 마법의 경지에 올랐기에 왜 자신이 속한 조직이 세상을 두려워하는지 납득하지 못했다. 이토록 강력한 힘을 가졌는데 왜 아직도 세상을 두려워하며 숨죽여야 하는가?

물론 예언대로 위대한 용마왕이 돌아오기 전까지는 모습을 드러내서는 안 된다는 것을 안다. 인간들이 자신들을 적대하니 섣불리 사고를 쳤다가 무리지어서 몰려들면 파멸을 맞이할 수도 있다.

하지만 그렇다고 해서 무대의 뒤편을 지배하지 못할 이유는 없지 않은가? 아무리 적대하는 자들이 있다고 하더라도 힘으로 그들을 눌러 버리고 사회 지도층을 용마왕 숭배자로 채워 넣는 게 그렇게 어려운 일인가?

니베리스는 늘 그런 불만을 품고 있었다. 그리고 이제 자신의 생각이 잘못되었음을 알게 되었다.

"큭……!"

"아가씨, 일일이 막지 말고 달리는 데 주력하세요!"

그녀의 옆에서 달리는 듀랑이 충고했다.

뒤쪽에서 강대한 마력의 소유자가 쫓아오면서 마법을 난사하고 있었다. 그것도 하나가 아니다.

'일대일이라면 저놈 따위는……!'

콰쾅! 쾅! 콰아아앙!

주변에 연달아 마법이 작렬하면서 폭음이 울려 퍼진다.

니베리스는 어둠의 마수를 소환, 지면을 미끄러지듯이 고속으로 이동하고 있었다. 아까 전에 비행마법으로 솟구쳤다가 격추당하는 굴욕을 당했기 때문이다.

루레인 왕국 동부의 수호신이라 불리는 용마인 마법사 미르켈 백작. 그가 세 명의 제자와 다섯 명의 기사를 거느리고 니베리스와 듀랑의 뒤를 쫓고 있었다.

그녀와 듀랑, 그리고 다른 일행들이 질주하는 속도는 말이 전력질주 하는 것보다도 두 배는 더 빠르다. 정상적으로라면 미르켈 일당을 벌써 멀찌감치 따돌렸을 것이다. 그리고 추격해 오는 것이 그들뿐이었다면 이렇게 열심히 도망치지도 않았을 것이다.

문제는 무시무시한 속도로 그들 주변을 맴도는 존재들이었다.

쉬이이이이……!

새하얀 로브로 전신을 감싼 유령 같은 존재들, 수호그림자였다.

문제는 그들이 유령이 아니라 실체가 있다는 것이다. 엄청 빠르게 움직이는 데다가 공간을 뛰어넘듯이 사라졌다가 나타나면서 공격해 온다.

챙! 투학!

듀랑이 수호그림자들의 공격을 받아낸다. 수호 그림자가 로브 속에서 끄집어낸 투명한 환영 같은 검이 그의 검과 충돌할 때마다 섬광이 터진다.

그뿐만이 아니다.

퍼펑! 퍼버버버벙!

수호그림자에 따라서 전투 스타일이 다르다. 어떤 놈은 에너지로 이루어진 화살을 쏘아댔고 어떤 놈은 마법을 써서 공격해 왔다.

무시무시한 기동력에 다종다양한 공격 방식이다. 게다가 위력도 강하다. 니베리스조차도 방어를 소홀히 할 수 없을 정도로.

어딘가 나사가 빠진 것 같은 놈들이지만 지금 추적해 오는 놈들만 최저 스물이 넘는 데다가 놀랍도록 연계가 잘된다. 또한 인간과 달리 목숨을 도외시하고 달려드는지라 상대하기가 까다로웠다.

"수호그림자, 정말로… 귀찮은 것들이로구나!"

미르켈이 이끄는 마법사와 수호그림자, 둘 중 한쪽만 없어도 상황을 타파하기 어렵지 않을 것 같았다. 그러나 이 둘의 연계는 정말 골치 아프다. 수적으로 밀리는 데다가 수호그림자의 특성은 마법사에게는 섬뜩했다.

"큭!"

니베리스는 유령처럼 옆에서 접근해 온 수호그림자에게 전격을 날렸다. 주변에 일행 전체를 감싸는 넓은 방어결계를 구축해 놓고 있는데도 이놈들은 무슨 수를 쓰는 건지 그 안으로 파고들어 왔다. 마치 공간을 뛰어넘는 것 같은 묘기다.

그때였다. 니베리스 옆에서 달리고 있던 레지나의 뒤에서 수호그림자가 나타났다.

"위험하다!"

니베리스는 반쯤 반사적으로 대응했다. 경악하는 레지나를 덮치는 수호그림자를 마법의 섬광으로 날려 버린다.

파학!

"악……!"

그렇게 허점을 드러낸 사이 적이 쏘아낸 마법의 화살이 니베리스의 팔에 맞았다. 그것을 본 듀랑이 분노했다.

"아가씨! 이놈들이 감히!"

투구에 감춰진 그의 눈에서 불꽃이 튀었다.

긴 거리를 도주해야 하는지라 그는 힘을 아끼면서 방어와 질주에 치중하고 있었다. 하지만 이 순간, 그의 마력이 격랑처럼 휘몰아치면서 사방으로 충격파를 쏟아냈다.

쾅콰콰콰콰!

근방에 있던 수호그림자들이 일거에 쓸려 나갔다.

"나는… 괜찮다."

니베리스가 호흡을 고르며 말했다. 고통은 익숙하지 않다. 그녀는 언제나 상대를 압도해 왔기에 신변의 위험을 느껴본 일이 극히 드물었다. 훈련 때 동요하지 않는 정신을 기르기 위해서 경험해 본 것 정도?

그래서 화살을 맞았을 때는 까무러칠 뻔했다. 그러나 이를 악물고 버텨 냈다. 아무리 곱게 자랐다고는 하나 고작 이 정도로 정신을 놓는 것은 그녀의 자존심이 용서치 않았던 것이다.

어안이 벙벙해져 있던 레지나가 말했다.

"가, 감사합니다."

"…한눈팔지 마라. 앗 하는 순간 죽게 될 테니."

니베리스가 그녀를 쏘아보고는 차갑게 말했다. 부하를 구하려다가 허점을 드러내서 부상을 입었다는 사실이 수치스러웠다.

'그 남자만 아니었어도 이럴 일은 없었을 것을. 죄 깊은 이름을 가진 자, 이 수모는 반드시 갚아주겠다.'

니베리스는 아젤에 대한 분노로 고통을 이겨내면서 도주해 갔다.

11

　나무 그늘 아래서 잠자던 소년이 눈을 떴다. 눌러쓴 모자 아래로 졸린 눈을 한 소년이다. 나이는 열대여섯 살 정도일까?

　"아음. 뭐지?"

　소년이 주변을 보았다.

　흐으으……

　하얀 로브를 펄럭이는 수호그림자들이 흐느적거리면서 돌아다니고 있었다. 소년 역시 수호그림자들에게 선택받은 존재였던 것이다.

　"무슨 일인가요?"

　소년이 물었다. 하지만 수호그림자들은 대답하지 않는다. 그저 빤히 소년을 바라보다가 사라져 버린다.

　"흠. 날 지키려고 보낸 거예요?"

　소년은 고개를 갸웃했다. 대답이 돌아오지 않는 것에는 불쾌해하지도 않는다. 수호그림자가 대화 상대로는 적절치 못하다는 것 정도는 잘 알고 있었으니까.

　"알았어요. 가면 되잖아요."

　소년은 하품을 하고는 일어나서 걷기 시작했다.

　그들에게 선택받은 이후, 스스로도 이해 못할 현상을 자주 겪었다. 예를 들면 지금 가고 있는 것도 그렇다. 누가 알려준 것도 아니고 정확히 어디로 가야 하는 것인지도 모르는데, 이 방향으로 계속 가야 한다는 기분이 들어서 가고 있다.

「예언…….」

문득 그의 주변에서 수호그림자의 목소리가 들려온다. 소년이 놀라서 수호그림자를 돌아보았다.

"뭐?"

「예언된 자…….」

"예언된 자가 나타났다는 소리예요?"

이번에는 대답이 돌아오지 않는다. 수호그림자는 의미가 불분명한 소리만 던져 놓고 입을 다물었다.

그러나 소년에게는 그거로도 충분했다.

"하. 정말로 살아 있는 동안에 내 목숨이 의미를 다할 때가 오는 거였단 말이야?"

소년은 기막혀 하며 중얼거렸다. 그리고 자신을 인도하는 느낌을 따라서 걸어갔다.

『용마검전』 3권에 계속…

FANATICISM HUNTER

광신사냥꾼

류승현 판타지 장편 소설

FANTASY FRONTIER SPIRIT

「블레이드 마스터」의 류승현 작가가 펼쳐내는
판타지의 새로운 신화!

마도대전을 승리로 이끈 유리언 대륙의 영웅,
최강의 아크 메이지 제온!

그러나 '세상의 섭리'에 아내와 아이를 빼앗기는데……

『광신사냥꾼』

만약 그것이 정말로 세상의 섭리라면,
그마저도 무너뜨리고 말리라!

복수를 위한 제온의 위대한 여정이 시작된다!

Book Publishing CHUNGEORAM

김현우 퓨전 판타지 소설

레드 크로니클
Red Chronicle

『드림워커』,『컴플리트 메이지』의 작가
김현우가 색다르게 선보이는 자신작!

『레드 크로니클』

백 년의 세월 검을 들고 검의 오의에
다가선 남자 티엘 로운.

모든 것을 베는 그가 마지막으로
검을 휘둘렀을 때
그를 찾아온 것은 갈라진 시공간,
그리고… 자신의 젊은 시절이었다!

"하암, 귀찮군."

검의 오의를 안 남자가 대륙을 비꾼다!
티엘 로운의 대륙 질풍기!

Book Publishing CHUNGEORAM

유행이 아닌 자유추구 -
WWW.chungeoram.com

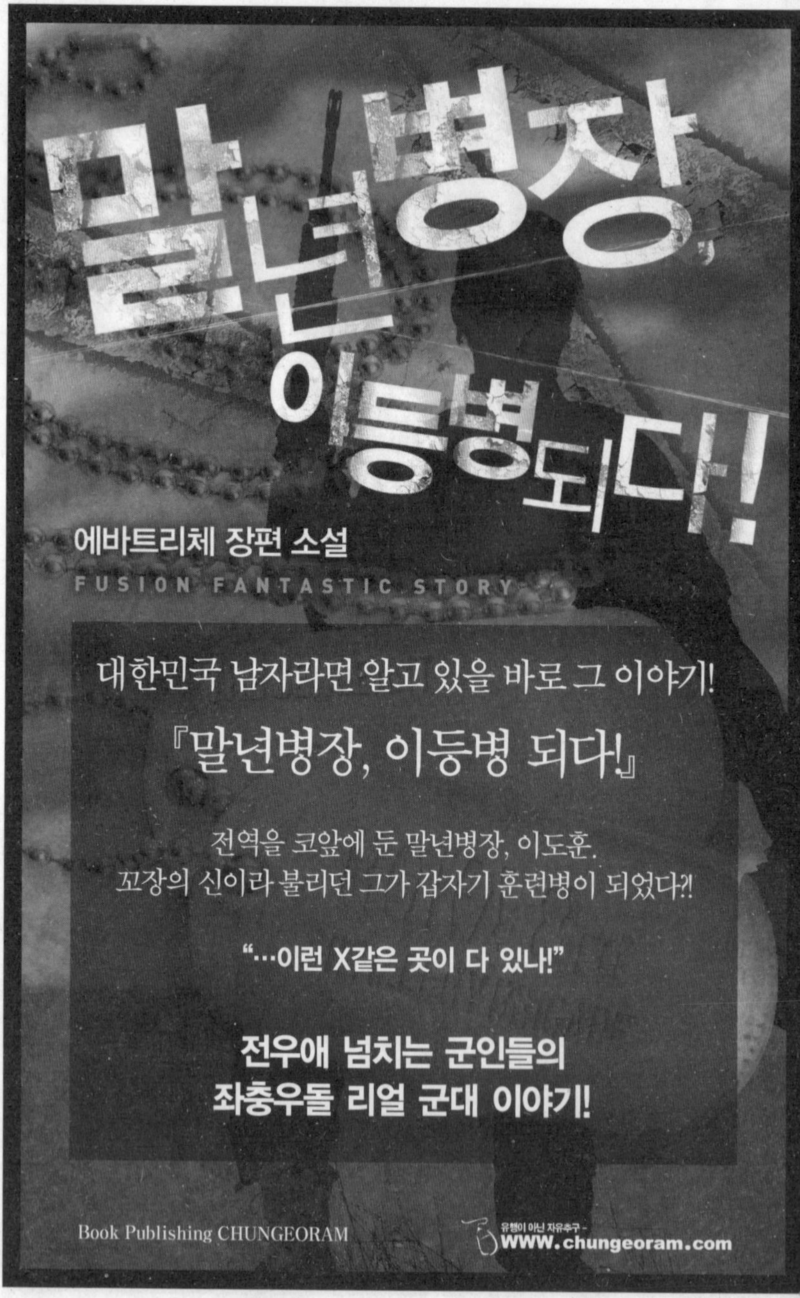
말년병장
이등병 되다!
에바트리체 장편 소설
FUSION FANTASTIC STORY
대한민국 남자라면 알고 있을 바로 그 이야기!
『말년병장, 이등병 되다!』
전역을 코앞에 둔 말년병장, 이도훈.
꼬장의 신이라 불리던 그가 갑자기 훈련병이 되었다?!
"…이런 X같은 곳이 다 있나!"
전우애 넘치는 군인들의
좌충우돌 리얼 군대 이야기!
Book Publishing CHUNGEORAM
유행이 아닌 자유추구 -
www.chungeoram.com

현대백수 장편 소설

FUSION FANTASTIC STORY

간웅

뇌성벽력이 치는 어느 날!
고려 황제의 강인번을 들고 있던
어린 병사가 낙뢰를 맞고 쓰러졌다.

하지만… 다시 눈을 뜬 이는
현대 대한민국에서 쓸쓸히 죽은
드라마 작가 지망생.

고려 무신 시대의 격변기 속에서 눈을 뜬 회생[回生].
살아남기 위해! 죽지 않기 위해!
그의 행보로 인해 고려는 서서히
변하기 시작하는데…….

치세능신 난세간웅(治世能臣 亂世奸雄)!

격동의 무신 시대!
회생, 간웅의 길을 걷다!

Book Publishing CHUNGEORAM

절정고수들이 하늘 높은 줄 모르고 질주하는 현 세상.
서른여덟 개의 세력이 서로를 견제하는 혼돈의 시대.

그 일촉즉발의 무림 속에
첫 발을 디딘 어린 소년.

"나는 네가 점창의 별이 되기를 원한다."

사부와의 약속을 지키고
난세로 빠져드는 천하를 구하기 위해
작은 손이 검을 들었다!

박선우 新무협 판타지 소설 FANTASTIC ORIENTAL HE

풍운사일

내일을 향해 쏴라

김형석 장편 소설

FUSION FANTASTIC STORY

1만 시간의 법칙!
'성공은 1만 시간의 노력이 만든다'는 뜻이다.

그러나…
사회복지학과 복학생 수.
전공 실습으로 나간 호스피스 병동에서
미지와 조우하다.

1만 시간의 법칙?
아니, 1분의 법칙!

전무후무한 능력이 수에게 강림하다!
맨주먹 하나로 시작한 수의
인생역전이 시작된다!

Book Publishing CHUNGEORAM

WWW.chungeoram.com

문용신 新무협 판타지 소설

FANTASTIC ORIENTAL HEROES

한량 아버지를 뒷바라지하며
호시탐탐 가출을 꿈꾸던 궁외수.

어린 시절 이어진 인연은
그를 세상 밖으로 이끄는데……

"내가 정혼녀 하나 못 지킬 것처럼 보여?"

글자조차 모르는 까막눈이지만,
하늘이 내린 재능과 악마의 심장은
전 무림이 그를 주목하게 한다.

"이 시간 이후 당신에겐 위협 따윈 없는 거요."

무림에 무서운 놈이 나타났다!